नारदीय
संचार नीति

नारदीय संचार नीति

डॉ. जयप्रकाश सिंह

प्रकाशक
प्रभात प्रकाशन प्रा. लि.
4/19 आसफ अली रोड, नई दिल्ली-110002
फोन : 011-23289777 • हेल्पलाइन नं. : 7827007777
इ-मेल : prabhatbooks@gmail.com ❖ वेब ठिकाना : www.prabhatbooks.com

संस्करण
प्रथम, 2024

पेपरबैक मूल्य
तीन सौ रुपए

मुद्रक
आर-टेक ऑफसेट प्रिंटर्स, दिल्ली

———— ★ ————

NARDIYA SANCHAR NEETI
by Dr. Jay Prakash Singh

Published by **PRABHAT PRAKASHAN PVT. LTD.**
4/19 Asaf Ali Road, New Delhi-110002

ISBN 978-93-5562-235-8

₹ 300.00 (PB)

श्रीमान् नरेंद्रजी को,

जिन्होंने देवर्षि नारद पर

शोधकार्य हेतु

प्रेरित किया

दिव्यान्यप्यप्रमाणानि नोयन्ते वाक्यवञ्चकैः।
देशकालप्रमाणादावप्रमादो भवेदतः॥

(वाक्य वंचक दुर्जन लोगों में यथार्थ प्रमाणों (सत्य) को छोड़कर अन्य प्रमाणों (असत्य) को सही मानने की स्वाभाविक वृत्ति होती है, इसलिए देश, काल और प्रमाण के बारे में प्रमादशून्य रहकर अपना कार्य करना चाहिए।)

—नारदस्मृति, 1/30

असत्याः सत्यसंकाशा सत्याश्चासत्यसंनिभाः।
दृश्यन्ते विविधा भावास्तस्माद्युक्तं परीक्षणम्॥

असत्य को सत्य की भाँति और सत्य को असत्य की भाँति विविध तरीकों से प्रस्तुत किया जाता है। इसलिए युक्तियुक्त माँग से परीक्षा करनी चाहिए।

—नारदस्मृति, 1/71

जयति जगति मायां यस्य कायाधवस्ते
वचनरचनमेकं केवलं चाकलय्य।
ध्रुवपदमपि यातो यत्कृपातो ध्रुवोऽयं
सकलकुशलपात्रं ब्रह्मपुत्रं नतास्मि॥

देवर्षि! आप धन्य हैं! आपका केवल एक बार का उपदेश धारण करके कयाधू कुमार प्रह्लाद ने माया पर विजय प्राप्त कर ली थी। ध्रुव ने भी आपकी कृपा से ही ध्रुवपद प्राप्त किया था। आप सर्वमंगलमय और साक्षात् श्रीब्रह्माजी के पुत्र हैं, आपको नमस्कार है।

—श्रीमद्भागवतमहापुराण, 1/80

प्रस्तावना

'कामायनी' में जयशंकर प्रसादजी ने लिखा था, 'अरे सत्य! यह एक शब्द तू कितना गहन हुआ है। मेधा के क्रीड़ा पंजर का पाला हुआ सुआ है।' इन दिनों चल रहे नैरेटिव अर्थात् विमर्श के युद्ध को देखते हुए यही लगता है कि सत्य अब वाग्विलास का विषय हो गया है। वह कुतर्कों के पिंजरे में बंद तोता बनकर रह गया है। सिद्धांतनिष्ठ पत्रकारिता के स्थान पर अब स्वार्थनिष्ठ पत्रकारिता का बोलबाला हो गया है। देवर्षि नारद स्वार्थरहित होकर सत्य का संधान करते थे, इसी कारण देव, दानव और मनुष्य लोक में उनका निर्बाध संचरण होता था।

जब संवाद सत्यनिष्ठ होता है तो फिर वह स्वयंसिद्ध होता है। वह किसी उपांग पर आधारित नहीं होता। लेखक डॉ. जयप्रकाश सिंह 'मीडियम इज मैसेज' बनाम 'शील ही संदेश है' के संदर्भ में इसकी व्याख्या करते हैं। तकनीक संचार का साधन तो हो सकती है, लेकिन प्रधानता तो उसके द्वारा किए जाने वाले संवाद की ही होती है। लेकिन जब भी तकनीकी को उसकी उपादेयता से अधिक प्राधान्य दिया जाएगा तो संवाद में विकृति तो पैदा होगी ही। सोशल मीडिया और डिजिटल क्रांति के इस युग में आज यह स्पष्ट दिखाई भी दे रहा है। फेक न्यूज, डीप फेक, ट्रोल आदि इसी संचारीय विकृति के उदाहरण हैं।

यहाँ एक मूल प्रश्न पैदा होता है कि अंततोगत्वा संवाद का मूल उद्देश्य क्या है? ईश्वर ने मानव को संप्रेषण के लिए वाणी दी है, वह किसलिए है? मानव और मानव के बीच के संवाद का अंतिम लक्ष्य मानव जाति का उत्थान ही हो सकता है, अर्थात् वह उन मूल्यों को बढ़ाने के लिए है, जो

सहज विश्वास, प्रेम, स्नेह, आत्मीयता और आत्मबोध उत्पन्न करते हैं। इससे सकारात्मकता पैदा होती है। इसके बनिस्बत, जो संवाद आपसी वैमनस्य, टकराहट, द्वेष और संघर्ष की ओर ले जाता हो, वह नकारात्मकता ही उत्पन्न करता है। यह प्रगति की ओर न ले जाकर मनुष्य को अवनति की गहरी खाई में धकेलता है। यही कारण है कि भारतीय मनीषा शब्द को 'ब्रह्म' के रूप में परिभाषित करती है। संचार की नारदीय दृष्टि इसी ब्रह्म का संधान करती है। लेखक इसे 'चरित्र और चिंतन' के अद्वैत के रूप में देखता है। इसमें मनसा, वाचा, कर्मणा की एकरूपता अनिवार्य है।

देवर्षि नारद भारत की इसी संचारीय दृष्टि के प्रणेता भी हैं और प्रतीक भी। लेकिन देवर्षि को सिर्फ किसी संचारीय सिद्धांत के एक छोटे से खाँचे में नहीं बाँधा जा सकता। उनका संसार बहुत व्यापक और अनंत है। देवर्षि के जीवन के वृत्तांतों से हम संचार की दुनिया को समझने और उसे परिभाषित करने की कोशिश तो कर सकते हैं, लेकिन उन्हें सिर्फ संचार और संवाद की मुट्ठी में नहीं बाँध सकते। उनका जीवन और उपदेश इससे कहीं ऊपर और बड़े हैं। अच्छी बात है कि लेखक इसके बारे में सचेत है। इसका उल्लेख भी पुस्तक में आता है।

देवर्षि नारद पर शोध एक दुष्कर कार्य है। वे यों भी यत्र-तत्र-सर्वत्र विराजमान रहते हैं, तो अध्ययन का फलक बहुत व्यापक हो जाता है। देवर्षि के पात्र की रचना जिस तरह दुर्भाव के साथ पिछले कुछ दशकों में हमारी फिल्मों में की गई है, उसके संदर्भ में भी वह शोध वांछनीय था। इस कार्य की एक जटिलता यह भी थी कि भारतीय वाङ्मय में नारद वाणी के जो अमृत कण जहाँ-तहाँ बिखरे पड़े हैं, उन्हें एक माला में कैसे पिरोया जाए? कहना होगा कि लेखक डॉ. जयप्रकाश सिंह ने अपनी इस पुस्तक में अत्यंत साहस और धैर्य के साथ यह कार्य किया है। लेखक का यह प्रयास अत्यंत सराहनीय है। संवाद और संचार के अध्येताओं के लिए यह आवश्यक रूप से पठनीय पुस्तक है।

—उमेश उपाध्याय

प्रेसिडेंट एंड डायरेक्टर ऑफ मीडिया, रिलायंस इंडस्ट्रीज लिमिटेड

लेखकीय

मार्शल मैक्लुहान ने 'मीडियम इज मैसेज' का सिद्धांत देकर संचारीय प्रक्रिया को तकनीकी परिप्रेक्ष्य में परिभाषित करने की कोशिश की थी। दूसरी तरफ, 'शील ही संदेश है' की भारतीय मान्यता सदैव से संचार को सांस्कृतिक संदर्भों में परिभाषित करती रही है। 'स्वं-स्वं चरित्रं शिक्षेरन्' का पारंपरिक उद्घोष हो या महात्मा गांधी का 'माई लाइफ इज माई मैसेज' का सिद्धांत, ये सभी 'शील ही संदेश है' की अलग-अलग समय-संदर्भ में अभिव्यक्तियाँ हैं। 'मीडियम इज मैसेज' का सिद्धांत संचार को बाह्य संदर्भों में परिभाषित करता है, तो 'शील ही संदेश है' का सिद्धांत संचार को बाह्य तकनीक से अधिक आभ्यंतर अभ्यास मानता है। यह संचार प्रक्रिया को जानने-समझने की दो अलग-अलग दृष्टियाँ हैं, जो अपना प्रभाव अब भी बनाए हुए हैं। इन संचारीय दृष्टिकोणों को दो अलग-अलग सभ्यताओं की संचारीय-दृष्टि के रूप में स्वीकार किया जा सकता है।

एक दृष्टि तकनीकी क्षमता को संचारीय प्रक्रिया का अंतिम निर्धारक मानती है और दूसरी दृष्टि लक्ष्य और प्रतिबद्धता को सबसे प्रभावी कारक के रूप में स्वीकार करती है। तकनीकी दुनिया में 'क्या कहा जा रहा है और कहाँ कहा जा रहा है?' पर अधिक बल दिया जाता है। वहीं, संचार के आभ्यंतर परिप्रेक्ष्य में इन दोनों के साथ इस तथ्य पर भी ध्यान दिया जाता है कि 'कौन कह रहा है?' इस परिप्रेक्ष्य में भी संदेश तो महत्त्वपूर्ण कारक होता ही है, लेकिन उससे भी महत्त्वपूर्ण यह है कि संदेश को अभिव्यक्त

कौन कर रहा है और उस संचारक अथवा संप्रेषक की विश्वसनीयता क्या है? भारतीय संदर्भों में विश्वसनीयता को परखने का एक ही सनातन मानक है। वह यह कि क्या चिंतन, चरित्र के जरिए अभिव्यक्त हो रहा है? चिंतन जब चरित्र के माध्यम से अभिव्यक्त होने लगता है तो भारतीय प्रज्ञा उसे 'शील' कहती है और इसी शील को प्रभावी संचार का सर्वाधिक सशक्त माध्यम भी मानती है।

'शील ही संदेश है' की मान्यता जीवन को सबसे प्रभावी माध्यम मानती है। संदेश यदि आचार-व्यवहार के जरिए अभिव्यक्त हो, वह जीवन-शैली का अभिन्न हिस्सा हो तो उसका प्रभाव बढ़ जाता है। इसके कारण संदेश जीवंतता के साथ दूसरों तक संप्रेषित होते हैं और श्रोता पर एक अमिट प्रभाव छोड़ते हैं। संभवत: इसी कारण यहाँ पर संस्कृति को संग्रहालय में सहेजकर रखने की प्रवृत्ति नहीं पैदा हुई, बल्कि उसे जीवन में धारण कर जीवंत बनाए रखने की परंपरा ने जन्म लिया।

नए संचारीय परिदृश्य में अधिकांश विशेषज्ञ इस तथ्य से सहमत हो गए हैं कि संचारीय-परिप्रेक्ष्य को दीर्घकाल में वही प्रभावित करेगा, जिसके संदेशों में नयापन हो और जिसकी विश्वसनीयता असंदिग्ध हो। संचारीय क्षेत्र में बहुत प्रभावी तरीके से इस तथ्य को स्वीकृति मिल चुकी है कि तथ्यपरकता और विश्वसनीयता ही इस क्षेत्र की सबसे बड़ी पूँजी है। ऐसे में आवश्यक हो जाता है कि हम संचार को तकनीकी तंबुओं से बाहर निकालकर व्यापक परिप्रेक्ष्य में समझने की कोशिश करें। यह स्पष्ट ही है कि संचार की तकनीकी संकल्पनाओं को भारतीय संचार चिंतन से संपूर्णता का पुट मिल सकता है।

भारतीय संचार चिंतन की विशेषताओं की पहचान के लिए किसी सशक्त प्रतीक के व्यक्तित्व और कर्तृत्व का विश्लेषण आवश्यक हो जाता है।

भारतीय संचार चिंतन के आद्य प्रतीक की पहचान की कोशिश की जाए तो हमारी यात्रा देवर्षि नारद पर पहुँचकर समाप्त होती है। संचारीय संदर्भों में देवर्षि नारद इसलिए महत्त्वपूर्ण हो जाते हैं, क्योंकि नारद भक्तिसूत्र, नारद स्मृति और नारद पुराण में बहुत सारे ऐसे संचारीय चिंतन-सूत्र मिल जाते हैं,

जिनकी प्रासंगिकता आज है। इससे भी महत्त्वपूर्ण यह कि उनका व्यक्तित्व और कर्तृत्व स्वयं में संचार सिद्धांतों की निधि जैसा है।

सूचना को अभिव्यक्त करने का समयबोध, सभी पक्षों में उनकी स्वीकार्यता और विश्वसनीयता, किसी भी घटना के सर्वाधिक निर्णायक क्षणों में उनके द्वारा किया जाने वाला सूचनात्मक हस्तक्षेप, सभी महत्त्वपूर्ण व्यक्तियों और व्यवस्थाओं तक उनकी पहुँच और 'सर्वभूतेहिते रताः' के लक्ष्य को ध्यान में रखकर सूचनाओं का सदैव उपयोग आदि देवर्षि नारद के चरित्र से निःसृत ऐसे मूल्य हैं, जिन्हें सार्वकालिक माना जा सकता है।

संचारीय क्षेत्र में नारदीय मूल्यों की आवश्यकता इसलिए भी बढ़ गई है, क्योंकि संचार की दुनिया में तकनीकी क्षमताएँ बढ़ रही हैं। व्यक्ति और समाज को प्रभावित करने की उनकी तीव्रता भी बढ़ी है और परिधि भी, लेकिन इस तकनीक के मानवीय उपयोग की कला अभी ठीक ढंग से विकसित नहीं हो पाई है। इसी कारण, मीडिया की तकनीकी दुनिया में मूल्यों के निवेश की आवश्यकता आज पहले से अधिक बढ़ गई है। यह कार्य इसलिए भी महत्त्वपूर्ण है, क्योंकि वर्तमान समाज-रचना और विश्व-व्यवस्था में संचारीय प्रक्रिया ने केंद्रीय स्थान प्राप्त कर लिया है। इसका कारण बहुत स्पष्ट है, क्योंकि यह बोध और चेतना को गढ़ने वाली प्रक्रिया है। अन्य क्षेत्रों का प्रभाव व्यक्ति पर कुछ समय तक रहता है, जबकि संचार द्वारा गढ़ी जाने वाली स्मृतियों से व्यक्ति आजीवन प्रभावित रहता है।

यह पुस्तक संचार की सशक्त तकनीकी दुनिया के लिए आवश्यक बन चुके सार्वकालिक संचारीय मूल्यों की पहचान का प्रयास है। संचारीय दुनिया में मूल्यों की पहचान और उनके निवेश का सबसे प्रभावी माध्यम देवर्षि नारद हैं। 'श्रीमद्भगवद्गीता' कहती है कि इंद्रिय निग्रही और समत्व भाव से युक्त व्यक्ति ही सभी प्राणियों के कल्याण की भावना लेकर कर्म करता है—

सन्नियम्येन्द्रिय-ग्रामं सर्वत्र सम-बुद्धयः
तेप्राप्नुवन्तिमाम् एवसर्व-भूत-हिते-रताः ॥

—गीता 12/4

देवर्षि नारद इंद्रिय निग्रही हैं, उनके पास समत्व बुद्धि भी है। इसलिए लोक-कल्याण की भावना से उन्होंने संचारीय प्रक्रिया में सहभागिता की। इस सहभागिता के दौरान जिन मूल्यों और मर्यादाओं का पालन किया, उनकी पहचान करना और समकालीन परिप्रेक्ष्य में सृजनात्मक तरीके से उनका उपयोग करना एक आवश्यक बौद्धिक कर्म बन जाता है।

संचारीय मूल्यों के लिहाज से देवर्षि नारद के महत्त्व को रेखांकित करने वाले कुछ शोधकार्य हुए हैं, लेकिन दीर्घकाल से इस बात की आवश्यकता महसूस की जा रही थी कि देवर्षि नारद से संबंधित सभी ग्रंथों के आधार पर उनके समग्र संचारीय चिंतन को सामने लाया जाए! अभी तक एकाध ग्रंथ को आधार मानकर ही उनके संचारीय चिंतन को उकेरने की कोशिश हुई है। प्रस्तुत शोध में नारद भक्तिसूत्र के अतिरिक्त, नारद स्मृति, नारद पांचरात्र के अतिरिक्त वैदिक, औपनिषदिक, रामायण, महाभारत तथा समस्त पौराणिक साहित्य को केंद्र में रखकर देवर्षि के संचारीय चिंतन को समग्रता में समझने का प्रयास हुआ है।

इस शोध का सबसे बड़ा आकर्षण और सर्वाधिक श्रमसाध्य कार्य उन प्रसंगों की पहचान है, जो देवर्षि नारद के सूक्ष्म, प्रभावी और सर्वकालिक संचारीय चिंतन और व्यवहार के उज्ज्वल पक्ष से हमारा परिचय कराते हैं। ये प्रसंग अलग-अलग ग्रंथों में बिखरे पड़े हैं। ऐसे प्रसंगों को न केवल एक जगह संकलित किया गया है, बल्कि प्रसंग प्रारंभ होने से पहले उसके संचारीय महत्त्व को एक स्पष्टीकरण के जरिए रेखांकित करने का प्रयास भी हुआ है।

मेरी पुस्तक 'सूचना से संवाद' के विमोचन के अवसर पर देवर्षि नारद के संचार-मूल्यों पर कार्य करने के लिए श्रीमान् नरेंद्रजी ने प्रेरित किया था। उनका कहना था कि भारतीय संदर्भ में उन सैद्धांतिक आधारों की पहचान और स्थापना आवश्यक है, जो संचारीय-प्रक्रिया की क्षमताओं के सकारात्मक उपयोग को संभव बनाते हैं। उसी समय उनका यह सुझाव भी आया था कि ऐसे सैद्धांतिक आधारों की पहचान के लिए देवर्षि नारद का

चिंतन, व्यक्तित्व और कर्तृत्व सबसे अधिक उपयोगी हो सकता है। बाद में वह जब भी मिले, मुझे देवर्षि नारद पर चल रहे कार्य के बारे में आवश्यक सुझाव देकर प्रेरित करते रहे। यह पुस्तक उनकी प्रेरणा का परिणाम है।

शोध और लेखन प्रारंभ करने के बाद मुझे अनुभूति हुई कि कार्य कठिन है। शायद ही कोई प्राचीन भारतीय ग्रंथ हो, जिसमें देवर्षि नारद से संबंधित कोई प्रसंग न हो, उन सभी तक पहुँचने और संचारीय परिप्रेक्ष्य में उनकी व्याख्या करने के लिए बहुत धैर्य अपेक्षित था। कार्य करते समय कई बार लगा कि अब आगे नहीं बढ़ा जा सकता और इसके कारण कुछ दिनों के लिए ठहराव आ जाता। फिर इस कार्य की आवश्यकता का स्मरण होता और कुछ कदम आगे बढ़ जाते।

इस पूरे कार्य के दौरान हिमाचल प्रदेश केंद्रीय विश्वविद्यालय के पूर्व कुलपति प्रो. कुलदीप चंद अग्निहोत्री की यह बात कि 'परंपरा ठहराव का नाम नहीं, बल्कि देश, काल और पात्र के अनुसार सत्य को परिभाषित करने का नाम है' को मैंने एक पाथेय के रूप में लिया। वह स्मरण दिलाते रहे कि कुछ श्लोक खोजकर प्रासंगिकता घोषित करना आसान कार्य है, महत्त्वपूर्ण कार्य यह है कि संचार की नारदीय-निधि का समकालीन संचारीय-परिदृश्य में समग्र आकलन किया जाए। आधुनिक मीडिया परिदृश्य और नारदीय संचार मूल्यों के बीच संवाद की एक पीठिका तैयार करने के उनके निर्देश को यथासंभव मैंने अपनाने की कोशिश की है।

'जम्मू-कश्मीर अध्ययन केंद्र' के निदेशक श्री आशुतोष भटनागरजी सदैव ही एक ऐसा 'क्रिएटिव स्पेस' देते हैं, जिसमें मैं अपनी सहमतियों और असहमतियों को उनके सामने प्रकट करने का साहस जुटा पाता हूँ। प्रारंभिक दौर में उनकी तरफ से शोध की दिशा को लेकर कुछ गंभीर प्रश्न आए थे। उनके निराकरण के बिना वास्तव में आगे नहीं बढ़ा जा सकता था। यथासंभव उन प्रश्नों से टकराव हुआ, चर्चाएँ हुईं, तब जाकर एक सही दिशा उपलब्ध हो पाई। संचार के क्षेत्र में आशुतोषजी के साथ होने वाली चर्चाएँ हमेशा नई अंतःदृष्टि प्रदान करती हैं, यह पुस्तक यदि कुछ सुगठित

हो पाई है, तो इसका श्रेय आशुतोषजी को ही है।

पुस्तक लेखन के दौरान एक बहुत ही मूलभूत एवं शास्त्रीय आपत्ति श्री देवेंद्र शर्माजी की तरफ से आई। देवेंद्रजी उच्चतम न्यायालय में अधिवक्ता हैं और शास्त्रीय मर्यादा के अनुसार सनातन को समझने-व्याख्यायित करने के अधिकारी भी। गुरु-परंपरा से उनके जुड़ाव के कारण उनके पास शास्त्रीय वाक्-संपदा और दृष्टि दोनों हैं। उनकी आपत्ति यह थी कि क्या देवर्षि के विराट् व्यक्तित्व को किसी पेशेगत खाँचे तक समेट देना, उनके साथ व देवर्षि परंपरा के साथ अन्याय नहीं होगा? वह देवर्षि, जिनसे भगवान् श्रीकृष्ण भी सलाह-सुझाव लेते हैं, उन्हें पत्रकारीय खाँचे की सीमा में बाँधना क्या जरूरी है? हाँ, वह इस बात पर सहमत थे कि देवर्षि के व्यक्तित्व और कर्तृत्व के माध्यम से संवाद और संचार के सनातन मूल्यों की पहचान का काम न केवल महत्त्व का है, बल्कि उसकी सामयिक आवश्यकता भी बहुत है। इसका कारण देवर्षि के व्यक्तित्व का संचारीय प्रक्रिया के साथ आत्यंतिक संबद्धता है। देवेंद्रजी की दृष्टि भी इस पुस्तक के लिए एक आधारभूमि बनी है।

भारतीय संचार चिंतन के क्षेत्र में कार्य करने की प्रेरणा मुझे प्रो. ओमप्रकाश सिंह से ही प्राप्त हुई। प्रो. ओमप्रकाश सिंह, पूर्व निदेशक, 'मदनमोहन मालवीय हिंदी पत्रकारिता संस्थान', काशी विद्यापीठ और प्रो. बृजकिशोर कुठियाला, पूर्व कुलपति, माखनलाल चतुर्वेदी पत्रकारिता विश्वविद्यालय ने अपने शोध, लेखन और वक्तव्यों से भारतीय संचार के विविध पक्षों को लेकर आधारभूत कार्य किया है। नारदीय संचार-दृष्टि पर कार्य करते समय दोनों मनीषियों के चिंतन से लाभ मिला है।

सभ्यतागत विमर्श के प्रति मेरे मन में जो अनुराग है, उसका बड़ा कारण पिताजी का व्यक्तित्व है। उनसे हर दूसरे-चौथे दिन चर्चा होती है और बातचीत के केंद्र में परिवार से अधिक देश-समाज होता है। मुझे हमेशा ऐसा लगता है कि उनके साथ होने वाली चर्चाएँ मुझे भारतीय यथार्थ को समझने में मदद करती हैं, भारतीय शब्दावली उपलब्ध कराती हैं। ईश्वर से

यही प्रार्थना है कि यह क्रम लंबे समय तक बना रहे।

इस पुस्तक का अधिकांश भाग कोरोनाकाल में लिखा गया है। कोरोना के विकटकाल में परिजनों के सहयोग और संबल के बिना शोध और लेखन का कार्य संभव नहीं हो सकता। परिवार का संबल सदैव मुझे मिलता रहा है, इसलिए ईश्वर का आभारी हूँ। मित्र त्रिवेणी प्रसाद तिवारी कला और संचार विषय पर जिस अधिकार और अत:दृष्टि के संवाद करते हैं, वह मेरी संचारीय समक्ष को वृहत्तर परिधि प्रदान करता है। इस पुस्तक का आवरण पृष्ठ भी बहुत श्रमपूर्वक और सृजनात्मक ढंग से उन्होंने ही बनाया है। इस कार्य को पूरा करने में मेरे दो विद्यार्थियों रविंद्र सिंह भड़वाल और जयेश मटियाल का अहम योगदान है। ईश्वर उनकी सफलता का मार्ग प्रशस्त करें।

इस पुस्तक में नारदीय प्रसंगों एवं विवरणों के लिए गीता प्रेस, गोरखपुर से प्रकाशित साहित्य, विशेषकर 'कल्याण' के विशेषांकों का संदर्भ के रूप में उपयोग किया गया है। गीता प्रेस, गोरखपुर का साहित्य ही इस पुस्तक की आधारभूमि है।

पुस्तक 'नारदीय संचार नीति' ऐतिहासिक कालक्रम की गवेषणा का प्रयास नहीं है। इसमें देवर्षि से संबंधित संवादों, कथानकों, आख्यानों, मान्यताओं और परंपराओं की संचारीय परिप्रेक्ष्य में तात्त्विक और मूल्यगत विवेचना की गई है। देवर्षि से संबंधित संवाद, कथानक, आख्यान, मान्यताएँ और परंपराएँ सामूहिक स्मृति को किस प्रकार प्रेरित और संवेदित करती रही हैं? उसमें किस प्रकार सकारात्मक ऊर्जा का संप्रेषण करती हैं और किस प्रकार सृजनात्मक नैरंतर्य को पोषित करती हैं? यही पुस्तक के लिए मूलभूत प्रश्न हैं। इस विशाल संचारीय निधि के समक्ष ऐतिहासिक कालक्रम का प्रश्न बहुत गौण हो जाता है। इसी कारण संचार का नारदीय परिप्रेक्ष्य और उससे संबंधित प्रसंग पुस्तक में पहले आए हैं, देवर्षि नारद का परिचय बाद में दिया गया है।

यह पुस्तक माध्यमबोध से नहीं, बल्कि मूल्यबोध से प्रेरित है। भारत का परंपरागत संचारीय मूल्यबोध इस पुस्तक का केंद्रीय तत्त्व है। इसलिए

इसमें न तो भारतीय संचार परिदृश्य का आकलन पश्चिमी पैमानों पर किया गया है और न ही उससे वैधता प्राप्त करने की कोशिश की गई है। यह पुस्तक आधुनिकता बोध से आक्रांत नहीं है। परंपरा–परिष्कार और नवाचार के रूप में ही इस पुस्तक में आधुनिकता को स्वीकृति मिली है। आधुनिकता के तथाकथित तकनीकी और स्थिर मानकों को अनावश्यक रूप से अपनाने की कोशिश इस पुस्तक में नहीं हुई है।

पुस्तक इस मान्यता से प्रेरित है कि भारतीय संचारीय मूल्य यदि जीवंत हो उठेंगे तो वे अपनी अभिव्यक्ति के सटीक और समसामयिक माध्यमों का चुनाव स्वयं कर लेंगे। भारतीय संचार दर्शन और परंपरा पर श्रृंखलाबद्ध रूप में लिखी जा रही लेखक की यह तीसरी पुस्तक है। यह पुस्तक भारतीय संचार सिद्धांत को गढ़ने और भारतीय संचार दर्शन तथा परंपरा को समझने की दिशा में प्रस्थानबिंदु साबित होगी, इसी आशा के साथ आपके समक्ष प्रस्तुत है।

वर्ष प्रतिपदा, 9 अप्रैल, 2024

—डॉ. जयप्रकाश सिंह
सहायक आचार्य, हिमाचल प्रदेश केंद्रीय विश्वविद्यालय
धर्मशाला–176215

अनुक्रम

	प्रस्तावना	*7*
	लेखकीय	*9*
1.	परिप्रेक्ष्य	19
2.	प्रसंग	61
3.	परिचय	143
	संदर्भ-सूची	159

अध्याय-1

परिप्रेक्ष्य

मीडिया-मूल्यों की नारदीय-निधि

मानवता का भविष्य प्रायः सभी के लिए रुचि और उत्सुकता का विषय होता है। रुचि इसलिए होती है, क्योंकि मानवता के भविष्य में व्यक्ति का अपना भविष्य भी सम्मिलित होता है। उत्सुकता इसलिए, क्योंकि भविष्य में झाँकने की एक नैसर्गिक प्रवृत्ति सभी में होती है। पहले भविष्य संबंधी चर्चाएँ प्रायः साम्राज्यों और सम्राटों के संदर्भ में की जाती थीं, अब ऐसी चर्चाएँ वैज्ञानिक और तकनीकी परिप्रेक्ष्य में की जाती हैं। इस वैज्ञानिक-तकनीकी परिप्रेक्ष्य में संचार तकनीक का केंद्रीय स्थान है।

व्यक्ति के संकल्प और सृजनात्मकता की भी भविष्य निर्धारित करने में अहम भूमिका होती है। इसलिए तकनीकी नियतिवाद (Technological Determinism) के तर्क को पूरी तरह से स्वीकार नहीं किया जा सकता। फिर भी, यह तो मानना ही पड़ेगा कि इन तकनीकों से हमारा भविष्य एक हद तक तो प्रभावित होगा ही। इसमें भी संचार तकनीक की भूमिका सबसे अहम साबित होने वाली है। यह बोध और मानसिकता के निर्माण से जुड़ी हुई प्रक्रिया है, इसलिए अन्य तकनीकों के उपयोग-दुरुपयोग, नीति-निर्माण में इसकी अहम भूमिका रहेगी।

अन्य तकनीकें जहाँ अभी शैशवावस्था में हैं, वहीं संचार तकनीक का एक विकसित रूप हमारे सामने है और इसमें अभी भी विकास की संभावनाएँ बनी हुई हैं। इसलिए यह वर्तमान को प्रभावित और भविष्य को निर्धारित

करने वाली तकनीक है। इस तकनीक का महत्त्व इसलिए भी है, क्योंकि यह तकनीक सार्वजनिक जीवन से सबसे निकटता के साथ जुड़ी हुई है। सामान्य लोगों के जीवन में अन्य तकनीकों का हस्तक्षेप कभी-कभार ही होता है, लेकिन संचार तकनीक से रिश्ता तो चौबीसों घंटे वाला है। इसलिए उसका प्रभाव भी अत्यधिक है। इसके साथ ही अन्य तकनीकों की स्वीकार्यता-अस्वीकार्यता एक हद तक संचार तकनीक पर ही निर्भर करती है। इन्हीं कारणों से संचार तकनीक मानवता को प्रभावित करने वाली सबसे महत्त्वपूर्ण तकनीक बन जाती है।

नई विश्व व्यवस्था और नवीन तकनीकी विधाओं के कारण संचार की परिधि और प्रभाव में निरंतर बढ़ोतरी हो रही है। खान-पान, सोच-विचार, शिक्षा-स्वास्थ्य, साज-सज्जा आदि जीवन के सभी महत्त्वपूर्ण क्षेत्रों पर संचार प्रक्रिया के प्रभाव को आसानी से अनुभव किया जा सकता है। प्रत्यक्षतः इन सभी क्षेत्रों के बारे में निर्णय तो अब भी राजनीति ही करती है, लेकिन संचार द्वारा बनाई गई धारणाएँ इतनी मजबूती से काम करने लगी हैं कि प्रायः राजनीति उनके सामने खुद को असहाय महसूस करती है। संचार नीति अब राजनीति को केवल सूचना ही नहीं देती, कुछ हद तक उस पर सवारी भी कर लेती है।

संनीति की संकल्पना का उभार या नीति-निर्णयन के राजनीतिक-पत्रकारीय परिप्रेक्ष्य का उभार इसी मान्यता के आधार पर हुआ है कि सार्वजनिक नीति-निर्णयन की प्रक्रिया पर अब केवल राजनीतिक प्रक्रिया का एकाधिकार नहीं रह गया है। संचारीय-प्रक्रिया, नीति-निर्णयन की प्रक्रिया में हस्तक्षेप भी कर रही है और उसे प्रभावित भी कर रही है। संचार नीति और राजनीति मिलकर अब संनीति बन चुकी है।

ताकतवर तकनीक एक वृहत्तर दायित्वबोध की अपेक्षा रखती है। यह दायित्वबोध तकनीक के समुचित उपयोग से जुड़ा हुआ है। दायित्वबोध की अनुपस्थिति में तकनीकें प्रायः व्यक्तिगत महत्त्वाकांक्षाओं और स्वार्थों को पूरा करने का उपकरण बन जाती हैं। इससे मानवता और मानवीयता दोनों

को नुकसान पहुँचता है। प्रश्न यह उठता है कि ताकतवर तकनीकों को दायित्वबोध के साथ कैसे जोड़ा जाए?

अधिकांश तकनीकों के साथ समस्या यह होती है कि वे प्राय: मूल्य-मुक्त होती हैं तथा समाज और संस्कृति-निरपेक्ष होती हैं। यह कथन अब एक मुहावरे का रूप ले चुका है कि कोई भी तकनीक अच्छी या बुरी नहीं होती, उपयोग या दुरुपयोग उसे अच्छा या बुरा बनाता है। सही उपयोग की कला तकनीकों को मूल्य-युक्त, संस्कृति और समाज सापेक्ष बना सकती है। स्थानीयता और पारिस्थितिकी के साथ जुड़ाव तकनीक के समुचित उपयोग की पूर्व शर्त है।[1] ताकतवर तकनीक देश-दुनिया, समाज-संस्कृति के लिए तभी उपयोगी साबित हो पाती हैं, जब उनमें उदात्त मानवीय मूल्यों का निवेश हो।

ऐसा करने का सबसे प्रभावी तरीका कुछ ऐसे मार्गदर्शक प्रतीकों से परिचित होना है, जिन्होंने क्षेत्र-विशेष में सार्थक और कल्याणकारी मूल्यों की रचना की हो। ऐसे प्रतिमानों की पुनर्खोज की जाए, जो तकनीक के सही उपयोग के लिए प्रेरित करें। परंपरागत और स्थानीय मूल्यों को नई तकनीक से जोड़ने का प्रयास किया जाए, ताकि ग्लोबल संस्कृति के लोकल उपयोग के सूत्र हाथ लग सकें।

वैश्वीकरण की प्रक्रिया के कारण भी संचार के क्षेत्र में सबल प्रतीकों की आवश्यकता निरंतर बढ़ती जा रही है। वैश्वीकरण की घटना ने 'डिस्कर्सिव इंपीरियलिज्म'[2] की परिघटना को और अधिक प्रभावी बना दिया है। तथ्यों के आधार पर बातचीत करने के बजाय देशों या समुदायों के खिलाफ 'लेबलिंग' को उपकरण के तौर पर उपयोग करने की प्रवृत्ति बढ़ी है। मजबूत संचारीय अवसंरचना वाली सभ्यताएँ लेबलिंग के उपकरण के माध्यम से वर्गीकरण की एक ऐसी व्यवस्था को जन्म देती हैं, जिसके कारण कुछ समूहों को लाभ होता है और कुछ को क्षति पहुँचती है। मजबूत राजनीतिक, सामाजिक और आर्थिक शक्तिवाले लोग इस स्थिति में होते हैं कि अपेक्षाकृत कमजोर लोगों पर मनोवांछित लेबल लगा सकें।[3] यह प्रक्रिया निर्बल समूहों को अलग-थलग कर देती है, उनके दृष्टिकोण को निष्प्रभावी बना देती है और उनके खिलाफ

सभी तरह के निर्णयों को वैध साबित करने की भूमिका तैयार कर देती है।

वैश्वीकरण के कारण ही संचार के क्षेत्र में चिंता/अनिश्चितता प्रबंधन सिद्धांत (Anxieties/Uncertainity Management–AUM Theory) की प्रासंगिकता बढ़ गई है। इस सिद्धांत के अनुसार, प्रभावी संस्कृति के परिवेश में जब उस संस्कृति से बाहर का कोई व्यक्ति संवाद करता है, तो उसका संवाद चिंता और अनिश्चितता का शिकार होता है। इस सिद्धांत की केंद्रीय विषयवस्तु यह है कि अंतर-सामूहिक संवाद अनिश्चितता और चिंता के कारण प्रायः विफल होते हैं।[4] वैश्वीकरण के कारण विभिन्न सभ्यता-संस्कृतियों के लोग पहले की अपेक्षा अधिक जुड़े हुए हैं। इसके कारण अब भाषा, तकनीक, संस्कृति के स्तर पर कुछ सभ्यताओं के साथ अनावश्यक श्रेष्ठता बोध जुड़ गया है और कुछ स्वयं को कमतर मानकर संचार के क्षेत्र में अनिश्चितता के सिद्धांत का शिकार हो गई हैं। उनकी अभिव्यक्ति में आवश्यक आत्मविश्वास नहीं दिखता और स्वयं ही पराजित पक्ष की तरह व्यवहार करने लगती हैं।

बढ़ते रणनीतिक महत्त्व के कारण भी संचारीय-प्रक्रिया में हस्तक्षेप और संचारीय-सामर्थ्य अर्जित करने की आवश्यकता बढ़ गई है। 'हाइब्रिड वारफेयर' की नई युद्ध प्रणाली में संचार को केंद्रीयता प्राप्त हो गई है और इसके कारण युद्ध के देश-काल-पात्र सब बदल गए हैं। अब युद्ध, सीमा और सैनिकों तक सीमित नहीं है, बल्कि इसकी परिधि में पूरा देश आ गया है और देश का प्रत्येक नागरिक एक योद्धा की भूमिका में भी आ गया है। युद्धकाल और शांतिकाल का विभाजन अप्रासंगिक हो चुका है तथा देश और नागरिक निरंतर एक युद्धकाल में जीने को अभिशप्त हो गए हैं। इस युद्ध में वैधता और नैतिकता अर्जित करने का कार्य संचारीय प्रक्रिया के माध्यम से किया जाता है। इससे भी बढ़कर, शत्रु के पक्ष में दुष्प्रचार और अर्द्धसत्य के माध्यम से शत्रुओं के मध्य भ्रम और भेद पैदा कर उसकी निर्णय-प्रक्रिया को पंगु बनाने का प्रयास करता है। हाइब्रिड वारफेयर में शत्रुपक्ष में अराजकता की स्थिति पैदा कर शत्रु के संसाधनों को शत्रु के विरुद्ध ही खड़ा कर देने के प्रयास भी संचारीय-प्रक्रिया के माध्यम से ही किए जाते हैं।

ऐसे परिदृश्य में स्वस्थ संचारीय प्रवाह को बनाए रखना अधिक चुनौतीपूर्ण होता जा रहा है। इस बात की अनुभूति भी अधिक सघन होती जा रही है कि स्वस्थ संचारीय परिवेश श्रेष्ठ मानवता के लिए एक आवश्यक पूर्व शर्त है। वस्तुतः संप्रेषण की समस्या मूलतः मानवीय समस्या है। आज इसका महत्त्व अधिक इसलिए है कि मनुष्य की स्वाधीनता और सहज जीवन के साथ समरसता पर सहज जीवन अवलंबित है और भाषिक संप्रेषण में शुचिता, सत्यता और अमृततुल्य मधुरता जीवन के लिए स्वच्छ हवा-पानी की तरह नितांत आवश्यक हैं।[5]

संचार तकनीक के व्यापक प्रभाव को देखते हुए इस क्षेत्र में सांस्कृतिक दृष्टि से सबल प्रतीकों और प्रतिमानों की खोज और भी आवश्यक हो जाती है, ताकि व्यक्तिगत या व्यवस्थागत स्तर पर सूचनाओं का उपयोग लोगों के मानस के साथ खेलने के लिए न हो। राष्ट्र-समाज की बेहतरी के लिए सूचना प्रवाह का स्वस्थ और संतुलित होना बहुत आवश्यक है और यह तभी हो सकता है, जब तकनीक को अपनाने के साथ उसके उपयोग के लिए मूल्य-सक्षम संचारकों और पत्रकारों के निर्माण पर भी समान रूप ध्यान दिया जाए।

भारतीय संदर्भों में देखें तो एक आदर्श संचारीय-प्रतीक की यह खोज देवर्षि नारद के व्यक्तित्व और कर्तृत्व में पूरी होती है। लोककल्याणकारी सूचना प्रवाह का आग्रह, सभी पक्षों में समान विश्वसनीयता, हर क्षेत्र में असाधारण पहुँच, घटनास्थल पर उपस्थिति, सूचना को अभिव्यक्त करने का समयबोध, सूचनाओं को सही और रोचक परिप्रेक्ष्य में अभिव्यक्त करने की क्षमता, सूचना के सामर्थ्य में अटूट विश्वास जैसे गुण देवर्षि नारद को सर्वकालिक संचारक बना देते हैं।

देवर्षि नारद में समस्त भारतीय संचार-संपदा सन्निहित है, इसलिए संचारीय परिप्रेक्ष्य में उनका अध्ययन आवश्यक हो जाता है। अपनी इस विरासत को फिर से जीवंत बनाने के लिए उतना ही ध्यान देने और साधन लगाने की जरूरत है, जितना हम अपनी सुरक्षा व्यवस्था के लिए करते हैं। इससे भी ज्यादा जरूरी है, स्थानीय पहल के आधार पर संगठनात्मक ढाँचे को

अधिक कुशल और सक्रिय बनाना। हमारे देश को टिकाए रखने और उसकी सुरक्षा के लिए हमारी इस अटूट प्राचीन परंपरा का ज्ञान, उसे फिर से बल प्रदान किया जाना, उसको संरक्षित करना और उसकी फिर से व्याख्या करना हमारी सैनिक व्यवस्था से भी ज्यादा कारगर साबित हो सकता है। हालाँकि, सैनिक व्यवस्था की भी आज के जमाने में जरूरत है।[6]

ग्रंथों में ऐसे अनेक उदाहरण मिलते हैं, जहाँ नारद यकायक प्रकट होते हैं, कोई सूचना देते हैं। सूचना ऐसी होती है कि पूरा घटनाक्रम बदल जाता है। जो होना तय लग रहा होता है, वह नहीं होता और जिसकी किसी ने कल्पना भी नहीं की हो, घटनाक्रम उस दिशा में मुड़ जाता है। सीमित परिप्रेक्ष्य और तात्कालिक संदर्भों में देवर्षि का आकलन करने पर ऐसा लगता है कि वह आदतन सूचनाओं को इधर-उधर पहुँचाते हैं, कोई नया वितंडा खड़ा करते हैं और उसका आनंद उठाते हैं। दुर्भाग्य से, उनके सूचना कर्म का आकलन अधिकांश लोग इसी परिप्रेक्ष्य में करते हैं। इसलिए देवर्षि की एक नकारात्मक छवि भी समाज में बनी हुई है। 'नारद होना' उनकी इस नकारात्मक छवि को अभिव्यक्त करने वाला मुहावरा है।

यदि सूचनाओं से उपजे परिणामों के आधार पर की जाए तो चित्र और ही बनता है। यह स्पष्ट हो जाता है कि देवर्षि द्वारा सूचनाओं के माध्यम से किए जाने वाले प्रत्येक हस्तक्षेप की परिणति एक सुखद और सकारात्मक घटनाक्रम के रूप में होती है। वह अनायास कभी भी, कहीं भी, कुछ भी नहीं कह देते। उनके द्वारा सूचनाओं की अभिव्यक्ति सुचिंतित तरीके से होती है और इसी कारण उसके परिणाम अंततः लोककल्याणकारी होते हैं। संचारीय प्रतीक और प्रेरक के रूप में देवर्षि नारद की प्रासंगिकता तकनीकी नहीं, बल्कि मूल्यगत है।

यहाँ पर देवर्षि नारद के पौराणिक-ऐतिहासिक होने का प्रश्न अधिक महत्त्वपूर्ण नहीं है, महत्त्वपूर्ण यह है कि वह भारत के संचारीय यथार्थ में रचते-बसते हैं, क्योंकि अगर यह सच है कि इस देश के साधारण लोग तो अपनी पौराणिक कल्पना के कलियुग में ही रह रहे हैं, तो इसी कलियुग को

समझने की कोशिश करनी पड़ेगी। बीसवीं सदी का राग अलापते रहने से तो हमारा काम नहीं चल पाएगा।[7] इसी तर्क के आलोक में देवर्षि नारद की संचारीय महत्ता का आकलन करने का प्रयास आवश्यक हो जाता है, क्योंकि भारतीय मानस में वह आद्य संचारक के रूप में प्रतिष्ठित हैं।

यह सच है कि वर्तमान में प्रचलित व्यवस्थाएँ और व्यवहार परंपराओं से नहीं उपजा है, प्रायः उधार लिया हुआ है। इसीलिए हमारे पैरों के नीचे अपनी कोई जमीन नहीं है। अपने चित्त व काल का अपना कोई चित्र नहीं है। अपनी कोई विश्वदृष्टि नहीं है। इसलिए ठीक-ठाक चलने वाले समाजों के लोग जो बातें सहज ही जान जाते हैं, वही बातें हमें भूलभुलैया में डाले रखती हैं। राज, समाज व व्यक्ति के आपसी संबंध क्या होते हैं? किन-किन क्षेत्रों में इनमें किस-किस की प्रधानता होती है? व्यक्ति-व्यक्ति के बीच संबंधों के आधार क्या हैं? शील क्या होता है? शिष्ट आचरण क्या होता है? शिक्षा क्या होती है? सौंदर्य क्या होता है? इस प्रकार के अनेकों प्रश्न हैं, जिनके उत्तर एक स्वस्थ समाज में किसी को खोजने नहीं पड़ते। अपने चित्त व काल के अनुरूप चल रहे समाजों में ये सब बातें अपने आप परिभाषित होती चली जाती हैं। पर हम, क्योंकि अपने मानस व काल की समझ खो बैठे हैं, अपनी परंपरा के साथ जुड़े रहने की कला भूल गए हैं, इसलिए ऐसे सभी पक्ष हमारे लिए सतत खुले पड़े हैं। देश के साधारण लोगों में सही चिंतन व सही व्यवहार का कोई सहज विवेक शायद अभी भी बचा ही होगा। लेकिन उन लोगों में भी अब अकसर दुविधा ही दिखाई देती है। पर अपने भद्र समाज में तो हर स्थान पर, हर संदर्भ में विस्मृति और भ्रांति जैसी स्थिति बनी हुई है।[8]

ठीक इसी तरह संचारीय तकनीक को संचालित करने वाले मूल्यों के परंपराजन्य नहीं होने के कारण, संचारीय प्रक्रिया राष्ट्रीय कल्पनाओं को संवेदित नहीं कर पा रही है। उसमें उत्साह और आत्मविश्वास का संचार नहीं कर पा रही है। इसीलिए संचार के भारतीय परिप्रेक्ष्य, परंपरा और मूल्यबोध को समझना आवश्यक हो गया है। देवर्षि नारद संचार के भारतीय परिप्रेक्ष्य और परंपरा को समझने के लिए सर्वाधिक प्रभावी माध्यम हैं।

देवर्षि नारद के माध्यम से भारतीय संचार परंपरा की विरासत अपने समृद्ध रूपों में हमें प्राप्त होती है और इस विरासत को धारण, पोषण करना वर्तमान संदर्भों में बहुत आवश्यक हो गया है। देवर्षि नारद के संचारीय पक्ष का वर्तमान व्यवस्था में निवेश करने से न केवल संचारीय प्रवाह को सांस्कृतिक संबल प्रदान किया जा सकता है, बल्कि संपूर्ण भारतीय जनमानस में अपनी परंपरा के प्रति सम्यक् बोध विकसित किया जा सकता है। भारतीय मौलिकता को पुनः संवेदित किया जा सकता है। यदि देवर्षि नारद के व्यक्तित्व, कर्तृत्व और चिंतन का विश्लेषण करें, तो निम्नलिखित संचारीय मूल्य एवं मर्यादाएँ उभरकर हमारे सामने आती हैं—

सभ्यतागत-स्मृतिकोष

संचार की अंतिम सफलता स्मृति बनने में है। संचार की तात्कालिक सफलता सूचना, तथ्य, परिप्रेक्ष्य का सटीक संप्रेषण कर सही-गलत का विवेक पैदा करना होता है। इनमें से कुछ प्रभावी तथ्य, सूचनाएँ और परिप्रेक्ष्य स्मृति बनकर व्यक्ति के अस्तित्व का हिस्सा बन जाते हैं। और कुछ अन्य का प्रभाव इतना अधिक होता है कि वे व्यक्ति ही नहीं, सभ्यताओं और राष्ट्रीयताओं की सामूहिक स्मृति का अंश बन जाते हैं। ये स्मृतियाँ ही व्यक्तिगत या सामूहिक नीति-निर्णयन को सबसे अधिक प्रभावित करती हैं। इसलिए यह कहा जा सकता है कि जागरूकता पैदा करना संचार-प्रक्रिया का तात्कालिक लक्ष्य है, लेकिन स्मृति बनना संचार की दीर्घकालिक सफलता है। स्मृतियों में भी सभ्यतागत स्मृति बनना संचार प्रक्रिया की अंतिम परिणति है। ये सभ्यतागत स्मृतियाँ ही सभ्यतागत वैशिष्ट्य और प्रवाह का आधार होती हैं।

यह स्मृति ही संस्कार, संकल्प, प्रेय तथा श्रेय रूपों में आकांक्षा और सर्जना के विविध पुरुषार्थ का आधार बनती है। इस स्मृति का बने रहना ही किसी विचार और व्यवहार को अधिप्रमाणित करता है। स्मृतिरहित कथन या चिंतन, अधिप्रमाण्यरहित कथन या चिंतन हो जाता है। उसका वास्तविक

बल नहीं रह जाता। प्रत्येक समाज में स्मृति-रक्षा या स्मृति-प्रवाह की परंपरा भिन्न-भिन्न होती है। स्मृति, संकल्प, बोध और लक्ष्य के विशिष्ट लक्षणों द्वारा ही किसी सभ्यता की विशेष पहचान होती है।[9]

सभ्यताओं के वैशिष्ट्य, मात्र देश-काल के भेद से नहीं होते। उन्हें मात्र भिन्न-भिन्न देश-काल के प्रति एक ही सार्वभौम और एकरूप मानवीय चेतना की भिन्न-भिन्न प्रतिक्रियाएँ या रेस्पॉन्सेज मानना जीव की शक्तियों की अवहेलना करना है। रेस्पॉन्सेज स्मृति और संस्कार के आधार पर होते हैं। लेकिन स्मृति विशेष और संस्कार विशेष का एक दीर्घ, विस्तृत एवं गहरा व्यापक प्रवाह होता है, जो भिन्न-भिन्न समाजों में भिन्न-भिन्न होता है। स्वयं भाषा इन्हीं विशिष्ट प्रवाहों की वाहक होती है, इसीलिए मात्र देश, काल का महत्त्व नहीं, चित्त परंपरा का भी महत्त्व है।[10]

हमारी भाषा भी हमारी स्मृति है और हमारा इतिहास भी हमारी स्मृति है। एक साथ ऐसी दो बातें कहकर क्या हम अपने को ही भ्रम में डालने की व्यवस्था नहीं कर रहे हैं? नहीं। क्योंकि एक तो इससे आगे यह भी कहा जा सकता है कि भाषा भी इतिहास है। दूसरे, मैं तो अपने को इन दो बातों तक ही सीमित भी नहीं रख रहा हूँ। मैंने जो कुछ कहा है, उसका आशय तो यह भी है कि काल भी हमारी स्मृति है। हमारी स्मृति ही लगातार वह रचनात्मक संगठन करती चलती है, जिसमें अतीत, वर्तमान और भविष्य एक व्यवस्थित क्रम में जुड़ते चलते हैं।[11]

सभ्यताएँ और राष्ट्रीयताएँ स्मृति से संचालित होती हैं। स्मृति के छीजने या छिनने पर व्यक्तिगत और सामूहिक स्तर पर पहचान का संकट तो पैदा होता ही है, मतिभ्रम की स्थिति भी पैदा होती है। इससे परंपरा का नैरंतर्य बाधित होता है। इसलिए राष्ट्रीयताओं और सभ्यताओं को प्रवाहमान बनाए रखने के लिए परंपरागत स्मृतियों को जीवंत बनाए रखना बहुत आवश्यक हो जाता है। स्मृति ही वह गतिशील सर्जनात्मक तत्त्व है, जो काल, इतिहास, साहित्य और हाँ, भाषा के लिए नए परिदृश्य रचती है।[12]

दुर्भाग्यवश, संचारीय-प्रक्रिया से स्मृति का परिदृश्य पूरी तरह गायब है,

जबकि 'स्मृति का परिदृश्य ही हमारी बेचैनी और उत्कंठा का भी परिदृश्य है तथा हमारी सर्जनात्मक कल्पना और हमारी संभाव्य मुक्ति का भी। आधुनिक प्रौद्योगिकी और संचार व्यवस्था का सारा जोर इस बात पर है कि जानकारियों का निरंतर वर्धमान भंडार हमारे भंडार केंद्रों में संचित होता जाए और परिणामतः हम कुछ भी स्मरण रखने की आदत और जरूरत से छुट्टी पा जाएँ।[13]

हमारे पैरों के नीचे अपनी कोई जमीन नहीं है। अपने चित्त व काल का अपना कोई चित्र नहीं है। अपनी कोई विश्वदृष्टि नहीं है। इसलिए ठीक-ठाक चलने वाले समाजों के लोग जो बातें सहज ही जान जाते हैं, वही बातें हमें भूलभुलैया में डाले रखती हैं। राज, समाज व व्यक्ति के आपसी संबंध क्या होते हैं? किन-किन क्षेत्रों में इनमें किस-किस की प्रधानता होती है? व्यक्ति-व्यक्ति के बीच संबंधों के आधार क्या हैं? शील क्या होता है? शिष्ट आचरण क्या होता है? शिक्षा क्या होती है? सौंदर्य क्या होता है? इस प्रकार के अनेक प्रश्न हैं, जिनके उत्तर एक स्वस्थ समाज में किसी को खोजने नहीं पड़ते। अपने चित्त व काल के अनुरूप चल रहे समाजों में ये सब बातें अपने आप परिभाषित होती चली जाती हैं; पर हम क्योंकि अपने मानस व काल की समझ खो बैठे हैं, अपनी परंपरा के साथ जुड़े रहने की कला भूल गए हैं, इसलिए ऐसे सभी पक्ष हमारे लिए सतत खुले पड़े हैं। देश के साधारण लोगों में सही चिंतन व सही व्यवहार का कोई सहज विवेक शायद अभी भी बचा ही होगा। लेकिन उन लोगों में भी अब अकसर दुविधा ही दिखाई देती है। पर अपने भद्र समाज में तो हर स्थान पर, हर संदर्भ में विस्मृति और भ्रांति जैसी स्थिति बनी हुई है। सही-गलत का जैसे कोई विवेक ही न बचा हो।[14]

आज के तकनीकी समाज में, जहाँ व्यापक पैमाने पर मशीनी साधनों (Mass Media) द्वारा शब्द को प्रसारित किया जाता है, भाषा का रूपक संस्कार नष्ट हो चुका है। दो औसत अनुभवों के बीच शब्द महज सूचना का साधन बन जाता है, स्मृति का वाहक नहीं—वह हमारे व्यक्तित्व के सबसे ऊपरी, सतही और उथले पहलू को स्पर्श कर खो जाता है।[15]

भारतीय मानस को समझने के लिए अपने प्राचीन साहित्य को तो समझना ही पड़ेगा। यहाँ का असीम साहित्य, जो भारतीय सभ्यता का आधार रहा है और जिससे अपने यहाँ की प्रज्ञा और व्यवहार नियमित होते रहे हैं, उसे जाने बिना भारतीय मानस को जानने की बात चल नहीं सकती।[16] अगर यह सच है कि इस देश के साधारण लोग तो अपनी पौराणिक कल्पना के कलियुग में ही रह रहे हैं, तो इसी कलियुग को समझने की कोशिश करनी पड़ेगी। बीसवीं सदी का राग अलापते रहने से तो हमारा काम नहीं चल पाएगा।[17]

सभ्यतागत स्मृति के सृजन और संवहन की क्षमता विरले संचारकों में ही होती है। देवर्षि नारद सभ्यतागत स्मृति के सबसे बड़े सर्जक, संवाहक और उत्प्रेरक हैं। भारतीय वाङ्मय उनकी उपस्थिति से ओत-प्रोत है। उनका नाम भारतीय समाज में सहस्त्रों प्रमुख स्मृतियों को जीवंत बनाए हुए है। उन्होंने स्वयं साहित्य की रचना की, कथाओं और संवादों के माध्यम से स्मृतियों को संप्रेषित किया और ईश्वरीय चरित्रों को लिखने के लिए महापुरुषों को प्रेरित भी किया। उनकी प्रेरणा के कारण ही रामायण और भागवत अस्तित्व में आए। इसलिए यह कहा जा सकता है कि देवर्षि नारद सभ्यतागत स्मृतियों के सबसे बड़े सर्जक और संवाहक हैं।

देवर्षि नारद भारतीय देश-काल और भाषा बोध से संबंधित मूलभूत स्मृतियों के सर्जक और संवाहक हैं और इसीलिए भारतीय संदर्भों में वह सनातन दर्शन और समसामयिक यथार्थ के बीच सबसे प्रमुख संवाद-सेतु बन जाते हैं। संचारीय प्रक्रिया में स्मृति-सर्जक सामर्थ्य पैदा करना इसे सरस बनाने के लिए तो आवश्यक है ही, व्यक्ति और समाज में वैशिष्ट्य बोध बनाए रखने के लिए भी यह अनिवार्य है।

देवर्षि नारद की संचार नीति में स्मृति-सर्जना केंद्रीय तत्त्व है। देवर्षि नारद की संचार नीति के माध्यम से वर्तमान संचारीय-चिंतन में स्मृति तत्त्व को पुनः प्रतिष्ठित किया जा सकता है। स्मृति का संचारीय प्रक्रिया की सफलता-असफलता की मुख्य कसौटी के रूप में स्थापित होने से संचारीय-प्रक्रिया में नए और गंभीर आयामों को जोड़ा जा सकता है।

प्रश्नप्रेरित परंपरा के प्रतीक

मूलभूत प्रश्नों की पहचान भारतीय सभ्यता की आधारभूत पहचान है। इस संस्कृति की मान्यता है कि मूलभूत प्रश्नों को जीवंत बनाए रखना और मूलभूत प्रश्नों के साथ जीवित रहना सबसे बड़ी साधना है। भारतीय संस्कृति की यह आधारभूत अंत:दृष्टि है कि यदि प्रश्न जीवित रहते हैं तो समाधान उपस्थित हो जाते हैं और वास्तविक प्रश्न पहचानने पर ही वास्तविक समाधान उपलब्ध होते हैं। इसीलिए यह संस्कृति प्रश्न के साथ सहयात्रा में विश्वास करती है और यह मानती है कि प्रश्नविहीनता की स्थिति में वास्तविक समाधान प्राप्त करने की ऊर्जा और उत्कंठा उत्पन्न हो ही नहीं सकती। प्रश्नहीनता की स्थिति अंततः समाधानहीनता में परिवर्तित हो जाती है। प्रश्न किसी भी समाधान की मूलभूत शर्त और अंतर्निहित शक्ति होती है।

भारतीय मानस त्वरित और तैयार समाधानों के स्वाभाविक और सहज आकर्षण के बजाय वास्तविक प्रश्नों को खोजने और उसके साथ यात्रा करने पर विश्वास करता है। प्रश्नों को जीवंत बनाए रखने और उससे उत्पन्न उद्वेग को सँभालने के लिए तितिक्षा का उपदेश देता है। मूलभूत प्रश्नों की पहचान के आग्रह की सर्वाधिक सटीक अभिव्यक्ति 'मुंडकोपनिषद्' में मिलती है। महाशालाधिपति शौनक अंगिरस से पूछते हैं कि 'कस्मिन् नु भगवो विज्ञाते सर्वमिदं विज्ञातं भवति' (क्या जान लेने से सबकुछ ज्ञात हो जाता है?)। इसी प्रकार प्रश्नों के साथ सहयात्री के रूप में सत्यशोधन की सबसे सटीक अभिव्यक्ति 'कठोपनिषद्' में मिलती है, जहाँ गुरु-शिष्य साथ-साथ सत्यान्वेषण के मार्ग पर बढ़ने, साथ-साथ ज्ञान से तृप्त होने, साथ-साथ अनुसंधान की ऊर्जा प्राप्त करने और साथ-साथ अपने ज्ञान को प्रभावशाली बनाने की कामना करते हैं। (ॐ सह नाववतु। सह नौ भुनक्तु। सह वीर्यं करवावहै। तेजस्वि नावधीतमस्तु मा विद्विषावहै)। भारतीय मानस में सदैव से ही महत्त्व "सही जवाब का नहीं, सही सवाल का है।"[18]

मूलभूत प्रश्नों के साथ सहयात्री होने की यह प्रवृत्ति संपूर्ण भारतीय वाङ्मय में दिखाई पड़ती है। भारतीय परंपरा प्रश्नोत्तरों के माध्यम से प्रवाहमान

रही है। उपनिषद् प्रश्नोत्तर की परंपरा का विस्तार ही हैं। एक उपनिषद् का तो नाम ही 'प्रश्नोपनिषद्' है। इसी तरह सभी पुराणों 'एकदा नैमिषारण्ये' में एकत्रित ऋषियों के सूतजी से पूछे गए प्रश्नों का प्रतिफल ही है। इस दृष्टि से देखें तो प्रश्नोत्तर भारतीय ज्ञान–परंपरा का प्राण है।

मद्रास के श्री शिवरमण तो कहते हैं कि प्रश्न पूछते जाना ही भारतीय सत्य साधना का मूल है। उनका मानना है कि उपनिषदों में उत्तर तो कोई बहुत ठीक नहीं हैं, पर प्रश्न बहुत बड़े हैं। स्मृतियों में भी उनका कहना है कि प्रश्न बहुत ऊँचे हैं। और फिर अपने सभी प्राचीन ग्रंथों में प्रश्नोत्तर के माध्यम से ही तो सबकुछ कहा जाता है।[19]

केवल अमूर्त दार्शनिक ज्ञान ही नहीं, बल्कि कठोर यथार्थ वाले सामाजिक क्षेत्र में भी भारत के निरंतर आगे बढ़ने का मार्ग प्रश्न ही रहे हैं। समाज संरचना के बारे में प्रश्न पूछते रहने, इस विषय पर चिंतन करते रहने और समय व संदर्भ के अनुरूप कुछ स्थायी–अस्थायी समाधान निकालते रहने का तरीका ही शायद भारतीय तरीका है। इसमें महत्त्व सही सनातन उत्तर पाने का नहीं, सही सटीक प्रश्न उठाने का है। प्रश्न उठाते रहने के उस तरीके को हमने कहाँ खो दिया है ? उन बड़े प्रश्नों को उठाना ही हम एक बार फिर शुरू कर दें तो हमारा सहज विवेक लौट ही आएगा।[20]

देवर्षि नारद भारत की इस प्रश्नोत्तर संस्कृति के सबसे बड़े प्रतीक हैं। उनकी उपस्थिति प्रश्नों की उपस्थिति के पर्याय जैसी है। सत्यनारायण कथा उनके प्रश्नों का उत्तर है। श्रीमदवाल्मीकि रामायण और श्रीमद्भागवत् उनसे पूछे गए प्रश्नों और उससे उपजी प्रेरणाओं का परिणाम हैं। वह श्रीकृष्ण और युधिष्ठिर के प्रश्नों का भी समाधान करने में सक्षम हैं। ध्रुव और प्रह्लाद को उपदेश देकर उनके लिए सम्यक् मार्ग प्रशस्त करते हैं। संपूर्ण भारतीय वाङ्मय में वह या तो प्रश्न पूछते हुए दिखलाई पड़ते हैं या प्रश्नों का उत्तर देते हुए दिखाई देते हैं। प्रश्नोत्तर परंपरा का देवर्षि नारद से बड़ा प्रतीक अन्य कोई नहीं हो सकता।

संचारीय परिदृश्य में देवर्षि नारद की स्थापना प्रश्नोत्तर परंपरा के मर्म

को समझने के लिए तो आवश्यक है ही, प्रश्नोत्तर परंपरा को पुनर्जीवित करने के लिए भी आवश्यक है। संचारीय प्रक्रिया के केंद्र में ही प्रश्नोत्तर है। प्रश्न की पहचान, प्रश्न पूछने की कला का विकास और उत्तर को सम्यक् तरीके से संयोजित करना संचारीय प्रक्रिया का केंद्रीय कर्म है। देवर्षि नारद के व्यक्तित्व और कर्तृत्व के माध्यम से न केवल भारतीय संस्कृति की मूलभूत पहचान पुनर्स्थापित हो सकती है, बल्कि संचारीय प्रक्रिया भी अधिक स्वस्थ और संपूर्ण बन सकती है।

सत्यनारायण का संचारीय आदर्श

पुराणों में दार्शनिक तत्त्वों को सरलतम ढंग से जनसमुदाय तक पहुँचाने के लिए कथात्मक शैली का उपयोग किया गया है। इस कथात्मक शैली के आश्रय से पुराणों के दार्शनिक तत्त्वों का विवेचन बड़ी सुंदरता से प्रस्तुत किया जाता है। भारतीय संस्कृति में आचार तथा विचार का बहुत घनिष्ठ संबंध है। आचार के द्वारा कार्यरूप में परिणीत किए बिना विचार का कोई महत्त्व नहीं है। इस प्रकार विचार की भित्ति और आधार के अभाव में आचार की स्थापना भी निराधार और निरावलंब होती है। पुराणों में जनता के लिए अनुकरणीय और प्रतिदिन जीवन में संग्रहणीय सदाचार का विशद विवरण प्रस्तुत किया गया है।[21] सत्यनारायण कथा पुराणों की इस शैली के सबसे प्रभावी प्रतीकों में से एक है।

सत्यनारायण की कथा सत्य के प्रति आस्था निर्मिति की एक प्रभावी पौराणिक कथा है। इस कथा में सत्य को ईश्वर के समकक्ष माना गया है। सत्य को नारायण मानने की संकल्पना भारतीय संस्कृति की मूलभूत मान्यता है। यह मान्यता विश्व को दी गई एक अनूठी देन भी है। शायद ही, ऐसी कोई अन्य संकल्पना हो, जिसने भारतीय संस्कृति को इतनी गहराई और व्यापकता से प्रभावित किया हो, जितना कि सत्यनारायण की संकल्पना ने। सत्य के साथ चलने, सत्य के पक्ष में खड़े होने, शब्दों को ब्रह्म मानने, वचनबद्धता को सबसे बड़ा मूल्य मानने जैसे अनेक आग्रहों के पीछे सत्यनारायण की

संकल्पना ही है। इस संकल्पना का प्रभाव भारतीय जनमानस और उसकी चेतना पर बहुत गहरा है। भारत विश्व की संभवतः एकमात्र ऐसी सभ्यता है, जहाँ पर सत्य को ईश्वर जैसी प्रतिष्ठा दी गई है। यह संकल्पना भारत की विश्व को दी जाने वाली महत्त्वपूर्ण देन है।

सत्यनारायण की संकल्पना आज भी भारतीय जनमानस में रची-बसी है, इसका कारण देवर्षि नारद हैं। उनके कारण ही सत्यनारायण कथा का अवतरण होता है। आज भी सत्यनारायण की कथा घर-घर सुनी जाती है। भारतीय परिवार में मांगलिक क्षण हों, कोई सुखद घटनाक्रम हो अथवा ईश्वर के प्रति कृतज्ञता ज्ञापित करने की मनःस्थिति, सत्यनारायण की कथा अवश्य सुनी जाती है। सत्यनारायण की संकल्पना आम भारतीय को सत्य तक पहुँचाती है, उन्हें सत्याग्रह के लिए प्रेरित करती है।

सत्यनारायण की कथा सत्य की सत्ता को स्थापित करने का बहुत सृजनात्मक प्रयोग है। इसके प्रत्येक अध्याय में सत्य के माहात्म्य को स्थापित करने वाली कुछ कथाएँ होती हैं। वस्तुतः सत्यनारायण कथा कोई कथा नहीं, बल्कि सत्य की महिमा बताने वाले रोचक प्रकरणों का संकलन है। यह माहात्म्य कथा है और हम यह जानते हैं कि शुष्क दार्शनिक विवेचनों का जुड़ाव लोगों से उस कदर नहीं होता, जिस कदर माहात्म्य कथाओं का। इसीलिए पूरी पुराण परंपरा माहात्म्य कथाओं से भरी-पड़ी है। देवता, दिवस, महीनों, स्थलों की माहात्म्य कथाएँ हैं। माहात्म्य-आख्यान, गौरवगान, मूल्यों, मान्यताओं और प्रतीकों का गढ़ने की एक सहज और मनोवैज्ञानिक प्रक्रिया है। इसके हर अध्याय में केवल यह संकेत किया गया है कि यदि कोई व्यक्ति सत्य से विमुख होता है, वचन भंग करता है, प्रलोभनों के वशीभूत होकर सत्य का मार्ग छोड़ता है, तो परिणाम अनिष्टकारी होते हैं। यहाँ इस तथ्य को भी याद रखना चाहिए कि देवर्षि उस सनातन परंपरा के प्रतिनिधि के नाते सत्यनारायण कथा के अवतरण का कारण बनते हैं, जो सत्य को शक्ति का मूलस्रोत[22] और धर्म का आधारभूत सिद्धांत[23] मानती है। सनातन चिंतनधारा में सत्य स्वयं धर्म है और धर्मरक्षक भी।[24] सत्य की शक्ति पर इस अटूट विश्वास

के कारण ही 'सत्यमेव जयते'[25] हमारा राष्ट्रीय आदर्श वाक्य है और सत्य तथा प्रिय बोलने को सनातन-सभ्यता की सबसे बड़ी कसौटी माना गया है।[26]

इतना ही नहीं, भारतीय मनीषा तो यह मानती है कि वाणी में प्रभावित करने की क्षमता ही तभी पैदा होती है, जब उसमें सत्य की प्रतिष्ठा हो। वाणी में सत्य की प्रतिष्ठा होने पर उसमें क्रियाफल-दान की शक्ति उत्पन्न हो जाती है। अर्थात् वाणी संदेशों को इतने सटीक ढंग से पहुँचाने में सक्षम हो जाती है कि लोग संदेश के अनुसार क्रिया करने के लिए बाध्य हो जाते हैं।[27] सत्य में प्रतिष्ठित संदेशों में ही दूसरों को प्रभावित करने की क्षमता होती है।

सत्य में स्थित होने से कर्म में सिद्धि आती है। 'सत्यप्रतिष्ठायां क्रियाफलाश्रयत्वम्', जो व्यक्ति सत्य के लिए प्रतिबद्ध है, जो अपनी चेतना के अस्तित्त्व के प्रति निष्ठावान् है, उनको सफलता बड़ी आसानी से मिल जाती है, सफलता उनके पीछे आती है। ऐसा नहीं है कि उनको कभी असफलता नहीं मिलती, कभी असफल हो भी सकते हैं, परंतु अंततः सफलता ही मिलती है।[28]

सत्य की सर्वोच्चता का यह मूल्य भारतीय संस्कृति की सबसे मूलभूत विशेषता कही जा सकती है। अन्य संस्कृतियों में सत्य और शक्ति के बीच एक द्वैध देखने को मिलता है, और यह द्वैध दोनों कारकों को बीच संघर्ष को जन्म देता है। सत्य को शक्ति के जरिए विस्थापित करने में अन्य संस्कृतियों का गहरा विश्वास है और उनका पूरा इतिहास इस विश्वास से उपजे अभियानों से भरा पड़ा है।

भारतीय संस्कृति में सत्य और शक्ति के बीच द्वैध नहीं है। इस संस्कृति में सत्य और शक्ति एक-दूसरे के आधार बन जाते हैं। इस चिंतनधारा में सत्य एक महत्शक्ति है और शक्ति एक महत्सत्य है। यह संस्कृति सत्य को शक्ति का वृहदतम् स्रोत और शक्ति को सत्य का आधार मानती है। इसलिए सत्य और शक्ति एक ही समग्र के दो अलग-अलग आयाम बन जाते हैं। इन दोनों के मध्य एक गत्यात्मक संबंध है। देश-काल-पात्र के अनुसार सत्य और शक्ति के गतिशील संबंध की पहचान और उसकी आचरण में अभिव्यक्ति ही

सनातन धर्म में सबसे बड़ी साधना मानी जाती है। सनातन संस्कृति में सत्य और शक्ति वृहदतम् अस्तित्व के अलग-अलग आयाम हैं। इसीलिए इन दोनों के मध्य संघर्ष नहीं, संतुलन साधने पर बल दिया जाता है।

सत्य की इस वृहद संकल्पना और उसकी अजेयता के बारे में भारतीय संस्कृति सदैव से आश्वस्त रही है और संभवतः वह विश्व की एकमात्र संस्कृति है, जो यह घोषणा करती है कि अंततः सत्य की ही जय होती है। इसलिए सत्य की जैसी आराधना इस संस्कृति में हुई है और सत्यान्वेषण के प्रति जितना आग्रह इस संस्कृति में रहा है, वैसा उदाहरण अन्यत्र किसी संस्कृति में देखने को नहीं मिलता। सत्य और उसमें निहित शक्ति का विश्वास इतना अधिक है कि उसका प्रभाव केवल मानवीय व्यवहार में निर्णायक नहीं माना गया है, बल्कि विश्वास यह है कि यह संपूर्ण सृष्टि ही सत्य की शक्ति से संचालित है।

देवर्षि नारद की प्रेरणा से सत्य को नारायण मानने वाला दर्शन एक सरल-कथा का रूप लेकर भारतीय जनमानस में स्थापित हुआ। यह कथा आज भी करोड़ों भारतीयों में सत्यनिष्ठा का बीज आरोपित करती है। एक ऐसी सामाजिक-सांस्कृतिक अधोसंरचना तैयार करती है, जिस पर अन्य भारतीय विशेषताएँ आकार लेती हैं।

सत्यनारायण की कथा के जरिए देवर्षि नारद ने सत्य को चरम मूल्य के रूप में स्थापित किया है। संपूर्ण भारतीय वाङ्मय में, जहाँ भी देवर्षि की उपस्थिति है, वह स्वयं सच की प्रति सजग दिखते हैं और दूसरों को सच के प्रति सचेत करते रहते हैं। मीडिया सत्य को नारायण मानकर अपनी कथा लिखे-कहे, यह विश्वसनीयता के संकट के दौर में उसकी सबसे बड़ी आवश्यकता है। सत्य को नारायण मानने की नारदीय परंपरा से स्वयं को जोड़कर वह इसके लिए आवश्यक साहस और संबल प्राप्त कर सकता है। भारतीय मीडिया इसी सत्य को नारायण मानने वाली वृहदतम् सामाजिक-सांस्कृतिक संरचना में काम करता है, इसलिए मीडिया में सच को सर्वोच्च समाचार-मूल्य के रूप में स्वीकृति मिलनी ही चाहिए।

अभिव्यक्ति की नारदीय कला : सरलता सबसे जटिल प्रभाव छोड़ती है

दुनिया में प्रत्येक व्यक्ति की प्रत्येक विषय में विशेषज्ञता असंभव है। इसीलिए किसी भी विषयवस्तु को सरल-सरस तरीके से प्रस्तुत करना संचार की सबसे बड़ी कसौटी बन जाती है। सरलता का एक सार्वभौमिक आकर्षण है। इसीलिए मेधावी होने की, प्रतिभाशाली होने की एक बड़ी पहचान जटिल को सरल तरीके से प्रस्तुत करने में निहित है।[29] सरलता का मतलब किसी तथ्य को हलका करना या छिपाना नहीं है, बल्कि उसे संक्षिप्त, स्पष्ट और सटीक बनाना है।[30] आज भी सटीक और प्रभावी संदेश देने के लिए अधिकांश विशेषज्ञ सरलता को जटिलता से बहुत प्रभावी मानते हैं।[31]

लोक, वेद और ऋषि की त्रिपुटी भारतीय मानस को रचती है और जिस भी अभिव्यक्ति शैली में लोक, वेद और ऋषि तीनों तत्त्वों का समावेश होता है, वह भारतीय जनमानस को सर्वाधिक प्रभावित करती है। लोक अवलोकन का प्रतीक है, वेद शास्त्रीय-पुस्तकीय ज्ञान का प्रतीक है और ऋषि साधना और अनुभूति का प्रतीक है। देवर्षि नारद के व्यक्तित्व में भारतीय चित्त को रचने वाले तत्त्वों का संगम है, क्योंकि उनमें तीनों तत्त्वों का समावेश है। वह स्वयं देवर्षि हैं, उन्हें शास्त्रों का संपूर्ण ज्ञान है और लोककल्याण की भावना से प्रेरित होकर वह सदैव विविध लोकों में गतिमान रहते हैं। इस कारण उनके व्यक्तित्व और अभिव्यक्ति शैली में ऋषि की अनुभूति, शास्त्र की परंपरा और लोक के अवलोकन की शक्ति का सम्मिश्रण देखने को मिलता है। लोक, वेद और ऋषि तत्त्वों से संपुटित अभिव्यक्ति की यह नारदीय शैली भारतीय संदर्भों में सर्वाधिक प्रभावी अभिव्यक्ति की शैली है। यदि यह शैली जटिलता और विविधता से भरे भारतीय संदर्भों में प्रभावी है तो विश्व के अन्य एकांगी समाजों में भी उसका प्रभावी होना स्वाभाविक है।

उनके श्रोताओं में जितनी विविधता है, वह अन्यत्र देखने को नहीं मिलती। ऋषि, देवता, दैत्य, यक्ष, गंधर्व सभी को वह समान प्रभाव से संबोधित और प्रभावित कर पाते हैं, तो इसका कारण जटिल अंतर्वस्तु को सरल कथन के

रूप में प्रस्तुत करने की उनकी क्षमता है। इसलिए उनकी अभिव्यक्ति में शास्त्रीय आभा के साथ सरलता की वीणा भी बजती रहती है। वह जटिलता को सरलता से अभिव्यक्त करने के प्रतीक पुरुष हैं।

साधक होने के कारण उनके पास स्वयं की अंत:दृष्टि भी है। इसलिए सत्य को किन संदर्भों और शब्दों में अभिव्यक्त करना है, इसके मर्मज्ञ के रूप में वह लोक और शास्त्र दोनों में प्रतिष्ठित हैं।

नारदीय संचार-प्रक्रिया में समयबोध और सत्यबोध का बेहतरीन संतुलन देखने को मिलता है। वह प्राय: निर्णायक क्षणों में हस्तक्षेप करते हैं, सहज तरीके से सूचनाओं को अभिव्यक्त करते हैं और पूरे घटनाक्रम को बदलकर रख देते हैं। नारदीय संचार-प्रक्रिया कहीं भी शुष्क नहीं है, उसमें रोचकता दिखती है, कौतूहल दिखता है। देवर्षि नारद के व्यक्तित्व और संवाद शैली में सर्वत्र एक रोचकता का पुट दिखाई पड़ता है।

बाहर से देखने पर नारद का पूरा व्यक्तित्व रोचकता से भरा हुआ है। उनकी संचार शैली में रोचकता प्रत्येक कदम पर अभिव्यक्त होती है। भाव-भंगिमा से लेकर शब्दों के चयन तक में, सरलता-सहजता और रोचकता की स्पष्ट छाप दिखती है। लेकिन वह इसका उपयोग मानवीय प्रवृत्तियों को गलत दिशा में धकेलने के लिए नहीं, बल्कि लोककल्याण और सत्य को स्थापित करने के लिए करते हैं। समाचार और संचार प्रवाह को सत्य का अवमूल्यन किए बिना किस तरह सरस बनाया जाए, इस कौशल को नारदीय संचार नीति से सीखा जा सकता है।

संचारीय सर्वस्वीकार्यता का सूत्र : चरित्र और चिंतन का अद्वैत

भारतीय मानस किसी भी व्यक्ति को विश्वसनीयता और स्वीकार्यता तभी प्रदान करता है, जब सत्य उसके अस्तित्व के सभी स्तरों से अभिव्यक्त होता है। इसके साथ यह सत्य है कि विश्वसनीयता और स्वीकार्यता संचारीय-प्रक्रिया की मूलभूत पूँजी होती है। चरित्र और चिंतन का द्वैध न केवल संचारक को संदिग्ध बना देता है, बल्कि संचारीय प्रक्रिया को भी अप्रभावी

बना देता है। अन्य संस्कृतियों में तो चरित्र और चिंतन के द्वैध को न्यूनाधिक स्वीकृति प्राप्त है, लेकिन भारतीय संस्कृति में मन, वचन और कर्म की एकरूपता आने पर ही संचारक को स्वीकृति मिलती है।

चरित्र और चिंतन में यह अद्वैत लोकोपकार की भावना और आचरण के अनुशासन से आता है। देवर्षि नारद का संपूर्ण व्यक्तित्व और कर्तृत्व लोकोपकार की भावना से प्रेरित है और आचरण का अनुशासन भी सर्वत्र दिखता है। यह अद्वैत देवर्षि के व्यक्तित्व को एक प्रभावी संचारक बना देता है। देवर्षि नारद के मन, वचन और कर्म में न केवल साम्यता है, बल्कि वह इस साम्यता को स्थापित करने की साधना की तरफ भी संकेत है।

देवर्षि नारद के अनुसार कायिक, वाचिक और मानसिक तप करने से चरित्र और चिंतन की एकरूपता को प्राप्त किया जा सकता है। मानसिक, कायिक और वाचिक तप कर व्यक्तित्व के तीनों आयामों को सुगठित किया जा सकता है और लोकोपकार की भावना विकसित की जा सकती है।[32]

संचारक के व्यक्तित्व और संचार की प्रक्रिया का विच्छेद हो जाने के कारण शब्दों का प्रभाव सीमित हुआ है और संचारकों की समाज पर सकारात्मक प्रभाव छोड़ने की क्षमता में भी कमी आई है। अच्छे शब्दों को अच्छे चरित्र का संबल न मिलने के कारण विश्वसनीयता का संकट पैदा हुआ है। चरित्र और चिंतन की अपृथक्करणीयता को स्वीकार किए जाने के बाद संचार–प्रवाह पर से उपभोक्तावाद के अतिशय दबाव को भी न्यून किया जा सकता है, जो वर्तमान में सबसे बड़ी सभ्यतागत समस्या बन गई है।

आधुनिक संचार–सिद्धांतों में भी अब इस बात की अभिव्यक्ति होने लगी है। मनोवैज्ञानिक अल्बर्ट बांदुरा की सोशल लर्निंग थ्योरी के अनुसार व्यक्ति समाज के अन्य लोगों के व्यवहार का अवलोकन करते हुए सीखता है।[33] अच्छे कथन तभी प्रभावी होते हैं, जब वक्ता का चरित्र उसके कथन का समर्थन कर रहे हों। अन्यथा वक्ता को आडंबरी मानकर उसके कथन का श्रोता अवमूल्यन कर देता है।

दुर्भाग्यवश, संचारक का चरित्र, संचारीय अध्ययन-अध्यापन की दुनिया में अनुपस्थित है। संचारीय-प्रक्रिया भी चरित्र की क्षमता और प्रभाव को स्वीकार करने के लिए तैयार नहीं हुई है। इसीलिए संचार-अध्ययन और संचारीय-प्रक्रिया की बढ़ी हुई व्यापकता के बावजूद विश्वसनीयता का संकट भी उत्तरोत्तर बढ़ता जा रहा है। इस संकट के कारण सही समाचारों और सूचनाओं का उपभोक्ता और उत्पादक बनना समय की आवश्यकता बन गई है। सही सूचनाओं और समाचारों का ग्राहक, प्रायोजक और नजदीकी बनना आज अच्छे नागरिक के बहुत सारे दायित्वों में से एक दायित्व बन गया है।[34] अच्छे समाचारों का चयन और उपभोग अब नागरिक-बोध का अनिवार्य हिस्सा बनना चाहिए। सही समाचारों के आग्रह का नागरिक-बोध तभी पैदा हो सकता है, जब व्यक्ति में सत्य तक पहुँचने की ललक हो और वह लोक-कल्याण की भावना से प्रेरित हो। देवर्षि नारद का चिंतन और चरित्र यह दोनों प्रवृत्तियाँ पैदा करने में सहयोगी है।

देवर्षि नारद सारे विश्व के प्राणियों के देवता, मनुष्य, राक्षस सभी के समान आदरणीय और पूजनीय क्यों हैं, इस संबंध में महाभारत में एक बड़ा सुंदर प्रसंग है। जिसमें देवर्षि के पुनीत गुणों और उनके विश्ववंद्य होने के कारणों का संक्षेप में उल्लेख है; मनुष्य किस प्रकार के गुणों से संपन्न होने पर जगत्-पूज्य होता है, इस बात का पता उक्त प्रसंग से भली-भाँति लग जाता है। प्रसंग इस प्रकार है—

एक समय राजा उग्रसेन ने भगवान् श्रीकृष्ण से पूछा कि हे वासुदेव! नारदजी के गुणगान से मनुष्य को दिव्य-लोक की प्राप्ति होती है, इससे इतना तो मैं समझता हूँ कि नारद सर्वसद्गुणों से संपन्न हैं, परंतु हे केशव! आप बतलाइए कि नारद में वे गुण कौन-कौन से हैं? इसके उत्तर में भगवान् बोले कि हे राजन! नारद के जिन उत्तम गुणों को मैं जानता हूँ, उन्हें संक्षेप में कहता हूँ, आप ध्यान देकर सुनिए!

नारद को अपने चरित्र का कभी अभिमान नहीं हुआ कि जो देह को संताप देता। उनका शास्त्रज्ञान और चरित्र सदा ही अस्खलित है, इसी से वह

सर्वत्र पूजित होते हैं। नारद में प्रेमहीनता, क्रोध, चपलता और भय—ये दोष कभी देखने में नहीं आते। वह कर्तव्य में तत्पर और शूरवीर हैं। इसी से जगत् में सर्वत्र पूजे जाते हैं।

नारद की वाणी में काम या क्रोध के कारण कभी विपरीत भाव नहीं आता, इसलिए वे परम सेवा के योग्य हैं और इसलिए वे सर्वत्र पूजे जाते हैं। वे अध्यात्मशास्त्र के तत्त्व को जानने वाले, क्षमाशील, शक्तिमान, जितेंद्रिय, सरल हृदय और सत्यवादी हैं, इससे उनकी सर्वत्र पूजा होती है। वे नारद तेज, यश, बुद्धि, ज्ञान, विनय, जन्म और तप में सबसे श्रेष्ठ हैं, इसीलिए सर्वत्र पूजित होते हैं। वे सुशील आनंदद्वेषी, सात्त्विक अन्नभोजी, सबका आदर करनेवाले और भीतर-बाहर से पवित्र हैं। सुंदर (सत्य, मधुर, हितकर) वाणी बोलते हैं और किसी के साथ ईर्ष्या नहीं करते, इसलिए वे सर्वत्र पूजे जाते हैं। वे सबका कल्याण करते हैं, उनमें पाप का लेश भी नहीं है, वे दूसरे का अनिष्ट देखकर कभी प्रसन्न नहीं होते, इसीलिए सर्वत्र पूजित होते हैं। वे वेद और इतिहास को सुनकर विषयों को जीतना चाहते हैं। वे स्वाभाविक ही वैराग्यवान् और सहनशील हैं। वह किसी का अपमान नहीं करते, इसलिए वे सर्वत्र पूजित होते हैं। वे सर्वत्र समदृष्टि हैं, उनके लिए कोई प्रिय या अप्रिय नहीं है, वे सबके मन के अनुकूल बोलने वाले हैं, इसी से सब जगह उनकी पूजा होती है। वे बहुश्रुत हैं, बड़ी-बड़ी विचित्र कथाएँ जानते हैं, महान् पंडित हैं, लालसा और शठता से रहित हैं; उनमें दीनता, क्रोध और लोभ नहीं है, इसी से वे सर्वत्र पूजे जाते हैं। उन्होंने विषय, धन, काम के लिए कभी किसी से विरोध नहीं किया, उनके दोष समूल नष्ट हो चुके हैं, इसीलिए वे सर्वत्र पूजे जाते हैं। मुझमें उनकी भक्ति अत्यंत दृढ़ है, उनका अंतःकरण निर्विकार है, वे वेद के ज्ञाता, दयालु तथा मोह और दोष से रहित हैं, इसी से सर्वत्र पूजित होते हैं, वे किसी विषय में आसक्ति नहीं रखनेवाले होने पर भी व्यवहार में आसक्ति रखने वाले से प्रतीत होते हैं, उनमें संदेह नहीं ठहरता और वे महान् वक्ता हैं, इसी से जगत् में सर्वत्र पूजे जाते हैं। काम्य-विषय में उनकी चित्तवृत्ति ठहरती ही

नहीं, वे कभी अपनी प्रशंसा नहीं करते, किसी से डाह नहीं करते। सबके साथ कोमल वाणी से बातचीत करते हैं, इससे उनकी सर्वत्र पूजा होती है। वे लोगों के भिन्न-भिन्न प्रकार के चित्रों को देखते हैं, पर किसी की निंदा नहीं करते, वे सृष्टि संबंधी विद्या में निपुण हैं, इसलिए सर्वत्र पूजे जाते हैं। वे किसी भी शास्त्र की निंदा नहीं करते, पर अपनी नीति पर स्थित रहकर चलते हैं, समय को कभी व्यर्थ नहीं खोते, अपने शरीर और अंत:करण को वश में रखते हैं, इसलिए सर्वत्र पूजित होते हैं। उन्होंने जीवन का उद्‌देश्य पूरा करने में बड़ा परिश्रम किया है, उनको प्रज्ञा प्राप्त है, वे भगवान् के ध्यान से समाधि से, कभी तृप्त नहीं होते, सदा सावधानी के साथ नित्य भगवद् चिंतन में ही रहते हैं, इसीलिए वे सर्वत्र पूजे जाते हैं। वे निर्लज्ज नहीं हैं। दूसरे कोई भी उन्हें अपने कल्याण के काम में जोड़ लेते हैं तो वे सावधानी से उस काम को पूरा करते हैं, दूसरों की गुप्त बातें प्रकट नहीं करते, इसीलिए सर्वत्र पूजे जाते हैं। वे अर्थ की प्राप्ति में प्रसन्न नहीं होते, अर्थ के नाश में दु:खी नहीं होते, वे सदा स्थिर बुद्धि और विषयों में अनासक्त रहते हैं, इसी से सर्वत्र उनकी पूजा होती है। इस प्रकार वे सर्वसद्‌गुणों से संपन्न, अपने कर्तव्यपालन में निपुण, परम पवित्र, शरीर और मन से स्वस्थ, कल्याणमय समय को पहचाननेवाले और सबको आत्मरूप से प्रिय जाननेवाले हैं। ऐसे नारद पर भला किसका प्रेम नहीं होगा ?[35]

स्पष्टत: यह वृत्तांत उनके लोकोपकारी और मन, कर्म और वचन में निहित अपृथक्करणीयता की तरफ संकेत करता है। देवर्षि नारद के चिंतन और चरित्र की एकरूपता किसी संचारक के लिए एक आदर्श पाथेय के रूप में हमारे सामने आती है। उनकी विश्वसनीयता इतनी अक्षुण्ण है कि परस्पर विरोधी पक्षों में भी उनकी स्वीकार्यता समान है। उन्होंने जिन आदर्शों को अपनाने के लिए दूसरों को प्रेरित किया, वे उनके जीवन के जरिए अभिव्यक्त होते थे। उनके चरित्र और चिंतन के वर्तमान पत्रकारीय परिस्थितियों में निवेश से स्वस्थ संचारीय पारिस्थितिकी के निर्माण में सहयोग मिल सकता है।

अतएव, वे सत्यसंकल्प और सत्यव्रत हैं, वे कुटिल नीति के उपासक नहीं हैं। उनसे जो कोई, जो कुछ पूछता है, उसे वे सत्य, सत्य जो बात होती है, वही बतला देते हैं। उनके मन में यह भेदभाव नहीं है कि पूछनेवाला देवता है या दानव; मनुष्य है कि राक्षस। वे पूछनेवाले को यथार्थ उत्तर देते हैं; उसे उसके हित की सलाह देते हैं और यही कारण है कि नारदजी को देव-दानव, मनुज-राक्षस सब आदर की दृष्टि से देखते हैं और उनका सम्मान करते हैं।[36]

स्वाध्याय, संपर्क और साधना के संचारीय त्रिगुण

संचारीय-प्रवाह सूचनाओं का खेल है। गुणात्मक और संख्यात्मक दृष्टि से सूचनाएँ जहाँ अधिक उपस्थित होती हैं, वहीं संचारीय-प्रवाह को वांछित दिशा में मोड़ने की संभावना भी अधिक होती है। आकार लेती घटनाओं का निर्णायक क्षणों में हस्तक्षेप तभी संभव है, जब स्वाध्याय निरंतर चल रहा हो और विश्वसनीय संपर्क-सूत्र से सूचनाएँ मिल रही हों। ऐसी सूचनाओं की उपलब्धता संचारक के स्वाध्याय, संपर्क और साधना की त्रिपुटी पर निर्भर करती है।

स्वाध्याय किसी भी संचारक को पूर्व या वर्तमान में घट रही घटनाओं के बारे में जागरूक रखता है। स्वाध्याय के कारण घटना को श्रृंखलाबद्ध रूप से समझने में सहयोग मिलता है। स्वाध्याय की आदत के कारण किसी भी नई घटना को एक क्रम में रखकर समझा जा सकता है। और जिस संचारक के पास संपूर्ण घटनाक्रम की जानकारी है, वही नई घटनाओं का ठीक ढंग से मूल्यांकन कर सकता है और सही परिप्रेक्ष्य में उनका विश्लेषण भी कर सकता है।

देवर्षि नारद का स्वाध्याय और ज्ञान अनुपमेय है। सभी ज्ञान-परंपराओं में उनकी सिद्धहस्तता जगत् प्रसिद्ध है। इसी कारण, देवर्षि नारद संस्कृत भाषा के धर्मग्रंथों एवं ज्योतिषशास्त्र के प्राणस्वरूप हैं। सर्वस्व है, उन सब में आदि से अंत तक उनके ज्ञान भंडार की महिमा ओत-प्रोत दिखलाई पड़ती है।[37]

परिस्थितियों और मन:स्थितियों का असंदिग्ध ज्ञान और स्पष्ट अंत:दृष्टि प्राप्त करने के लिए उनसे प्रत्यक्ष संपर्क आवश्यक होता है। संभवत: इसी कारण प्राचीन भारतीय शिक्षा व्यवस्था परिवेश और परिस्थितियों से प्रत्यक्ष संपर्क करने पर बल देती थी। परिवेश से किसी जिज्ञासु का संबंध किस तरह होना चाहिए, इसके संबंध में एक रोचक कथा 'महावग्ग' में मिलती है। पाटलिपुत्र के राजवैद्य जीवक तक्षशिला में आयुर्वेद का विशेष अध्ययन करने के लिए गए और अध्ययन समाप्त करके जब उन्होंने आचार्य से लौटने की अनुमति माँगी तो आचार्य ने उन्हें परखना चाहा और कहा कि तक्षशिला के चारों ओर ढूँढ़कर कोई वनस्पति लाओ, जो औषधि के काम न आती हो? जीवक ने एक मास तक ढूँढ़ने पर निवेदन किया—महाराज, मैंने बहुत प्रयत्न किया, किंतु ऐसा कोई तृण नहीं मिल सका, जो किसी-न-किसी रोग की औषधि में काम न आता हो। यह उत्तर सुनकर आचार्य को विश्वास हो गया कि अब शिष्य की पढ़ाई पक्की हुई और उसे जाने की अनुमति दी।[38]

जातकों से यह पता चलता है कि अध्ययन समाप्त कर लेने पर तक्षशिला के छात्र अनेक बातों की जानकारी के लिए देश-भ्रमण (चारिका) पर निकलते थे और उस यात्रा में अनेक प्रकार की कौशल की बातों (शिल्प) और रीति-रिवाजों और रहन-सहन के ढंग (देश-चरित्र) का अध्ययन करते थे।[39]

संचारक भी जिज्ञासु और अपने विषय का शिक्षार्थी ही होता है, इसलिए व्यक्तियों और परिस्थितियों से साक्षात् संपर्क उसके लिए अति आवश्यक शर्त बन जाती है। संचार के क्षेत्र में संचारक की शक्ति उसके संपर्कों और व्यक्तिगत अवलोकन पर निर्भर करती है। विश्वसनीय और अधिक संपर्क होने की स्थिति में सबसे पहले सही सूचनाएँ मिलती हैं। और जब कोई घटनाक्रम आकार ले रहा हो, ऐसी स्थिति में सूचना मिलना बहुत महत्त्वपूर्ण हो जाता है, क्योंकि ऐसी स्थिति में घटनाक्रम से संबंधित पक्षों को प्रभावित किया जा सकता है। इसलिए संचार की प्रक्रिया में अधिक संपर्कों का होना

और धरातलीय स्थिति से परिचित होना संचारक की शक्ति का परिचायक माना जाता है।

विषय और उससे संबंधित कारकों से साक्षात् संबंध प्राचीन विद्याप्राप्ति की प्राचीन पद्धति भी रही है; क्योंकि ऐसी मान्यता है कि परिस्थितियों का स्वअवलोकन और उनके साथ निरंतर संपर्क अंत:दृष्टि विकसित करने में मदद करता है।

सत्य की अनुभूति और अभिव्यक्ति के लिए निरंतर प्रयास करने की प्रक्रिया ही संचारीय परिवेश में साधना कहलाती है। सच को जानना और उसे सही जगह और सही समय पर अभिव्यक्त करना संचारक का मूलभूत कौशल और दायित्व माना जाता है। एकाग्रचित्त होकर, क्षणिक विचलनों-प्रलोभनों को छोड़कर सत्य के अनुसंधान के रास्ते पर निरंतर आगे बढ़ना, सत्य को संपूर्णता से धारण करने के लिए स्वपरिष्कार की निरंतर प्रक्रिया है। यह साधक को भेड़चाल का हिस्सा बनने से रोकती है, अपना अभिमत बनाने के लिए प्रेरित करती है और अभिमत को संतुलित ढंग से रखने का साहस भी प्रदान करती है। सत्य तक पहुँचने की ललक और सत्य को उद्घाटित करने का प्रयास यदि किसी संचारक के पास नहीं है, तो संचार की प्रक्रिया आगे नहीं बढ़ती। इन दोनों गुणों के कारण ही संचारक अपने परिवेश के प्रति अधिक सजग रहता है और परिवेश को सकारात्मक और सृजनात्मक बनाए रखने का निरंतर प्रयास भी करता रहता है। इसलिए सत्य-साधना संचारक का मूलभूत गुण माना जाता है।

देवर्षि नारद में साधना-स्वाध्याय एवं संपर्क का उच्चस्तरीय संतुलन देखने को मिलता है। उनका जीवन साधक का जीवन है। परा-अपरा विद्याओं में उनकी समान सिद्धता है। देवर्षि कितने अध्ययनशील हैं, इसका एक उदाहरण 'छांदोग्योपनिषद्' में मिलता है। इस प्रकरण में यह उल्लेख मिलता है कि देवर्षि नारद किन-किन विषयों में विशेषज्ञता रखते हैं—

ऋग्वेदं भगवोध्येमि, यजुर्वेदं सामवेदमाथर्वणं चतुर्थमितिहासपुराणं पंचम वेदानां वेदं पित्र्ये राशि दैवं निधिं वाकोवाक्यमेकायनं देवविद्यां ब्रह्मविद्यां

भूतविद्यां क्षत्रविद्यां, नक्षत्रविद्यां सर्पदेवजनविद्यामेतद्भगवोध्येमि।[40]

देवर्षि की एक प्रमुख विशेषता यह है कि वह निरंतर गतिशील रहते हैं। एक स्थान से दूसरे स्थान पर भ्रमण करते रहते हैं। उनकी गति अप्रतिहत है। उनके इस स्वभाव की तरफ संकेत करते हुए 'पद्मपुराण' में महाराज अंबरीश कहते हैं—

भगवन् भवतो यात्रा स्वस्तये सर्वदेहिनाम्।
बालानां च यथा पित्रोरुत्तमश्लोकवर्त्मनाम्॥
तस्मात्त्वं भगवन् मह्यं वैष्णवं धर्ममादिश।
यस्योपदेशदानेन लभते वेदजं फलम्॥

(अर्थात् भगवन्! आपका विश्व-ब्रह्मांड में निरंतर भ्रमण, प्राणिमात्र के कल्याण के लिए वैसे ही होता है, जैसे बालकों के कल्याण के लिए गुरु पिता-भ्रमण करता है। अतएव, हे नारद! आप मुझको उस वैष्णव-धर्म उपदेश दें, जिसके द्वारा मनुष्य वेदोक्त फल अर्थात् परमपद प्राप्त करते हैं।)

इस अप्रतिहतगति के कारण ही वह घटना बीत जाने के बाद उसका विश्लेषण करनेवाले व्याख्याता के रूप में हमारे सामने उपस्थित नहीं होते, बल्कि घटना की दिशा-दशा प्रभावित करने वाले एक हस्तक्षेप के रूप में उपस्थित होते हैं। इसी कारण प्राय: वह अप्रिय घटनाओं की दिशा को लोकहितकारी दिशा में मोड़ देने में सक्षम हो पाते हैं।

देवर्षि नारद का जीवन अनुशासित है, उन्हें ज्ञान-विज्ञान की विविध विधाओं का ज्ञान है और संपर्कों का व्यापक क्षेत्र व्यापक है। इस कारण वह किन्हीं भी परिस्थतियों में सटीक, संपूर्ण हस्तक्षेप कर घटनाक्रम को सकारात्मक दिशा में मोड़ देते हैं। आज अधिक-से-अधिक संपर्क आधारित पत्रकारिता हो रही है, उसका भी क्षेत्र दिन-ब-दिन सिकुड़ रहा है, टेबल रिपोर्टिंग या सोशल-मीडिया ट्रेंडिंग के अनुसार रिपोर्ट फाइल करने का चलन बढ़ रहा है। साधना और स्वाध्याय तो कहीं बहुत पीछे छूट चुके हैं। ऐसे में यह आवश्यक हो जाता है कि संचार-प्रवाह में साधना, स्वाध्याय और संपर्क के सूत्र को फिर से स्थापित किया जाए और इसके लिए देवर्षि नारद का

व्यक्तित्व प्रेरक बन सकता है। स्वाध्याय शास्त्र से जोड़ता है, संपर्क लोक से जोड़ता है और साधना अंत:करण में ज्ञानोदय के बीज आरोपित करती है।

स्वाध्याय, संपर्क और साधना के त्रिकोण से भारतीय मर्मस्थल की निभ्रांत समझ संभव हो जाती है। इन्हीं उपकरणों के माध्यम से संचारक अथवा पत्रकार, जिसका मूल कार्य 'बहुविध अविराम पुष्पों की रमणीयता को पहचानने की आँख और उसके मधुमय अंश को संगृहित करने की शक्ति' है और 'जहाँ-जहाँ उसे तेज दिखाई पड़ता है, वहीं-वहीं से उसका संचय'[41] करने में सक्षम होता है। स्वाध्याय, संपर्क और साधना की त्रिपुटी से ही 'भारतभूमि को देखने, जानने और समझने की जो शुद्ध भारतीय पद्धति है,'[42] वह उपलब्ध होती है।

मात्र लिखित साहित्य के सहारे अन्य भू-भागों को पूरी तरह समझने में सफलता मिल सकती है। भारत एक उच्च संदर्भित संस्कृति है।[43] भारतीय यथार्थ को मात्र लिखित साहित्य के सहारे ही नहीं समझा जा सकता, स्वयं का अवलोकन और साधना आवश्यक है। देवर्षि नारद के व्यक्तित्व में लोक-वेद-साधना का तत्त्व समाहित है, इसलिए वह स्वयं भारतीय मानस और उसके अंत:करण को सहज ही स्पर्श कर पाने में सक्षम हो जाते हैं।

प्रतिबद्ध संचारक

'संचार' सृष्टि का प्राणतत्त्व है। यह एक ऐसी व्यवस्था है, जो आधुनिक युग में अत्यधिक प्रभावी है। सामाजिक विकास के साथ-साथ संचार का भी विकास हुआ है। संचार जीवन के लिए इतना आवश्यक है कि हम इसके बिना नहीं रह सकते। हर व्यक्ति अपनी जाग्रत् अवस्था में लगभग 90 प्रतिशत हिस्सा संचार करने में अर्थात् बोलने, सुनने, सोचने, समझने, देखने, पढ़ने-लिखने या विचार-विमर्श में लगाता है, और अगर कहा जाए कि संचार मानव जीवन का पर्याय है तो अतिशयोक्ति नहीं होगी। अत: संचार मानव जीवन का अभिन्न अंग है। आज के युग में सूचना एक शक्तिशाली हथियार बन गई है। जिस व्यक्ति, समाज या राष्ट्र के पास जितनी अधिक

सूचना है, वह उतना ही शक्तिशाली और विकसित माना जाता हैं।'[44]

समयबोध से संचारक की प्रतिभा और प्रतिबद्धता की परख होती है। उचित सूचनाओं तक पहुँच और उचित समय पर उनकी अभिव्यक्ति के माध्यम से हस्तक्षेप किसी भी संचारक की केंद्रीय योग्यता मानी जाती है। ऐसा तभी संभव है, जब संचारक को समय की प्रकृति की सही समझ हो और वह समय को लेकर अतिशय अनुशासनबद्ध हो। देवर्षि नारद समय की प्रकृति और समय की शक्ति को लेकर बहुत सजग हैं।

समय न केवल स्थिरता है और न ही केवल परिवर्तनशीलता। प्रत्येक क्षण दोनों है—प्रवाह और स्थायित्व। अब तक मानव ने क्षण के इन दो अलग स्वरूपों को एक में मिलाने की भूल की है। इतिहास के सभी दार्शनिकों ने, जिन्होंने आने वाले स्वर्ण-युग के बारे में सोचा है, उन्होंने क्षण को केवल प्रवाह या गति के रूप में लिया है और वे इसके स्थायी स्वरूप के बारे में भूल रहे हैं। सभी नीतिज्ञ, जिन्होंने व्यक्ति के चरित्र और उच्च आदर्शों के बारे में उपदेश देने का प्रयत्न किया है, उन्होंने क्षण को केवल स्थायी मानकर सोचा है और उसे प्रवाह के रूप में देखने में चूके हैं। लेकिन क्षण प्रवाह और स्थायित्व दोनों हैं।[45]

जब वह प्रवाह है, वह इतिहास के क्षेत्र में है, जहाँ चालक शक्तियाँ खोजी जा सकती हैं और बढ़ाई या घटाई जा सकती हैं। जब वह स्थायी है, वह कथाओं और पौराणिक गाथाओं, कला और साहित्य, धर्म और दर्शन के क्षेत्र में है। इतिहास की कोई भी व्याख्या, जो अपने को केवल यथार्थ घटनाओं तक ही सीमित रखती है, निश्चित ही एकांगी है। यदि इतिहास जीवन का महान् गद्य है तो कथाएँ और पौराणिक गाथाएँ उसका काव्य हैं।[46] देवर्षि नारद समय की द्वैध प्रकृति के न केवल ज्ञाता हैं, बल्कि इसके अनुसार प्रतिबद्धता से कार्य भी करते हैं। इसी कारण इतिहास और पुराण दोनों क्षेत्रों में उनकी व्याप्ति है, तथ्य और कथा दोनों से उनका संबंध है।

समय की इस द्वैध प्रकृति को वही व्यक्ति साध सकता है, जो निरंतर सक्रिय हो। जो किसी भी घटनाक्रम में सही समय पर हस्तक्षेप कर उसकी

दिशा को प्रभावित कर सकता है, उसके कर्म ही इतिहास में कथाएँ बन पाते हैं। संचारीय क्षेत्र में निरंतर सक्रिय रहने की प्रतिबद्धता देवर्षि के व्यक्तित्व और कर्तृत्व में दिखाई पड़ती है। उनके लिए संचारीय कर्म किसी समय-सीमा में सक्रिय रहने वाला कर्तव्य नहीं है, बल्कि सदैव रहने वाला सक्रिय कर्तव्य है।

देवर्षि नारद सत्य को लेकर सदैव सतर्क रहते हैं और यह सतर्कता उन्हें प्रतिबद्ध और तत्पर संचारक बना देती है। वह संचार कर्म को लेकर निरंतर सजग रहते हैं, इसीलिए उनकी गति अप्रतिहत रहती है। नारद का एक अर्थ पानी की तरह सतत् प्रवाहमान होना भी निकाला जाता है। उनके लिए संचार प्रत्येक क्षण सजग रहकर किया जाने वाला कर्म है, इसलिए उनकी इस कर्म के लिए प्रतिबद्धता असंदिग्ध मानी जाती है।

उनकी निरंतर सक्रियता और सजगता को लक्ष्य करके गोस्वामी नाभादासजी लिखते हैं—अप्रतिहतगति देवर्षि नारद भगवान् तो परमात्मा के मन हैं, भगवत् के अवतार हैं और जगत् के परम उपकारक प्रसिद्ध हैं। सेवा, पूजा, कीर्तन, प्रसाद, भक्ति प्रचार इत्यादि सब निष्ठाओं में वे प्रधान हैं। पुराणमात्र में आपकी शुभकथाएँ भरी हैं। सब लोकों में आपका पर्यटन केवल परोपकार के निमित्त है—यही आपका व्रत-सा है।[47]

यहाँ मैं आदि पत्रकार देवर्षि नारद के एक ऐसे उपनाम की चर्चा करूँगा, जिसका अर्थ है—संचारक, सूचना देने वाला, पत्रकार आदि। यह उपनाम है—'आचार्य पिशुनः'। देवर्षि नारदजी के लिए 'आचार्य पिशुनः' का उल्लेख कौटिल्य के 'अर्थशास्त्र' में कई बार आया है। इसके अतिरिक्त, संस्कृत के शब्दकोशों में भी 'आचार्य पिशुनः' का अर्थ देवर्षि नारद, सूचना देनेवाला, संचारक, सूचना पहुँचाने वाला, सूचना को एक स्थान से दूसरे स्थान तक देने वाला है। आचार्य का अर्थ गुरु, शिक्षक, यज्ञ का मुख्य संचालक, विद्वान् आदि है। इन दोनों शब्दों का अर्थ हुआ, सूचना देनेवाला विद्वान् अथवा विज्ञ पुरुष। इस अर्थ का संयुक्त उपयोग संस्कृत साहित्य में जिसके लिए किया गया है, वह हैं देवर्षि नारदजी। इस प्रकार संस्कृत

साहित्य में देवर्षि नारद के लिए उल्लिखित 'आचार्य पिशुनः' से स्पष्ट है कि देवर्षि नारद तीनों लोकों में सूचना अथवा समाचार के प्रेषक के रूप में विख्यात थे।[48]

देवर्षि नारद के व्यक्तित्व में प्रत्येक क्षण सजग रहने का गुण विद्यमान है। निर्धारित घटनाक्रम के संबंध में अतिशय सजगता उन्हें निरंतर सजग बनाए रखती है। इसलिए, संचारकर्म उनके लिए एक सतत प्रक्रिया बन जाती है। वह आवश्यकता आधारित सूचना-प्रवाह का हिस्सा नहीं हैं, बल्कि आदर्श सूचना-प्रवाह को गढ़ने के लिए सतत् गतिशील संचारक हैं।

भारतीय संचार-पारिस्थितिकी के प्रतीक

अन्य अनुशासनों की तरह संचार का एक विशिष्ट भारतीय यथार्थ है। शब्द को ब्रह्म मानने वाली संकल्पना, संवाद परंपरा के प्रति अतिशय आग्रह तथा चरित्र को संचार-प्रक्रिया की कसौटी मानने जैसी परंपराएँ भारतीय यथार्थ को रचती हैं। भारत का यह संचारीय यथार्थ पश्चिमी मान्यताओं से कितनी साम्यता रखता है, यह महत्त्वपूर्ण प्रश्न नहीं है। महत्त्वपूर्ण प्रश्न यह है कि यह यथार्थ और इसको निर्मित करने वाले कारणों को समझना है। देवर्षि नारद संचार के भारतीय यथार्थ को संपूर्णता में अभिव्यक्त करने वाले प्रतीक हैं।

देवर्षि नारद भारतीय संचार पारिस्थितिकी के प्रवाहमान और प्रभावी प्रतीक हैं। भारतीय संचार पारिस्थितिकी और संचारीय-संस्कृति को समझने के लिए नारदीय मानस और मूल्यों को समझना आवश्यक है, क्योंकि 'हम संस्कृति को उन बिंबों, प्रतीकों और मिथकों से अलग करके नहीं देख सकते, जो हमारे जीवन के साथ अंतरंग रूप से जुड़े हैं। इनके माध्यम से न केवल हम अपने को पहचानते हैं, बल्कि ये वह आईना हैं, जिनके द्वारा हम बाहर की दुनिया को परखते हैं। ये बिंब और मिथक एक अदृश्य कसौटी हैं, जिनसे हम धर्म और अधर्म, नैतिकता और अनैतिकता के बीच भेद करते हैं।[49]

यह एक स्थापित तथ्य है कि व्यक्ति की पहचान उसके विश्वास, दृष्टिकोण और व्यवहार को प्रभावित करती है। आधुनिक शोध-सिद्धांत यह मानते हैं कि पहचान संबंधों के साथ संचार पर भी निर्भर करती है। पहचान के संचार सिद्धांत[50] के अनुसार, संचार पहचान को बनाता है, उसको पुष्ट करता है और परिवर्तित भी करता है। इसके साथ ही पहचान विभिन्न रूपों में संचार के माध्यम से ही अभिव्यक्त भी होती है। यदि किसी पहचान को संचारीय-सहयोग न प्राप्त हो तो उसका नैरंतर्य भंग हो जाता है।

भारत और भारतीयता एक पहचान का विषय है। उसकी निरंतरता के समक्ष सबसे बड़ी चुनौती इस समय संचारीय-परिवेश से ही आ रही है। भारत और भारतीयता अभी तक स्वयं को पुष्ट करने वाली संचारीय-अवसंरचना का विकास नहीं कर सके हैं। भारतीय संस्कृति पर दीर्घकाल तक तोपों-तलवारों से हमला होता रहा है, अब उस पर विजुअल्स, सूचना, गलत आख्यानों के जरिए हमला हो रहा है, इसलिए यह आवश्यक हो जाता है कि भारत शीघ्र ही एक वैश्विक संचारीय अधोसंरचना का विकास करे। स्वयं को सम्यक् परिप्रेक्ष्य में प्रस्तुत करने की क्षमता हासिल करे और प्रोपेगेंडा के प्रतिकार की शक्ति विकसित करे। संचार की नारदीय परंपरा से परिचय प्राप्त कर भारत न केवल वैश्विक संचार-प्रवाह को स्वस्थ बनाए रखने में सहयोग कर सकता है, बल्कि अपनी पहचान को सम्यक् रूप से वैश्विक स्तर पर संप्रेषित करने और संचारीय कर्म हेतु निरंतर प्रेरित रहने के एक अक्षय ऊर्जास्रोत का संधान भी कर सकता है।

देवर्षि नारद संचार की सजीव परंपरा हैं, क्योंकि वह चीज, जिसे हम परंपरा कहते हैं, कोई और चीज न होकर सिर्फ अपने भीतर इस धारा की निरंतरता का बोध है—अपनी स्थिरता में वह भीतर आकर बहती है, भीतर आकर वह पुनः एक अनुभव ग्रहण करती है। वह अपनी तात्कालिकता में शाश्वत है, इसलिए इतिहास से संत्रस्त न होकर स्वयं हर ऐतिहासिक घटना का मूल्यांकन करने का साहस और सामर्थ्य रखती है। हम उनकी संपूर्णता में संपूर्ण हैं—उसे छोड़कर, उसके बाहर, हम कुछ भी नहीं।[51] इसलिए हमें

इस भ्रम से छुटकारा पाना होगा कि परंपरा कोई 'अतीत की चीज' है, जिसे हम जैसे-तैसे वर्तमान में ढोकर लाते हैं। वह हमारे भीतर है, इसलिए अतीत का प्रश्न नहीं उठता, हम उसे सोच-समझकर चुनते नहीं, वह नैसर्गिक रूप से उसका अंग है—इसलिए ढोने के साथ जिस विवशता का बोध होता है, वह विवशता हमारी नहीं हो सकती। क्या एक देह अपने अंगों को ढोकर चलती है या खुद अंग देह को ढोते हैं? यह गलतफहमी तभी उत्पन्न होती है, जब हम पश्चिम की देखा-देखी में व्यक्ति और परंपरा के बीच भेद देखते हैं, अंगों की इकाई को देह की समग्रता से अलग देखते हैं।[52]

संचार की नारदीय परंपरा में वे समस्त तत्त्व समाहित हैं, जो भारतीय संचार पारिस्थितिकी का निर्माण करते हैं। इस परंपरा के माध्यम में भारतीय संचार पारिस्थितिकी को पुनर्जीवित किया जा सकता है और राष्ट्रीय तथा अंतरराष्ट्रीय स्तर पर आ रही समस्याओं, विशेषकर पहचान संबंधी समस्याओं का सम्यक् ढंग से सामना किया जा सकता है और उनका प्रत्युत्तर भी दिया जा सकता है।

संघर्ष-समाधान के संवाद-सेतु

संवाद मनुष्य की मूलभूत प्रवृत्ति है। संवाद और संबंधों के अभाव में निर्मित निर्वात में मनुष्य और मनुष्यता का अस्तित्व संभव नहीं है। प्रभावशाली संवाद संप्रेषण लोगों को सूचना और विचारों के आदान-प्रदान के अतिरिक्त उनके रवैये, मान्यता, विश्वास और व्यवहार में परिवर्तन लाने में सहायता ही नहीं करता, बल्कि इनके परिवर्तन में महत्त्वपूर्ण भूमिका भी निभाता है। तभी तो इस विचार को महत्त्व मिलता है कि स्वस्थ समाज का निर्माण करने हेतु स्वस्थ संवाद प्रणाली की आवश्यकता होती है। सोच-समझकर उसके गुण-अवगुणों को सामने रखकर किया गया संवाद लोगों को अपेक्षित दिशा की ओर कदम बढ़ाने में सहयोग करता है।[53]

समाज का स्वरूप निर्माण और उसकी भावनाओं का निर्माण कार्य समाज के अंदर होने वाले 'संवाद' से प्रभावित होता है। इतिहास साक्षी

है, जब भी समाज में अनुचित भावनाओं और विचारों का संचरण हुआ, मानव मन में विकृति आई और समाज का ढाँचा विकास की ओर न जाकर विनाश की ओर गया। इसके विपरीत, जब भी मानव-मानव के बीच स्वस्थ संवादात्मकता का विस्तार हुआ, समाज विकास और उत्थान की ओर अग्रसर हुआ।[54]

सत्यव्रतियों के लिए भारतीय संस्कृति का घोषवाक्य 'वादे वादे जायते तत्त्वबोध:' है। संवाद से ही सत्य की उपलब्धि होती है। आप अध्यात्म के सूत्रों की पहचान करना चाहते हैं अथवा एक बेहतर व्यवस्था का निर्माण करना चाहते हैं, इसके लिए संवाद से बढ़कर कोई मानवीय और समग्र तरीका नहीं हो सकता।[55] इसी कारण विशेषज्ञ भारतीय सभ्यता को संवाद की सभ्यता कहते हैं।[56]

अन्य सभ्यताओं ने अपने विकासक्रम को युद्ध और विजयों के माध्यम से परिभाषित किया, लेकिन भारतीय सभ्यता अपने विकासक्रम को संवादों के माध्यम से परिभाषित करती रही है। यम-नचिकेता संवाद हो, गार्गी-याज्ञवल्क्य संवाद हो, अथवा जनक-अष्टावक्र संवाद हो, ये सभी संवाद हमारी सांस्कृतिक विकासयात्रा के महत्त्वपूर्ण पड़ाव सिद्ध हुए हैं।

संवाद के माध्यम से सांस्कृतिक-विकासयात्रा इसलिए संभव होती है, क्योंकि संवाद के केंद्र में सत्यान्वेषण प्रमुख है, व्यक्ति और उसकी मान्यता गौण हो जाती है। इसके अतिरिक्त संवाद-प्रक्रिया इस भाव के साथ संचालित होती है कि संवादियों का सत्य आंशिक हो सकता है और संवाद-प्रक्रिया में उनकी सहभागिता उन्हें सत्य के अधिक निकट पहुँचा देती है। इसीलिए अपने सत्य को संपूर्ण मानकर उसे थोपने की भावना का संवाद-प्रक्रिया निषेध कर देती है। इस तरह संवाद सत्यान्वेषण का साधन और संघर्ष-समाधान के उपकरण के रूप में भी कार्य करता है।

संवाद प्रक्रिया के समस्त आयामों की अभिव्यक्ति समुद्र-मंथन की कथा में बहुत ही सरस ढंग से हुई है। समुद्र-मंथन की कथा संवाद की भावना एवं प्रक्रिया की चरम अभिव्यक्ति है। यह यथार्थ को समझने और उससे संवाद कर आदर्श को

स्थापित करने की प्रेरणाकथा है। समुद्र-मंथन की कथा के केंद्र में मंथन है। समुद्र-मंथन तब घटित होता है, जब देव पराजित हो चुके होते हैं। इस कथा का सौंदर्य यही है कि देवपक्ष पराजय के यथार्थ को स्वीकार करता है और विजय के लिए अपने प्रतिस्पर्धियों से भी संवाद कर उन्हें समुद्र-मंथन की प्रक्रिया में सम्मिलित होने के लिए सहमत करता है। निश्चित रूप से इसमें सम्मिलित होने के लिए दानवों के अपने तर्क और प्रलोभन थे। उन्हें अमृत प्राप्त करने की योजना का हिस्सा बनाने के अपने जोखिम थे, लेकिन यथार्थ यह था कि उनकी शक्ति को नकारकर, उन्हें सहभागी बनाए बिना समुद्र-मंथन नहीं किया जा सकता था। देवता अक्षम थे और अकेले समुद्र-मंथन करना उनके सामर्थ्य के बाहर था। उनको सहभागी बनाना यथार्थ की स्वीकृति थी। समुद्र-मंथन का सबसे बड़ा संदेश यथार्थ की स्वीकृति ही है। आपको प्रिय हो या अप्रिय, यथार्थ को स्वीकार किए बगैर सच और सफलता की तरफ आगे नहीं बढ़ा जा सकता। यथार्थ का सामना करने का साहस आदर्श गढ़ने, पाने की मूलभूत शर्त है।

यह कथा बताती है कि मंथन एक बहुआयामी और जटिल प्रक्रिया है। इतनी जटिल कि कई बार विरोधाभासी प्रतीत होती है। लेकिन जो सत्य के लिए, धर्म के लिए विरोधाभासों को साध सके, विरोधियों को साथ ले सके, वही मंथन कर पाने में सक्षम होत. है। देवता मंथन के लिए अपने अहंकार को त्यागकर असुरों से संवाद करते हैं, उनसे समुद्र-मंथन में सहभागी होने का निवेदन करते हैं, तो इसका कारण बड़े लक्ष्य के प्रति उनकी सजगता है। मंथन की कथा का दूसरा प्रमुख संदेश यही है। अहंकार का कद कभी भी लक्ष्य से बड़ा नहीं होना चाहिए। पूरी तरह सजग रहते हुए सभी शक्ति-केंद्रों का सम्मान करना, उनसे संवाद करना, सहभागी बनाना, यही मंथन है। संवाद रचने या सहभागिता सुनिश्चित करने का आशय यह नहीं होता कि सजगता छोड़ दी जाए। लक्ष्य और शत्रु के प्रति सजगता मंथन की पूर्व शर्त है। समुद्र-मंथन में भी यह सजगता दिखती है। अमृत को लेकर मनमोहिनी रूप धारण करने का प्रकरण यह साबित करता है कि निर्णायक

क्षणों में देवपक्ष अपने लक्ष्य को लेकर सजग है।

मंथन भविष्य के अनिश्चय को स्वीकार करने का साहस है। यह मनमाने, मनमाफिक निष्कर्षों पर पहुँचने और उन पर विश्वास करने से हमें रोकता है। मंथन—जो है, उससे संवाद है और जो होना चाहिए, उसकी आकांक्षा है। और यथार्थ तो परिवर्तनशील है। वह कब, कौन सा रूप धरकर हमारे सामने खड़ा हो जाए, इसका अंदाजा लगाना मुश्किल है। इसलिए भविष्य का अनिश्चय स्वीकार कर अपने मार्ग पर आगे बढ़ना, यह मंथन का तीसरा संदेश बन जाता है। मंथन की प्रारंभिक स्थिति में कोई भी पक्ष यही नहीं जानता कि समुद्र-मंथन क्या परिणाम लेकर आएगा? लेकिन देवपक्ष इस बात को लेकर स्पष्ट है कि इसमें विलंब नहीं किया जा सकता। मार्ग में हलाहल विष है और अंत में अमृत का कुंभ भी। भविष्य के इस अनिश्चित स्वरूप को स्वीकार करने का साहस होने पर मंथन की घटना जन्म लेती है।

समुद्र-मंथन में संवाद 'केंद्रीय तत्त्व' है और संवाद के माध्यम से होने वाला यह मंथन हमें बताता है कि यदि हम भविष्य का अनिश्चय स्वीकार कर आगे बढ़ते हैं तो अंतिम परिणाम अच्छा ही होता है, अंत में अमृत-कुंभ ही प्राप्त होता है। अंतिम निष्कर्ष 'सत्यमेव जयते' ही है। यह इस कथा से मिलने वाला संबल है। सत्य में अनुरक्ति और संवाद में सहभागिता, यह भारतीय संस्कृति का सबसे बड़ा मूल्य है, समुद्र-मंथन भी इस मूल्य को पोषित करता है।

समुद्र-मंथन की प्रक्रिया हमारे सामने दो असुविधाजनक तथ्यों को उजागर करती है। पहला यह कि संवाद एकरस नहीं होता। एक ही मान्यताओं को मानने वाले लोगों के बीच संवाद से अधिक समर्थन होता है। संवाद की प्रक्रिया अधिक कष्टसाध्य होती है। यह अपने अहं और मूढ़ता को दरकिनार करते हुए दूसरे को समझने और सहने की प्रक्रिया है। दूसरा यह कि एकरसीय संवाद प्रक्रिया के परिणाम भी बहुत सीमित दायरे में रहते हैं। विरोधाभास व्यक्ति को एक व्यापक फलक पर आरूढ़ करते हैं और

विरोधाभासों की उपस्थिति संवाद के जरिए सत्य के वृहत्तर आयामों को साधने की कोशिश करती है। इन वृहत्तर आयामों को साधने की प्रक्रिया में कई बार बहुत कुछ अशुभ भी घटित होता है। समुद्र-मंथन की प्रक्रिया में देव-दानव दोनों का शामिल होना और अमृत के साथ हलाहल की उत्पत्ति संवाद के इसी मूल चरित्र की तरफ संकेत करती है।

अमृत और अमरता का भी कुंभ से गहरा संबंध है। साधारणतया अमृत से एक ऐसे पदार्थ का आशय निकाला जाता है, जिसको ग्रहण करने के बाद हम काल के गुणधर्म से प्रभावित नहीं होते। यह अमृत और अमरत्व की बहुत रूढ़ व्याख्या है। अपरिवर्तित बने रहना ही अमरता नहीं है। रूपांतरण की प्रक्रिया के जरिए अपने अस्तित्व को बनाए रखना भी एक प्रकार का अमरत्व है। सांस्कृतिक स्तर पर तो अमरता रूपांतरण से ही संभव है।

भारतीय संस्कृति का अमरत्व कुछ इसी प्रकार का है। सामयिक परिवर्तनों को आत्मसात् करने की प्रक्रिया में भारतीय संस्कृति का कलेवर बदल जाता है, लेकिन उसके मूलाधार नहीं बदलते। वह नित-नवीन होकर भी चिरपुरातन बनी रहती है। यह सातत्य के साथ परिवर्तन की विशेषता, पुरातन होकर भी सनातन बने रहने की योग्यता संवाद-प्रक्रिया में निरंतर संलग्नता के कारण आती है, क्योंकि संवाद परिवर्तन और पुरातन के बीच सेतु बनकर उसे सनातन बनाए रखता है।

देवर्षि नारद के व्यक्तित्व में संवाद के वे सभी लक्षण दिखलाई पड़ते हैं, जो समुद्र-मंथन की कथा में अभिव्यक्त होते हैं।

विविध पक्षों के बीच संवाद-सेतु बनना किसी भी संवादी की सबसे बड़ी योग्यता मानी जाती है। कोई भी संचार की प्रक्रिया अधिकाधिक पक्षों को सम्मिलित करने की स्थिति में ही अधिक संतुलित, संपूर्ण और सबल बनती है। अधिकतम पक्षों से संवाद या संवाद-सेतु बनने पर कुछ विशेषज्ञ यह तर्क देकर आपत्ति करते हैं कि इससे संचारक की विश्वसनीयता संदिग्ध बन जाती है और उसका सच के प्रति झुकाव बाधित हो जाता है। देवर्षि नारद का व्यक्तित्व और संचारीय चिंतन इस तर्क की सीमाओं को उजागर

करता है। देवर्षि नारद सभी पक्षों से संबंध रखते हैं और उनकी इच्छा संबंधों से प्राप्त सूचनाओं का उपयोग संघर्ष का समाधान करने के लिए होती है। देवर्षि नारद का व्यक्तित्व इस तथ्य की तरफ संकेत करता है कि अपनी निष्ठाओं में अडिग रहते हुए भी सभी पक्षों से संबंध रखा जा सकता है। संवाद के सेतु के जरिए ही संघर्ष–समाधान के मार्ग पर पहुँचा जा सकता है।

भारत में संवाद–परंपरा को वैसे भी निष्ठागत संशय के रूप में नहीं देखा जाता, बल्कि सत्य के वृहत् आयाम को जानने की प्रक्रिया के रूप में देखा जाता है। इसी कारण यदि कोई संचारक, शोधकर्ता अन्य पक्षों से संवाद करने की कोशिश करता है तो उसकी निष्ठा पर प्रश्न नहीं उठता। इसके विपरीत, उसका संवाद उसकी सत्यनिष्ठा का प्रमाण माना जाता है। भारतीय परंपरा में संवाद को अतिशय महत्त्व दिया गया है। संवाद की अतिशय महत्ता को ध्यान में रखकर ही शायद इसे धार्मिक पवित्रता की परिधि में प्रस्तुत किया जाता रहा है। किसी के मत को खत्म करने के लिए शस्त्र उठाने की परंपरा हमारे यहाँ कभी भी नहीं रही। संवाद के ही एक अपेक्षाकृत अधिक परिष्कृत रूप–शास्त्रार्थ के जरिए हमने असत्य धारणाओं का खंडन किया, मिथ्याचारी लोगों को जमींदोज किया।

देवर्षि नारद संवादी संस्कृति के शिखर प्रतीक हैं, इसलिए उनका व्यक्तित्व संघर्ष समाधान के संवाद–सेतु के रूप में दिखता हैं। सभी पक्षों तक अपनी पहुँच के कारण उनके पास किसी भी घटनाक्रम को प्रभावित करने की क्षमता होती है और देवर्षि नारद घटनाक्रम को एक सकारात्मक और लोककल्याणकारी समाधान की दिशा में मोड़ने का कार्य करते हैं। वर्तमान में, जब संचार को संघर्ष–समाधान के उपकरण के रूप में स्वीकृति मिल चुकी है, तब देवर्षि नारद के व्यक्तित्व और संचारीय चिंतन के सम्यक् परिप्रेक्ष्य में आकलन की आवश्यकता और भी अधिक बढ़ गई है।

देवर्षि नारद भारतीय स्मृति के सर्जक और संवाहक दोनों हैं। भारत की सामूहिक स्मृति में संचारीय परिप्रेक्ष्य के साथ आकलन नारदीय उपस्थिति का ठीक ढंग से रेखांकन भारतीय संचार जगत् को 'प्रत्यभिज्ञा' प्रदान कर सकती

है। इस रेखांकन के लिए ऐतिहासिक मूल्यांकन आवश्यक नहीं है, क्योंकि भावनायकों के संदर्भ में ऐतिहासिक परीक्षा की उपयोगिता बहुत सीमित रह जाती है और 'विश्वास-हमारे धार्मिक, सांस्कृतिक, सहज लोक-जीवन की आधारभूत मान्यताएँ-आयामों में किस प्रकार की सर्जक प्रवृत्तियाँ जगाती हैं, ऊर्जा उत्पन्न करती हैं, कला-रूपों को जन्म देती हैं अथवा उनका पोषण करती हैं, हमारे लिए ये सारे प्रश्न ही महत्त्व के' होने चाहिए।[57] नारदीय संचार नीति भारतीय संचार पारिस्थितिकी के निर्माण के लिए आवश्यक अवसंरचना और ऊर्जा दोनों उपलब्ध करा सकती है, इसलिए समसामयिक संचार पारिस्थितिकी में इसका निवेश आवश्यक हो जाता है।

संदर्भ—

1. 'Modern technology owes ecology and apology'—Allan M. Eddision
2. किसी समुदाय या राष्ट्र को अमानवीय और सामान्य से इतर साबित करने की प्रक्रिया। इसके कारण उस समुदाय के खिलाफ निर्णय लेने का जनमानस बनता है।
3. Orbe, P. Mark, Harris Tina M., Inter-racial Communication, Sage Publication, 2015, p. 64
4. Orbe, P. Mark, Ibid, 2015, p. 140
5. मिश्र, विद्यानिवास. वाद्य वृंद, नेशनल बुक ट्रस्ट, नई दिल्ली, पृ. 52
6. धर्मपाल, भारत की परंपरा, पुनरुत्थान ट्रस्ट, पृ. 27
7. धर्मपाल, भारतीय चित्त, मानस, काल, पुनरुत्थान प्रकाशन ट्रस्ट, अहमदाबाद, 2007, पृ. 9
8. धर्मपाल, भारतीय चित्त, मानस, काल, पुनरुत्थान प्रकाशन ट्रस्ट, अहमदाबाद, 2007, पृ. 19
9. धर्मपाल, भारतीय चित्त, मानस, काल, पुनरुत्थान ट्रस्ट, अहमदाबाद, पृ. 107-08
10. धर्मपाल, भारतीय चित्त, मानस, काल, पुनरुत्थान ट्रस्ट, अहमदाबाद, पृ. 109
11. पालीवाल, कृष्णदत्त. अज्ञेय : प्रतिनिधि निबंध, राष्ट्रीय पुस्तक न्यास, पृ. 229
12. पालीवाल, कृष्णदत्त, वही, पृ. 230
13. पालीवाल, कृष्णदत्त, वही, पृ. 245
14. धर्मपाल, भारतीय चित्त, मानस, काल, पुनरुत्थान प्रकाशन ट्रस्ट, अहमदाबाद, 2010, पृ. 19
15. वर्मा, निर्मल, शब्द और स्मृति, भारतीय ज्ञानपीठ, 2011, पृ. 54
16. धर्मपाल, भारतीय चित्त, मानस, काल, पुनरुत्थान प्रकाशन ट्रस्ट, अहमदाबाद, 2010, पृ. 12

17. धर्मपाल, भारतीय चित्त, मानस, काल, पुनरुत्थान प्रकाशन ट्रस्ट, अहमदाबाद, 2010, पृ. 09
18. धर्मपाल, भारतीय चित्त, मानस, काल, पुनरुत्थान ट्रस्ट, अहमदाबाद, पृ. 19
19. धर्मपाल, भारतीय चित्त, मानस, काल, पुनरुत्थान ट्रस्ट, अहमदाबाद, पृ. 23
20. धर्मपाल, भारतीय चित्त, मानस, काल, पुनरुत्थान ट्रस्ट, अहमदाबाद, पृ. 24
21. उपाध्याय, आचार्य बलदेव, पुराण विमर्श, पृ. 502
22. सत्येन धार्यते पृथ्वी, सत्येन तपते रविः। सत्येन वायवो वान्ति सर्वं सत्ये प्रतिष्ठितिम्। (सत्य की शक्ति ही पृथ्वी का धारण करती है, सत्य की शक्ति से ही सूर्य तपता है, सत्य की शक्ति से ही पवन बहती है। सबकुछ सत्य की शक्ति से ही संचालित है।)
23. नास्तिसत्य समो धर्मे न सत्याद्विद्यते परम्।
    (सत्य जैसा धर्म नहीं। सत्य से परे कुछ नहीं।)
24. सत्येन रक्ष्यते धर्मो विद्याभ्यासने रक्ष्यते।
    मृज्जया रक्ष्यते रूपं, कुलम् वृत्तेन रक्ष्यते॥
    धर्म का रक्षण सत्य से होता है। विद्या का अभ्यास से, रूप का सफाई से और कुल का रक्षण आचरण से होता है।
25. सत्यमेव जयते नानृतं सत्येन पन्था विततो देवयानः।
    येनाक्रमन्त्यृषयो ह्याप्तकामा यत्र तत् सत्यस्य परमं निधानम्॥ मुंडकोपनिषद् 3.1.6
    (सत्य की ही विजय होती है, असत्य की नहीं, सत्य के द्वारा ही देवों का यात्रा–पथ विस्तीर्ण हुआ, जिसके द्वारा आप्तकाम ऋषिगण वहाँ आरोहण करते है, जहाँ सत्य का परम धाम है।)
26. सत्यं ब्रूयात प्रियं ब्रूयात, न ब्रूयात सत्यम् अप्रियम्।
    नासत्यं च प्रियं बूयात् एष धर्मः सनातनः॥
    प्रियं च नानृतम ब्रूयात, एष धर्मःसनातनः॥
    सत्य और प्रिय बोलना चाहिए। अप्रिय सत्य नहीं बोलना चाहिए और न ही प्रिय असत्य बोलना चाहिए। यही सनातन धर्म है।
27. सत्यप्रतिष्ठायां क्रियाफलाश्रयत्वम्। पातंजल योगसूत्र 2/36
28. https://www.artofliving.org/in-hi/yoga/patanjali-yogasutra/knowledge-sheet-41 से पुनः प्राप्त।
29. The definition of genius is taking the complex and making it simple-Albert Einstein.
30. https://www.leahmether.com.au/simplicity-over-complexity-is-vital-for-effective-communication/ से 16 अगस्त, 2020 को पुनः प्राप्त।
31. Simple can be harder than complex.- Steve Jobs, in a interview with Business week. 1998
32. अहिंसा सत्यमस्तेयं ब्रह्मचर्यमकल्कता।
    एतानि मानसान्याहुर्व्रतानि हरितुष्टये॥

एकभुक्तं तथा नक्तमुपवासमयाचितम्।
इत्येव कायिकं पुसां व्रतमुक्तं नरेश्वर॥
वेदस्याध्ययनं विष्णोः कीर्तनं सत्यभाषणम्।
अपैशुन्यमिदं राजन् वाचिकं व्रतमुच्यते॥ पद्मपुराण–पातालखंड–84. 42–44

33. Orbe, P. Mark, Harris Tina M., Inter-racial Communication, Sage Publication, 2015, P. 272
34. https://www.theguardian.com/media/2017/apr/15/journalism-faces-a-crisis-worldwide-we-might-be-entering- a-new-dark-age से 25 अगस्त, 2020 को पुनः प्राप्त
35. हनुमानप्रसाद पोद्दार द्वारा गीताप्रेस से प्रकाशित देवर्षि नारद के लिए लिखे गए निवेदन से उद्धृत।
36. शर्मा, श्रीद्वारकाप्रसाद एवं द्विवेदी, श्री इंद्रनारायण, देवर्षि नारद, गीताप्रेस गोरखपुर, संवत 2076, पृ. 25
37. शर्मा, श्रीद्वारकाप्रसाद एवं द्विवेदी, श्री इंद्रनारायण, देवर्षि नारद, गीताप्रेस गोरखपुर, संवत 2076, पृ. 12
38. वासुदेव अग्रवाल की पुस्तक पाणिनीकालीन भारतवर्ष, से उद्धृत, पृ. 21
39. अग्रवाल, वासुदेवशरण. पाणिनीकालीन भारतवर्ष, चौखम्बा विद्याभवन, 2014, पृ. 21
40. छान्दोग्योपनिषद् 7.1.2
41. अग्रवाल, वासुदेवशरण. पृथ्वी–पुत्र, सस्ता साहित्य मंडल प्रकाशन, नई दिल्ली, 2009, पृ. 110
42. अग्रवाल, वासुदेवशरण. पृथ्वी–पुत्र, सस्ता साहित्य मंडल प्रकाशन, नई दिल्ली, 2009, पृ. 110
43. High Context Culture—ऐसी संस्कृति, जिसे मात्र लिखित साहित्य के माध्यम से ठीक ढंग से नहीं समझा जा सकता। ऐसी संस्कृति को समझने के लिए परंपरा और संदर्भो का ज्ञान आवश्यक होता है।
44. यादव, अनिल कुमार, मानव संचार का परिदृश्य, कल्पना प्रकाशन, दिल्ली, 2022, पृ. 13
45. लोहिया, राममनोहर. इतिहास–चक्र. लोकभारती प्रकाशन, इलाहाबाद, 2009, पृ. 84
46. वही, पृ. 84
47. शर्मा, श्रीद्वारकाप्रसाद एवं द्विवेदी, श्री इंद्रनारायण, देवर्षि नारद, गीताप्रेस गोरखपुर, संवत 2076, पृ. 12
48. सिंह, ओमप्रकाश, श्रेष्ठ संचार के देवर्षि, आस्था, दिव्य हिमाचल, 13 मई, 2017
49. वर्मा, निर्मल, शब्द और स्मृति, भारतीय ज्ञानपीठ, नई दिल्ली, 2011, पृ. 85
50. Communication theory of Identity, Michael L. Hecht, 2003
51. वर्मा, निर्मल. शब्द और स्मृति, भारतीय ज्ञानपीठ, 2011, पृ. 84
52. वही, पृ. 84

53. कुमार, अशोक, संगीत और संवाद, कनिष्क पब्लिशर्स एंड डिस्ट्रीब्यूटर्स, नई दिल्ली, 2007, पृ. 24
54. कुमार, अशोक, संगीत और संवाद, कनिष्क पब्लिशर्स एंड डिस्ट्रीब्यूटर्स, नई दिल्ली, 2007, पृ. 25
55. सिंह, डॉ. जयप्रकाश, सूचना से संवादः पत्रकारिता का भारतीय परिप्रेक्ष्य, वैदिक पब्लिशर्ज, नई दिल्ली, 2017, पृ. 1
56. अग्निहोत्री, प्रो. कुलदीप चंद, https://vskbharat.com/indian-communication-tradition-shows-way-to-communicate-in-the-struggle-of-civilizations/ से पुनः प्राप्त
57. अज्ञेय, स. ही. वात्स्यायन, संस्कृति के भावनायकों की लीलास्थली : एक सांस्कृतिक यात्रा–वृत्तांत (भागवत भूमि–यात्रा, भाग–2), सस्ता साहित्य मंडल प्रकाशन, नई दिल्ली, पृ. 30

□

अध्याय-2

प्रसंग

संवाद

'श्रीमद्भगवद्गीता' में भगवान् श्रीकृष्ण तत्त्वनिर्णय की प्रक्रिया में संवाद को स्वयं की विभूति बताते हैं।[1] संवाद की प्रक्रिया को स्वयं ईश्वरीय विभूति बताया जाना इस तथ्य की तरफ संकेत करता है कि भारतीय मनीषा संवाद को कितनी महत्ता देती है! संवाद को तत्त्वज्ञान का मुख्य उपकरण मानने के कारण ही भारत में यह सामाजिक या व्यावहारिक गतिविधि नहीं रह जाती, बल्कि एक धार्मिक प्रक्रिया के रूप में प्रतिष्ठित हो जाती है।

भारत में संवाद एक सनातन परंपरा के रूप में प्रतिष्ठित है। इस परंपरा का उत्स वैदिक है। वेदों में कुछ संवाद-सूक्त आते हैं, जिनमें दो या दो से अधिक पात्रों के संवाद द्वारा किन्हीं रहस्यों को प्रकट किया जाता है। संवादों द्वारा शिक्षा देना शिक्षण की एक रोचक शैली है। वेदों के ये संवाद भाषा, भाव, नाटकीय शैली आदि सभी दृष्टियों से अतिशय कलात्मक हैं।[2]

कुरुक्षेत्र में विकट युद्ध की संभावनाओं के बीच अर्जुन के मन में कुछ संशय, कुछ प्रश्न उठते हैं। भगवान् श्रीकृष्ण उनका उत्तर देते हैं। यह प्रकरण इस बात की तरफ संकेत करता है कि भारत में विकटतम परिस्थितियों में भी संवाद की संभावना बनी रहती थी। प्रश्नों के स्वागत की मनोवृत्ति बनी रहती थी। किसी भी परिस्थिति में संवाद को स्वीकार करने की यह प्रवृत्ति भारतीय संस्कृति की मूलभूत विशेषता बन जाती है।

सत्यव्रतियों के लिए भारतीय संस्कृति का घोषवाक्य 'वादे वादे जायते

तत्त्वबोधः' है। संवाद से ही सत्य की उपलब्धि होती है। आप अध्यात्म के सूत्रों की पहचान करना चाहते हैं अथवा एक बेहतर व्यवस्था का निर्माण करना चाहते हैं, इसके लिए संवाद से बढ़कर कोई मानवीय और समग्र तरीका नहीं हो सकता।[3] इसी कारण विशेषज्ञ भारतीय सभ्यता को 'संवाद की सभ्यता' कहते हैं।[4]

भारतीय परंपरा सनातन बनी हुई है, तो इसका एक बड़ा कारण संवाद-परंपरा रही है। सवांद-परंपरा भारतीय चिंतन और संस्कृति को न केवल प्रवाहमान बनाए हुए है, बल्कि नए आयामों को जोड़कर उसे वृहद् और सशक्त भी बनाती है। वस्तुतः संवाद का सातत्य ही हमारी संस्कृति का जीवन है।[5] संवाद की यह भारतीय परंपरा कई रूपों में अभिव्यक्त होती है। इसका एक रूप शास्त्रार्थ है तो दूसरा रूप औपनिषदिक है। शास्त्रार्थ में दोनों पक्ष एक-दूसरे से प्रश्न करते हैं, तो औपनिषदिक संवाद में कोई जिज्ञासु किसी साधक अथवा ऋषि से प्रश्न पूछकर ज्ञानप्राप्ति अथवा संशय का समाधान प्राप्त करना चाहता है।

भारतीय सभ्यता में संवादों का बड़ा महत्त्व है। विख्यात संवादों का नामकरण प्रायः इसमें सहभागिता कर रहे व्यक्तियों के नाम पर हुआ है। उदाहरण के लिए यम-नचिकेता संवाद, याज्ञवल्क्य-गार्गी संवाद, जनक अष्टावक्र संवाद। कुछ औपनिषदिक संवाद तो ग्रंथों के अस्तित्व का कारण बने हैं। वासुदेव श्रीकृष्ण और अर्जुन के मध्य हुआ संवाद 'श्रीमद्‌भगवद्‌गीता' का कारण बना है। इसी तरह 'अष्टावक्र गीता' भी जनक और अष्टावक्र के मध्य हुआ संवाद ही है।

ये संवाद आज भी भारतीय जनमानस और उसकी चिंतन प्रक्रिया की आधारभूमि बने हुए हैं। 'कठोपनिषद्' का यम-नचिकेता संवाद श्रेय और प्रेय में श्रेय को चुनने, अधिकारों पर कर्तव्य को महत्त्व देने, बाह्य प्रलोभनों से बचकर धर्मपथ पर आगे बढ़ने को प्रेरित करता है। 'वृहदारण्यक उपनिषद्' का याज्ञवल्क्य-गार्गी संवाद और याज्ञवल्क्य-मैत्रेयी संवाद से अक्षर, शब्द और वाक् की दार्शनिक पृष्ठभूमि उभरती है। मंत्रविद्या और शब्द-शुचिता

को लेकर भारतीय समाज में जो आग्रह दिखता है, उसका एक कारण 'वृहदारण्यक उपनिषद्' भी है।

वैदिक काल से प्रारंभ कर आज तक संवाद की बहुधर्मी परंपराएँ हमारे देश में फलती-फूलती रही हैं। शंका और प्रश्न इसके मूलाधार रहे हैं।[6] वैदिक-औपनिषदिक परंपराएँ तो संवाद से अनुस्यूत हैं ही, उसके बाद भी भारतीय भूमि से उपजे लगभग सभी दर्शन और परंपराओं में संवाद को लेकर एक आकर्षण दिखता है।

बौद्ध और जैन परंपराएँ भी संवाद के प्रति बहुत संवदेनशील और खुली प्रकृति की रही हैं। इसीलिए कई विद्वान् बौद्ध और जैन परंपरा को संवाद-परंपरा के आलोक में देखने की आवश्यकता पर बल देते हैं। बुद्ध विद्रोही नायक नहीं हैं, वह अपने समय के एक बड़े संवादपुरुष हैं। विद्रोही सबकुछ नकार देता है, संवादपुरुष अग्राह्य को स्वीकार करके ग्राह्य को स्वीकार करता है।[7] बुद्ध प्रत्येक वाद की परिणति सहज संवाद में देखना चाहते थे। जो वाद-विवाद बनकर रह जाए, वह उन्हें स्वीकार नहीं। न्याय दर्शन के सूत्रकार गौतम की दृष्टि से ही वही वाद स्वीकार्य है, जिसमें संवाद रचा जा सके। वे ज्ञानियों के साथ संवाद को अपवर्ग या मोक्ष का साधन मानते हैं।[8] संवाद परंपरा के आलोक में देखने पर बौद्ध-जैन परंपरा-विद्रोही नहीं, बल्कि परंपरा का विस्तार प्रतीत होती हैं, क्योंकि संवाद की तरह ही ये परंपराएँ भी इसी बात पर बल देती हैं कि सत्य के लिए सदैव किसी पर निर्भर नहीं रहा जा सकता।[9]

विष्णुगुप्त चाणक्य, शंकराचार्य, आचार्य अभिनवगुप्त, दयानंद सरस्वती, स्वामी विवेकानंद, महात्मा गांधी के रूप में यह भारतीय संवाद परंपरा स्वयं को समकालीन संदर्भों में अभिव्यक्त करती रही है। इस संवाद परंपरा के उत्स और प्रवाह में देवर्षि नारद की उपस्थिति सर्वत्र देखी जा सकती है। वैदिक, औपनिषदिक, पौराणिक, रामायण-महाभारत में संवादकर्ता और संवादपुरुष के रूप में देवर्षि दृष्टिगोचर होते हैं।

संपूर्ण भारतीय वाङ्मय ऐसे संवादों से भरा हुआ है, जिसमें संवाद का

एक पक्ष देवर्षि नारद हैं। यह देवर्षि नारद की ज्ञान, साधना और विश्वसनीयता का प्रमाण है कि भक्त, ऋषि, राजा सभी उनसे मार्गदर्शन की अपेक्षा के साथ संवाद करते हैं। एक जगह तो वासुदेव श्रीकृष्ण ने भी देवर्षि से अपने परिजनों की अधोगामी प्रवृत्तियों का उल्लेख करते हुए उससे बाहर निकलने का सलाह ली है।

देवर्षि नारद से संबंधित अधिकांश व्याख्यानों की एक प्रमुखता यह भी है कि इनमें देवर्षि के उदात्त गुणों की महिमा गाई गई है। प्रायः सभी प्रश्नकर्ता प्रश्न पूछने से पहले देवर्षि नारद के व्यक्तित्व के विविध पक्षों की तरफ संकेत करते हैं और फिर सम्मानपूर्वक उनके समक्ष अपना प्रश्न रखते हैं। देवर्षि नारद से संबंधित व्याख्यानों के विस्तार पर यदि दृष्टि डाली जाए तो उनका बहुआयामी व्यक्तित्व हमारे समक्ष उभरता है।

श्रीकृष्ण-नारद संवाद में वह संबंधों को सँभालने का सूत्र बताते हैं, तो युधिष्ठिर-नारद संवाद में वह राजधर्म के गूढ़ रहस्यों पर प्रकाश डालते हैं। नारद-गालव संवाद की विषयवस्तु विविध शास्त्रों में वर्णित विविध उपदेशों के बीच उचित धर्म का निर्धारण करती है, तो नारद-असितदेवल संवाद में वह जीवन की प्रकृति और उसके चरम लक्ष्यों के बारे में विस्तार से बताते हैं।

संवाद-परंपरा में देवर्षि नारद की उपस्थिति अग्रगण्य है। विविध पुराणों, रामायण, महाभारत में तो उनकी उपस्थिति सभी महत्त्वपूर्ण घटनाक्रमों में दिखलाई पड़ती है। वह संवाद के माध्यम से उस घटनाक्रम को सही दिशा में मोड़ने का प्रयास करते हुए दिखलाई पड़ते हैं। नारदीय संचार प्रक्रिया में संवाद परंपरा की भूमिका अति महत्त्वपूर्ण है। इसलिए कुछ महत्त्वपूर्ण नारदीय संवादों की परंपरा से परिचय आवश्यक हो जाता है। ये संवाद नारदीय संचार के मूलभूत तत्त्वों को पहचानने के लिए आवश्यक हैं। यहाँ पर कुछ ऐसे ही महत्त्वपूर्ण नारदीय संवाद संकलित किए गए हैं। संवाद के पूर्व में एक संक्षिप्त भूमिका भी दी गई है, जो इस संवाद के संचारीय महत्त्व की तरफ संकेत करती है।

श्रीकृष्ण-नारद संवाद

परिमार्जन और अनुमार्जन का परममंत्र

परिजनों में मतांतर होना अत्यंत स्वाभाविक है और मतांतर को मतैक्य में परिवर्तित कर सभी को शुभ कर्मों में लगाए रखना अत्यंत दुष्कर कार्य है। वासुदेव-देवर्षि संवाद इसी प्रश्न से उपजा है। भगवान् श्रीकृष्ण यदुवंश के विभिन्न घटकों की सीमा और सामर्थ्य से परिचित हैं। उन्हें इस बात का आभास है कि परिजनों के दुर्गुण और कटुवचन किसी बड़े संघर्ष को जन्म दे सकते हैं। वह देवर्षि नारद से संबंधों में सरसता और एकता बनाए रखने के सूत्र के बारे में पूछते हैं और देवर्षि उन्हें परिमार्जन और अनुमार्जन का परममंत्र प्रदान करते हैं। श्रीकृष्ण-नारद संवाद निम्नवत् है—

वासुदेव श्रीकृष्ण देवर्षि नारद को संबोधित करते हुए कहते हैं कि देवर्षि! जो व्यक्ति सुहृद न हो, जो सुहृद तो हो, किंतु पंडित न हो तथा जो सुहृद और पंडित तो हो, किंतु अपने मन पर जिसका नियंत्रण न हो—ये तीनों ही परम गोपनीय मंत्रणा को सुनने या जानने के अधिकारी नहीं हैं। स्वर्ग में विचरनेवाले नारदजी! मैं आपके सौहार्द पर भरोसा रखकर आपसे कुछ निवेदन करूँगा। मनुष्य किसी व्यक्ति के बुद्धि-बल की पूर्णता देखकर ही उससे कुछ पूछता अथवा जिज्ञासा प्रकट करता है। मैं अपनी प्रभुता प्रकाशित करके जाति-भाइयों, कुटुंबी-जनों को अपना दास बनाना नहीं चाहता। मुझे जो भोग प्राप्त होते हैं, उनका आधा भाग ही अपने उपभोग में लाता हूँ, शेष आधा भाग परिजनों के लिए ही छोड़ देता हूँ और उनकी कड़वी बातों को सुनकर भी क्षमा कर देता हूँ। देवर्षि! जैसे अग्नि को प्रकट करने की इच्छा वाला पुरुष अरणीकाष्ठ का मंथन करता है, उसी प्रकार इन परिजनों का कटुवचन मेरे हृदय को सदा मथता और जलाता रहता है। नारदजी! बड़े भाई बलराम में सदा ही असीम बल है, वे उसी में मस्त रहते हैं। छोटे भाई की गद में अत्यंत सुकुमारता है (अतः वह परिश्रम से दूर भागता है), रह गया बेटा प्रद्युम्न, सो वह अपने रूप-सौंदर्य के अभिमान से ही मतवाला बना रहता है।

इस प्रकार इन सहायकों के होते हुए भी मैं असहाय हूँ। नारदजी! अंधक तथा वृष्णि वंश में और भी बहुत से वीर पुरुष हैं, जो महान् सौभाग्यशाली, बलवान एवं दुःसह पराक्रमी हैं, वे सब-के-सब सदा उद्योगशील बने रहते हैं। ये वीर, जिसके पक्ष में न हों, उसका जीवित रहना असंभव है और जिसके पक्ष में ये चले जाएँ, वह सारा का सारा समुदाय ही विजयी हो जाए। परंतु आहुक और अक्रूर ने आपस में वैमनस्य रखकर मुझे इस तरह अवरुद्ध कर दिया है कि मैं इनमें किसी एक का पक्ष नहीं ले सकता। आपस में लड़नेवाले आहुक और अक्रूर दोनों ही जिसके स्वजन हों, उसके लिए इससे बढ़कर दुःख की बात और क्या होगी? और वे दोनों ही जिसके सुहृद न हों, उसके लिए भी इससे बढ़कर और दुःख क्या हो सकता है? (क्योंकि ऐसे मित्रों का न रहना भी महान् दुःखदायी होता है) महामते! जैसे दो जुआरियों की एक ही माता एक की जीत चाहती है तो दूसरे की भी पराजय नहीं चाहती, उसी प्रकार मैं भी इन दोनों सुहृदों में से एक की विजय कामना करता हूँ तो दूसरे की पराजय नहीं चाहता। नारदजी! इस प्रकार मैं सदा उभय पक्ष का हित चाहने के कारण दोनों ओर से कष्ट पाता रहता हूँ। ऐसी दशा में मेरा अपना तथा इन जाति-भाइयों का भी जिस प्रकार भला हो, वह उपाय आप बताने की कृपा करें।

नारदजी ने कहा—वृष्णिनंदन श्रीकृष्ण! आपत्तियाँ दो प्रकार की होती हैं—एक बाह्य और दूसरी आभ्यंतर। वे दोनों ही स्वकृत और परकृत, भेद से दो-दो प्रकार की होती हैं। अक्रूर और आहुक से उत्पन्न हुई कष्टदायिनी आपत्ति, जो आप को प्राप्त हुई है, वह आभ्यंतर है और अपने ही कृत्यों से प्रकट हुई है। ये सभी, जिनके नाम आपने गिनाए हैं, आपके ही वंश हैं। आपने स्वयं जिस ऐश्वर्य को प्राप्त किया था, उसे किसी प्रयोजनवश या स्वेच्छा से अथवा कटुवचन से डरकर दूसरे को दे दिया। सहायशाली श्रीकृष्ण! इस समय उग्रसेन को दिया हुआ वह ऐश्वर्य दृढ़मूल हो चुका है। उग्रसेन के साथ जाति के लोग भी सहायक हैं, अतः उगले हुए अन्न की भाँति आप उस दिए हुए ऐश्वर्य को वापस नहीं ले सकते। श्रीकृष्ण! अक्रूर और उग्रसेन के अधिकार में गए हुए राज्य को भाई-बंधुओं में फूट पड़ने के भय से अन्य की

तो कौन कहे, इतने शक्तिशाली होकर स्वयं भी आप किसी तरह वापस नहीं ले सकते। बड़े प्रयत्न से अत्यंत दुष्कर कर्म महान् संहाररूप युद्ध करने पर राज्य को वापस लेने का कार्य सिद्ध हो सकता है, परंतु इसमें धन का बहुत व्यय और असंख्य मनुष्यों का पुनः विनाश होगा। अतः श्रीकृष्ण! आप एक ऐसे कोमल शस्त्र से, जो लौह का बना हुआ न होने पर भी हृदय को छेद डालने में समर्थ है, परिमार्जन और अनुमार्जन करके उन सबकी जीभ कीलित कर दें—उन्हें मूक बना दें।

भगवान् श्रीकृष्ण ने कहा—मुने! बिना लोहे के बने हुए उस कोमल शस्त्र को मैं कैसे जानूँ, जिसके द्वारा परिमार्जन और अनुमार्जन करके इन सबकी जिह्वा को कीलित कर दूँ। नारदजी ने कहा—श्रीकृष्ण! अपनी शक्ति के अनुसार सदा अन्नदान करना, सहनशीलता, सरलता, कोमलता तथा यथायोग्य पूजन (आदर-सत्कार) करना, यही बिना लोहे का बना हुआ शस्त्र है। जब सजातीय बंधु आपके प्रति कड़वी तथा ओछी बातें कहना चाहें, उस समय आप मधुर वचन बोलकर उनके हृदय, वाणी तथा मन को शांत कर दें। जो महापुरुष नहीं है, जिसने अपने मन को वश में नहीं किया है तथा जो सहायकों से संपन्न नहीं है, वह कोई भारी भार नहीं उठा सकता। अतः आप ही इस गुरुतर भार को हृदय से उठाकर वहन करें। समतल भूमि पर सभी बैल भारी भार वहन कर लेते हैं, परंतु दुर्गम भूमि पर कठिनाई से वहन करने योग्य गुरुतर भार को अच्छे बैल ही ढोते हैं। केशव! आप इस यादवसंघ के मुखिया हैं। यदि इसमें फूट हो गई तो इस समूचे संघ का विनाश हो जाएगा। अतः आप ऐसा करें, जिससे आपको पाकर इस संघ का—इस यादव गणतंत्र राज्य का मूलोच्छेद न हो जाए। बुद्धि, क्षमा और इंद्रिय-निग्रह के बिना तथा धन-वैभव का त्याग किए बिना कोई गण अथवा संघ किसी बुद्धिमान पुरुष की आज्ञा के अधीन नहीं रहता है। श्रीकृष्ण! सदा अपने पक्ष की ऐसी उन्नति होनी चाहिए, जो धन, यश तथा आयु की वृद्धि करने वाली हो और परिजन में से किसी का विनाश न हो। यह सब जैसे भी संभव हो, वैसा ही कीजिए। प्रभु! संधि, विग्रह, यान, आसन, द्वैधीभाव और समाश्रय—इन छहों गुणों के

यथासमय प्रयोग से तथा शत्रु पर चढ़ाई करने के लिए यात्रा करने पर वर्तमान या भविष्य में क्या परिणाम निकलेगा, यह सब आप से छिपा नहीं है। महाबाहु माधव! भोज, अंधक और वृष्णि वंश के सभी यादव आप में प्रेम रखते हैं। दूसरे लोग और लोकेश्वर भी आप में अनुराग रखते हैं। औरों की तो बात ही क्या है, बड़े-बड़े ऋषि-मुनि भी आपकी बुद्धि का आश्रय लेते हैं। आप समस्त प्राणियों के गुरु हैं। भूत, वर्तमान और भविष्य को जानते हैं। आप जैसे यदुकुलतिलक महापुरुष का आश्रय लेकर ही समस्त यादव सुखपूर्वक अपनी उन्नति करते हैं।

नोट :

स्वकृत : जो आपत्तियाँ स्वत: अपने ही कर्म से आती हैं, उन्हें स्वकृत कहते हैं।

परकृत : जो विपत्तियाँ दूसरों के कारण पैदा होती हैं, वे विपत्तियाँ परकृत कहलाती हैं।

परिमार्जन : क्षमा, सरलता और कोमलता के द्वारा दोषों को दूर करना परिमार्जन कहलाता है।

अनुमार्जन : यथायोग्य सेवा-सत्कार के द्वारा हृदय में प्रीति उत्पन्न करना अनुमार्जन कहा गया है।

(महाभारत के शांतिपर्व के 81वें अध्याय में वासुदेव श्रीकृष्ण और देवर्षि नारद के संवाद का यह उल्लेख मिलता है।)

देवर्षि नारद और महर्षि गालव संवाद

मार्ग-निर्धारण का मूलभूत प्रश्न

देवर्षि नारद और महर्षि गालव का संवाद एक सहज और सार्वभौमिक प्रश्न से संबंधित है। सामान्यजन के साथ विद्वतजनों के समक्ष प्राय: यह प्रश्न उपस्थित होता ही है कि विविध शास्त्रों और सामाजिक मान्यताओं के बीच स्वयं के लिए सर्वश्रेष्ठ मार्ग का चयन कैसे किया जाए? यह प्रश्न

धर्म निर्धारक प्रश्न भी है, क्योंकि धर्म, उपलब्ध विकल्पों में से सर्वश्रेष्ठ विकल्प चुनाव की निर्णय-प्रक्रिया और उस विकल्प को कर्म के माध्यम से अभिव्यक्त करने की साधना है। देवर्षि नारद और महर्षि गालव का यह संवाद एक सार्वभौमिक प्रश्न की अभिव्यक्ति और उसका समाधान प्राप्त करने का प्रयास है। इस संवाद का संपादित अंश निम्नवत् है—

युधिष्ठिर ने पूछा—पितामह! जो शास्त्रों के तत्त्व को नहीं जानता, जिसका मन सदा संशय में ही पड़ा रहता है तथा जिसने परमार्थ के लिए कोई निश्चित ध्येय नहीं बनाया है, उस पुरुष का कल्याण कैसे हो सकता है ?

भीष्मजी ने कहा—युधिष्ठिर! सदा गुरुजनों की पूजा, वृद्ध पुरुषों की सेवा और शास्त्रों का श्रवण—ये तीन कल्याण के अमोघ साधन बताए जाते हैं। इस विषय में भी जानकार मनुष्य देवर्षि नारद और महर्षि गालव के संवाद रूप प्राचीन इतिहास का उदाहरण दिया करते हैं। एक समय की बात है, कल्याण की इच्छा रखनेवाले जितेंद्रिय गालव मुनि ने अपने आश्रम पर पधारे हुए देवोपम तेजस्वी ब्राह्मण, मोह और क्लांति से रहित, ज्ञानानंद से परिपूर्ण एवं मन को वश में रखनेवाले देवर्षि नारदजी से इस प्रकार पूछा—मुने! संसार में कोई भी पुरुष जिन गुणों द्वारा सम्मानित होता है, उन समस्त गुणों का मैं आपमें कभी अभाव नहीं देखता हूँ। लोक-तत्त्व के ज्ञान से शून्य और चिरकाल से अज्ञान में पड़े हुए हम जैसे लोगों के संशय का निवारण सर्वगुणसंपन्न आप जैसा महात्मा ही कर सकता है। मुने! शास्त्रों में बहुत से कर्तव्य-कर्म बताए गए हैं, उनमें अमुक कर्म के इस प्रकार करने से ज्ञानमार्ग में प्रवृत्ति हो सकती है, इसका विशेष रूप से हमें निश्चय नहीं हो पाता है। अतः हमारे लिए जो कर्तव्य हो और जिसका निर्धारण हम न कर पाते हों, उसे आप ही हमें बताने की कृपा करें। भगवान्! सभी आश्रमों वाले पृथक्-पृथक् आचार का दर्शन कराते हैं तथा यह श्रेष्ठ है, यह श्रेष्ठ है, ऐसा उपदेश देते हुए वे (अपने ही सिद्धांतों की श्रेष्ठता का प्रतिपादन करते हैं) सभी मनुष्यों की बुद्धि में यही बात जमा देते हैं। जिनके मन में वह बात बैठ गई है, उन सबको उन शास्त्रों के उपदेश के अनुसार नाना प्रकार के आचार मार्ग से चलते और

अपने-अपने शास्त्रों का अभिनंदन करते देखकर जैसे हम अपनी मान्यता में संतुष्ट हैं, वैसे ही उन्हें भी संतुष्ट पाकर हमारे मन में संशय उत्पन्न हो गया है। हम यह ठीक-ठीक निश्चय नहीं कर पा रहे हैं कि परम कल्याण की प्राप्ति का सर्वश्रेष्ठ उपाय क्या है ? यदि शास्त्र एक होता तो श्रेय की प्राप्ति का उपाय भी एक ही होने के कारण वह स्पष्ट रूप से समझ में आ जाता, परंतु बहुत से शास्त्रों ने नाना प्रकार से वर्णन करके श्रेय को गुह्य अवस्था में पहुँचा दिया है, उसे अत्यंत गूढ़ बना डाला है। इस कारण से मुझे श्रेय का स्वरूप संशयाच्छन्न जान पड़ता है। भगवान्! अब आप ही मुझे उसका उपदेश दें। मैं आपकी शरण में आया हूँ, आप मुझ शिष्य को श्रेयमार्ग का बोध कराएँ।

नारदजी ने कहा—तात! आश्रम चार हैं और शास्त्रों में उनकी पृथक्-पृथक् व्यवस्था की गई है। गालव! तुम ज्ञान का आश्रय लेकर उन सबको यथार्थ रूप से जानो। विप्रवर! उन-उन आश्रमों के जो नाना प्रकार से गुण-संपन्न धर्म बताए गए हैं, उनकी पृथक्-पृथक् स्थिति है। इस बात को तुम देखो और समझो। जो साधारण मनुष्य हैं, वे उन आश्रमों के वास्तविक अभिप्राय को भली-भाँति संशयरहित नहीं जान पाते, किंतु उनसे भिन्न जो तत्त्वज्ञ हैं, वे इन आश्रमों के परमतत्त्व को ठीक-ठीक समझते हैं। जो अच्छी तरह कल्याण करने वाला साधन होता है, वह सर्वथा संशयरहित होता है। सुहृदों पर अनुग्रह करना, शत्रुभाव रखनेवाले दुष्टों को दंड देना तथा धर्म, अर्थ और काम का संग्रह करना—इसे मनीषी पुरुष 'श्रेय' कहते हैं। पापकर्म से दूर रहना, निरंतर पुण्यकर्मों में लगे रहना और सत्यपुरुषों के साथ रहकर सदाचार का ठीक-ठीक पालन करना—यह संशयरहित कल्याण का मार्ग है। संपूर्ण प्राणियों के प्रति कोमलता का बरताव करना, व्यवहार में सरल होना तथा मीठे वचन बोलना—यह भी कल्याण का संदेहरहित मार्ग है। देवताओं, पितरों और अतिथियों को उनका भाग देना तथा भरण-पोषण करने योग्य व्यक्तियों का त्याग न करना—यह कल्याण का निश्चित साधन है। सत्य बोलना भी श्रेयस्कर है, परंतु सत्य को यथार्थरूप से जानना कठिन है। मैं तो उसी को सत्य कहता हूँ, जिससे प्राणियों का अत्यंत हित होता हो। अहंकार का त्याग,

प्रमाद को रोकना, संतोष और एकांतवास—यह 'सुनिश्चित श्रेय' कहलाता है।

धर्माचरणपूर्वक वेद और वेदांगों का स्वाध्याय करना तथा उनके सिद्धांत को जानने की इच्छा को जगाए रखना निस्संदेह कल्याण का साधन है। जिसे कल्याण प्राप्ति की इच्छा हो, उस मनुष्य को किसी तरह भी शब्द, स्पर्श, रूप, रस और गंध—इन विषयों का अधिक सेवन नहीं करना चाहिए। कल्याण चाहनेवाला पुरुष रात में घूमना, दिन में सोना, आलस्य, चुगली, मादक वस्तु का सेवन, आहार-विहार का अधिक मात्रा में सेवन और उसका सर्वथा त्याग—ये सब बातें त्याग दे। दूसरों की निंदा करके अपनी श्रेष्ठता सिद्ध करने का प्रयत्न न करे। साधारण मनुष्यों की अपेक्षा जो अपनी उत्कृष्टता है, उसे अपने गुणों द्वारा ही सिद्ध करे (बातों से नहीं)। गुणहीन मनुष्य ही अधिकतर अपनी प्रशंसा किया करते हैं। वे अपने में गुणों की कमी देखकर दूसरे गुणवान पुरुषों के गुणों में दोष बताकर उन पर आक्षेप किया करते हैं। यदि उनको उत्तर दिया जाए तो फिर वे घमंड में भरकर अपने-आपको महापुरुषों से भी अधिक गुणवान मानने लगते हैं, परंतु जो दूसरे किसी की निंदा तथा अपनी प्रशंसा नहीं करता, ऐसा उत्तम गुणसंपन्न विद्वान् पुरुष ही महान् यश का भागी होता है। फूलों की पवित्र एवं मनोरम सुगंध बिना कुछ बोले ही महक उठती है। निर्मल सूर्य अपनी प्रशंसा किए बिना ही आकाश में प्रकाशित होने लगते हैं। इस प्रकार संसार में और भी बहुत सी ऐसी बुद्धि से रहित वस्तुएँ हैं, जो अपनी प्रशंसा नहीं करती हैं, किंतु अपने यश से जगमगाती रहती हैं। मूर्ख मनुष्य केवल अपनी प्रशंसा करने से ही जगत् में ख्याति नहीं पा सकता। विद्वान् पुरुष गुफा में छिपा रहे तो भी उसकी सर्वत्र प्रसिद्धि हो जाती है। बुरी बात जोर-जोर से कही गई हो तो भी वह शून्य में विलीन हो जाती है, लोक में उसका आदर नहीं होता है, किंतु अच्छी बात धीरे से कही जाए, तो भी वह संसार में प्रकाशित होती है—उसका आदर होता है और प्रभाव बढ़ता है।

घमंडी मूर्खों की कही हुई असार बातें उनके दूषित अंतःकरण का ही प्रदर्शन कराती हैं, ठीक उसी तरह, जैसे सूर्य सूर्यकांतमणि के योग से अपने दाहक अग्निरूप को ही प्रकट करता है। इस कारण कल्याण की इच्छा

रखनेवाले साधु पुरुष अनेक शास्त्रों के अध्ययन से नाना प्रकार की प्रज्ञा (उत्तम बुद्धि) का ही अनुसंधान करते हैं। मुझे तो सभी प्राणियों के लिए प्रज्ञा का लाभ ही उत्तम जान पड़ता है। बुद्धिमान पुरुष ज्ञानवान होने पर भी बिना पूछे किसी को कोई उपदेश न करे। अन्यायपूर्वक पूछने पर भी किसी के प्रश्न का उत्तर न दे। अनभिज्ञ की भाँति चुपचाप बैठा रहे। मनुष्य को सदा धर्म में लगे रहनेवाले साधु-महात्माओं तथा स्वधर्मपरायण उदार पुरुषों के समीप निवास करने की इच्छा रखनी चाहिए। जहाँ चारों वर्णों के धर्मों का उल्लंघन होता हो, वहाँ कल्याण की इच्छावाले पुरुष को किसी तरह भी नहीं रहना चाहिए। किसी कर्म का आरंभ न करनेवाला और जो कुछ मिल जाए, उसी से जीवन-निर्वाह करनेवाला पुरुष भी यदि पुण्यात्माओं के समाज में रहे तो उसे निर्मल पुण्य की प्राप्ति होती है और पापियों के संसर्ग में रहे तो वह पाप का ही भागी होता है। जैसे जल, अग्नि और चंद्रमा की किरणों के संसर्ग में आने पर मनुष्य क्रमशः शीत, उष्ण और सुखदायी स्पर्श का अनुभव करता है, उसी प्रकार हम पुण्यात्मा और पापियों के संग से पुण्य और पाप दोनों के स्पर्श का प्रत्यक्ष अनुभव करते हैं।''

जहाँ उद्दंड पुरुषों को दंड दिया जाता हो और जितात्मा पुरुषों का सत्कार किया जाता हो, वहाँ पुण्यशील श्रेष्ठ पुरुषों के बीच विचरना और निवास करना चाहिए। जहाँ उद्दंड और लोभी हों, ऐसे लोगों को, जहाँ अत्यंत कठोर और महान् दंड दिया जाता हो, उस देश में बिना विचारे निवास करना चाहिए। जहाँ राजा सदा धर्मपरायण रहकर धर्मानुसार ही राज्य का पालन करता हो और संपूर्ण कामनाओं का स्वामी होकर भी विषयभोग से विमुख रहता हो, वहाँ बिना कुछ सोचे-विचारे निवास करना चाहिए; क्योंकि राजा के शील-स्वभाव जैसे होते हैं, वैसे ही प्रजा के भी हो जाते हैं। वह अपने कल्याण का अवसर उपस्थित होने पर प्रजा को भी शीघ्र ही कल्याण का भागी बना देता है। तात! मैंने तुम्हारे प्रश्न के अनुसार यह श्रेयमार्ग का वर्णन किया है। पूर्णतया तो आत्मकल्याण की परिगणना हो ही नहीं सकती। जो इस प्रकार की वृत्ति से रहकर जीविका चलाता है और प्राणियों के हित में मन लगाए रहता

है, उस पुरुष को स्वधर्मरूप तप के अनुष्ठान से इस लोक में ही परमकल्याण की प्रत्यक्ष उपलब्धि हो जाएगी।

(महाभारत के शांतिपर्व के अंतर्गत मोक्षधर्म पर्व के 287वें अध्याय में नारदजी द्वारा गालव मुनि को उपदेश देने का वर्णन किया गया है)

नारद-युधिष्ठिर संवाद

प्रश्नों में राजधर्म का मर्म

राजधर्म भारतीय समाज में सदैव से आदरणीय और प्रणम्य रहा है। रामराज्य का आदर्श वस्तुतः राजधर्म के अमूर्त सिद्धांतों का मूर्त रूप है। महाभारत में भी सभी धर्मों को राजधर्म के अधीन बताया गया है। कालांतर में राजधर्म की परंपरा और उसके आदर्श क्षीण हुए। राजधर्म में व्यावहारिकता का पक्ष अधिक प्रभावी रहा है, इसलिए इस पर लिखित सामग्री कम ही उपलब्ध है। रामायण में मर्यादा पुरुषोत्तम श्रीराम भरत को राजधर्म की शिक्षा देते हैं तो महाभारत के शांतिपर्व में भीष्म राजधर्म की महत्ता पर विस्तार से प्रकाश डालते हैं। महाभारत में ही देवर्षि नारद युधिष्ठिर को राजधर्म का उपदेश देते हैं। राजधर्म का यह उपदेश सूत्रवत् है और भारतीय ज्ञान परंपरा के लिए एक निधि जैसा है। नारद-युधिष्ठिर संवाद में राजधर्म का विवरण निम्नवत् मिलता है—

वैशम्पायनजी कहते हैं—जनमेजय! एक दिन उस सभा में महात्मा पांडव अन्यान्य महापुरुषों तथा गंधर्वों आदि के साथ बैठे हुए थे। उसी समय वेद और उपनिषदों के ज्ञाता, ऋषि, देवताओं द्वारा पूजित, इतिहास-पुराण के मर्मज्ञ, पूर्व कल्प की बातों के विशेषज्ञ, न्याय के विद्वान्, धर्म के तत्त्व को जाननेवाले, शिक्षा, कल्प, व्याकरण, निरूक्त, छंद और ज्योतिष—इन छहों अंगों के पंडितों में शिरोमणि, ऐक्य, संयोग, नानात्व और समवाय के ज्ञान में विशारद, प्रगल्भ वक्ता, मेधावी, स्मरणशक्ति संपन्न नीतिज्ञ, त्रिकालदर्शी, अपर ब्रह्म और परब्रह्म को विभागपूर्वक जाननेवाले, प्रमाणों द्वारा एक निश्चित

सिद्धांत पर पहुँचे हुए, पंचावयवयुक्त, वाक्य के गुण-दोष को जाननेवाले, बृहस्पति—जैसे वक्ता के साथ भी उत्तर-प्रत्युत्तर करने में समर्थ, धर्म, अर्थ, काम और मोक्ष—चारों पुरुषार्थों के संबंध में यथार्थ निश्चय रखनेवाले तथा इन संपूर्ण चौदहों भुवनों को ऊपर, नीचे और तिरछे सब ओर से प्रत्यक्ष देखनेवाले, महाबुद्धिमान, सांख्य और योग के विभागपूर्वक ज्ञाता, देवताओं और असुरों में भी निर्वेद (वैराग्य) उत्पन्न करने के इच्छुक, संधि और विग्रह के तत्त्व को समझनेवाले, अपने और शत्रु पक्ष के बलाबल का अनुमान से निश्चय करके शत्रु पक्ष के मंत्रियों आदि को फोड़ने के लिए धन आदि बाँटने के उपयुक्त अवसर का ज्ञान रखनेवाले, संधि (सुलह), विग्रह (कलह), यान (चढ़ाई करना), आसन (अपने स्थान पर ही चुप्पी मारकर बैठे रहना), द्वैधीभाव (शत्रुओं में फूट डालना) और समाश्रय (किसी बलवान राजा का आश्रय ग्रहण करना)—राजनीति के इन छहों अंगों के उपयोग के जानकार, समस्त शास्त्रों के निपुण विद्वान्, युद्ध और संगीत की कला में कुशल, सर्वत्र क्रोधरहित, इन उपर्युक्त गुणों के सिवा और भी असंख्य सद्गुणों से संपन्न, मननशील, परम कांतिमान महातेजस्वी देवर्षि नारद लोक-लोकांतरों में घूमते-फिरते पारिजात, बुद्धिमान पर्वत तथा सौम्य, सुमुख आदि अन्य अनेक ऋषियों के साथ सभा में स्थित पांडवों से प्रेमपूर्वक मिलने के लिए मन के समान वेग से वहाँ आए और उन ब्रह्मर्षि ने जयसूचक आशीर्वादों द्वारा धर्मराज युधिष्ठिर का अत्यंत सम्मान किया। संपूर्ण धर्मों के ज्ञाता पांडव श्रेष्ठ राजा युधिष्ठिर ने देवर्षि नारद को आया देख भाइयों सहित सहसा उठकर उन्हें प्रेम, विनय और नम्रतापूर्वक उस समय नमस्कार किया और उन्हें उनके योग्य आसन देकर धर्मज्ञ नरेश ने गौ, मधुपर्क तथा अर्घ्य आदि उपचार अर्पण करते हुए रत्नों से उनका विधिपूर्वक पूजन किया तथा उनकी सब इच्छाओं की पूर्ति करके उन्हें संतुष्ट किया। राजा युधिष्ठिर से यथोचित पूजा पाकर नारदजी भी बहुत प्रसन्न हुए। इस प्रकार संपूर्ण पांडवों से पूजित होकर उन वेदवेत्ता महर्षि ने युधिष्ठिर से धर्म, काम और अर्थ तीनों के उपदेशपूर्वक ये बातें पूछीं—

नारदजी बोले—राजन! क्या तुम्हारा धन तुम्हारे (यज्ञ, दान तथा कुटुंबरक्षा

आदि आवश्यक कार्यों के) निर्वाह के लिए पूरा पड़ जाता है? क्या धर्म में तुम्हारा मन प्रसन्नतापूर्वक लगता है? क्या तुम्हें इच्छानुसार सुख-भोग प्राप्त होते हैं? (भगवद् चिंतन में लगे हुए) तुम्हारे मन को (किन्हीं दूसरी वृत्तियों द्वारा) आघात या विक्षेप तो नहीं पहुँचता है? नरदेव! क्या तुम ब्राह्मण, वैश्य और शूद्र—इन तीनों वर्णों की प्रजाओं के प्रति अपने पिता-पितामहों द्वारा व्यवहार में लाई हुई धर्मार्थयुक्त उत्तम एवं उदार वृत्ति का व्यवहार करते हो? तुम धन के लोभ में पड़कर धर्म को, केवल धर्म में ही संलग्न रहकर धन को अथवा आसक्ति ही जिसका बल है, उस कामभोग के सेवन द्वारा धर्म और अर्थ दोनों को ही हानि तो नहीं पहुँचाते? विजयी वीरों में श्रेष्ठ एवं वरदायक नरेश! तुम त्रिवर्गसेवन के उपयुक्त समय का ज्ञान रखते हो, अतः काल का विभाग करके नियत और उचित समय पर सदा धर्म, अर्थ एवं काम का सेवन करते हो न? निष्पाप युधिष्ठिर! क्या तुम राजोचित छह गुणों के द्वारा सात उपायों की, अपने और शत्रु के बलाबल तथा देशपाल, दुर्गपाल आदि चौदह व्यक्तियों की भली-भाँति परख करते रहते हो? विजेताओं में श्रेष्ठ भरतवंशी युधिष्ठिर! क्या तुम अपनी और शत्रु की शक्ति को अच्छी तरह समझकर यदि शत्रु प्रबल हुआ तो उसके साथ संधि बनाए रखकर अपने धन और कोष की वृद्धि के लिए आठ कर्मों का सेवन करते हो? भरतश्रेष्ठ! तुम्हारी मंत्री आदि सात प्रकृतियाँ कहीं शत्रुओं में मिल तो नहीं गई हैं? तुम्हारे राज्य के धनी लोग बुरे व्यसनों से बचे रहकर सर्वथा तुम से प्रेम करते हैं न? जिन पर तुम्हें संदेह नहीं होता, ऐसे शत्रु के गुप्तचर कृत्रिम मित्र बनकर तुम्हारे मंत्रियों द्वारा तुम्हारी गुप्त मंत्रणा को जानकर उसे प्रकाशित तो नहीं कर देते? क्या तुम मित्र, शत्रु और उदासीन लोगों के संबंध में यह ज्ञान रखते हो कि वे कब क्या करना चाहते हैं? उपयुक्त समय का विचार करके ही संधि और विग्रह की नीति का सेवन करते हो न? क्या तुम्हें इस बात का अनुमान है कि उदासीन एवं मध्यम व्यक्तियों के प्रति कैसा बरताव करना चाहिए? वीर! तुमने अपने स्वयं के समान विश्वसनीय वृद्ध, शुद्ध हृदयवाले, किसी बात को अच्छी तरह समझाने में समर्थ, कुलीन और अपने प्रति अत्यंत अनुराग रखनेवाले पुरुषों

को ही मंत्री बना रखा है न? क्योंकि भारत! राजा की विजय-प्राप्ति का मूल कारण अच्छी मंत्रणा (सलाह) और उसकी सुरक्षा ही है। तात! मंत्र को गुप्त रखने वाले उन शास्त्रज्ञ सचिवों द्वारा तुम्हारा राष्ट्र सुरक्षित तो है न? शत्रुओं द्वारा उसका नाश तो नहीं हो रहा है? तुम असमय में ही निद्रा के वशीभूत तो नहीं होते? समय पर जग जाते हो न? अर्थशास्त्र के जानकार तो तुम हो ही, रात्रि के पिछले भाग में जगकर अपने अर्थ (आवश्यक कर्तव्य एवं हित) के विषय में विचार तो करते हो न? तुम किसी गूढ़ विषय पर अकेले ही तो विचार नहीं करते अथवा बहुत लोगों के साथ बैठकर तो मंत्रणा नहीं करते? कहीं ऐसा तो नहीं होता कि तुम्हारी निश्चित की हुई गुप्त मंत्रणा फूटकर शत्रु के राज्य तक फैल जाती हो? धन की वृद्धि के ऐसे उपायों का निश्चय करके, जिनमें मूलधन तो कम लगाना पड़ता हो, किंतु वृद्धि अधिक होती हो, उनका शीघ्रतापूर्वक आरंभ कर देते हो न? वैसे कार्यों में अथवा वैसा कार्य करनेवाले लोगों के मार्ग में तुम विघ्न तो नहीं डालते? तुम्हारे राज्य के किसान-मजदूर आदि श्रमजीवी मनुष्य तुमसे अज्ञात तो नहीं हैं? उनके कार्य और गतिविधि पर तुम्हारी तो दृष्टि है न? वे तुम्हारे अविश्वास के पात्र तो नहीं हैं अथवा तुम उन्हें बार-बार छोड़ते और पुनः काम पर लेते तो नहीं रहते? क्योंकि महान् अभ्युदय या उन्नति में उन सबका स्नेहपूर्ण सहयोग ही कारण है।

कृषि आदि के कार्य विश्वसनीय, लोभरहित और बड़े-बूढ़ों के समय से चले आने वाले कार्यकर्ताओं द्वारा ही कराते हो न? राजन! वीर शिरोमणे! क्या तुम्हारे कार्यों के सिद्ध हो जाने पर या सिद्धि के निकट पहुँच जाने पर ही लोग जान पाते हैं? सिद्ध होने से पहले ही तुम्हारे किन्हीं कार्यों को लोग जान तो नहीं लेते? तुम्हारे यहाँ जो शिक्षा देने का काम करते हैं, वे धर्म एवं संपूर्ण शास्त्रों के मर्मज्ञ विद्वान् होकर ही राजकुमारों तथा मुख्य-मुख्य योद्धाओं को सब प्रकार की आवश्यक शिक्षाएँ देते हैं न? तुम हजारों मूर्खों के बदले एक पंडित को ही तो खरीदते हो न? अर्थात् आदरपूर्वक स्वीकार करते हो न? क्योंकि विद्वान् पुरुष ही अर्थ संकट के समय महान् कल्याण कर सकता है। क्या तुम्हारे सभी दुर्ग (किले) धन-धान्य, अस्त्र-शस्त्र, जल, यंत्र (मशीन),

शिल्पी और धनुर्धर सैनिकों से भरे-पूरे रहते हैं? यदि एक भी मंत्री मेधावी, शौर्य संपन्न, संयमी और चतुर हो तो राजा अथवा राजकुमार को विपुल संपत्ति की प्राप्ति करा देता है। क्या तुम शत्रु पक्ष के अठारह और अपने पक्ष के पंद्रह तीर्थों की तीन-तीन अज्ञात गुप्तचरों द्वारा देखभाल या जाँच-पड़ताल करते रहते हो?

शत्रुसूदन! तुम शत्रुओं से अज्ञात, सतत सावधान और नित्य प्रयत्नशील रहकर अपने संपूर्ण शत्रुओं की गतिविधि पर दृष्टि रखते हो न? क्या तुम्हारे पुरोहित विनयशील, कुलीन, बहुज्ञ, विद्वान्, दोषदृष्टि से रहित तथा शास्त्र चर्चा में कुशल हैं? क्या तुम उनका पूर्ण सत्कार करते हो? तुमने अग्निहोत्र के लिए विधिज्ञ, बुद्धिमान और सरल स्वभाव के ब्राह्मण को नियुक्त किया है न? वह सदा किए हुए और किए जाने वाले हवन को तुम्हें ठीक समय पर सूचित कर देता है न? क्या तुम्हारे यहाँ हस्त-पादादि अंगों की परीक्षा में निपुण, ग्रहों की वक्र तथा अतिचार आदि गतियों एवं उनके शुभाशुभ परिणाम आदि को बतानेवाला तथा दिव्य, भौम एवं शरीर संबंधी सब प्रकार के उत्पातों को पहले से ही जान लेने में कुशल ज्योतिषी है? तुमने प्रधान-प्रधान व्यक्तियों को उनके योग्य महान् कार्यों में मध्यम श्रेणी के कार्यकर्ताओं को मध्यम कार्यों में तथा निम्न श्रेणी के सेवकों को उनकी योग्यता के अनुसार छोटे कामों में ही लगा रखा है न? क्या तुम निश्छल, बाप-दादों के क्रम से चले आए हुए और पवित्र आचार-विचारवाले श्रेष्ठ मंत्रियों को सदा श्रेष्ठ कर्मों में लगाए रखते हो? भरत श्रेष्ठ! कठोर दंड के द्वारा तुम प्रजाजनों को अत्यंत उद्वेग में तो नहीं डाल देते? मंत्री लोग तुम्हारे राज्य का न्यायपूर्वक पालन करते हैं न? जैसे पवित्र याजक पतित यजमान का और स्त्रियाँ कामचारी पुरुष का तिरस्कार कर देती हैं, उसी प्रकार प्रजा कठोरतापूर्वक अधिक कर लेने के कारण तुम्हारा अनादर तो नहीं करती? क्या तुम्हारा सेनापति हर्ष और उत्साह से संपन्न, शूरवीर, बुद्धिमान्, धैर्यवान, पवित्र, कुलीन, स्वामिभक्त तथा अपने कार्य में कुशल है? तुम्हारी सेना के मुख्य-मुख्य दलपति सब प्रकार के युद्धों में चतुर, धृष्ट, निष्कपट और पराक्रमी हैं न? तुम उनका यथोचित सत्कार एवं

सम्मान करते हो न? अपनी सेना के लिए यथोचित भोजन और वेतन ठीक समय पर दे देते हो न? जो उन्हें दिया जाना चाहिए, उसमें कमी या विलंब तो नहीं कर देते? भोजन और वेतन में अधिक विलंब होने पर भृत्यगण अपने स्वामी पर कुपित हो जाते हैं और उनका वह कोप महान् अनर्थ का कारण बताया गया है। क्या उत्तम कुल में उत्पन्न मंत्री आदि सभी प्रधान अधिकारी तुमसे प्रेम रखते हैं? क्या वे युद्ध में तुम्हारे हित के लिए अपने प्राणों तक का त्याग करने को सदा तैयार रहते हैं? तुम्हारे कर्मचारियों में कोई ऐसा तो नहीं है, जो अपनी इच्छा के अनुसार चलने वाला और तुम्हारे शासन का उल्लंघन करनेवाला हो तथा युद्ध के सारे साधनों एवं कार्यों को अकेला ही अपनी रुचि के अनुसार चला रहा हो? कोई पुरुष अपने पुरुषार्थ से जब किसी कार्य को अच्छे ढंग से संपन्न करता है, तब वह आप से अधिक सम्मान अथवा अधिक भत्ता और वेतन पाता है न? क्या तुम विद्या से विनयशील एवं ज्ञाननिपुण मनुष्यों को उनके गुणों के अनुसार यथायोग्य धन आदि देकर उनका सम्मान करते हो? भरतश्रेष्ठ! जो लोग तुम्हारे हित के लिए सहर्ष मृत्यु का वरण कर लेते हैं अथवा भारी संकट में पड़ जाते हैं, उनके बाल-बच्चों की रक्षा तुम करते हो न? कुंतीनंदन! जो भय से अथवा अपनी धन-संपत्ति का नाश होने से तुम्हारी शरण में आया हो या युद्ध में तुमसे परास्त हो गया हो, ऐसे शत्रु का तुम पुत्र के समान पालन करते हो या नहीं? पृथ्वीपते! क्या समस्त भूमंडल की प्रजा तुम्हें ही समदर्शी एवं माता-पिता के समान विश्वसनीय मानती है?

भरत कुलभूषण! क्या तुम अपने शत्रु को दुर्व्यसनों में फँसा हुआ सुनकर उसके त्रिविध बल पर विचार करके यदि वह दुर्बल हो तो उसके ऊपर बड़े वेग से आक्रमण कर देते हो? शत्रुदमन! क्या तुम पार्ष्णिग्राह आदि बारह व्यक्तियों के मंडल को जानकर अपने कर्तव्य का निश्चय करके और पराजय मूलक व्यसनों का अपने पक्ष में अभाव तथा शत्रु पक्ष में आधिक्य देखकर उचित अवसर आने पर दैव का भरोसा करके अपने सैनिकों को अग्रिम वेतन देकर शत्रु पर चढ़ाई कर देते हो? परंतप! शत्रु के राज्य में जो प्रधान-प्रधान योद्धा हैं, उन्हें छिपे-छिपे यथायोग्य रत्न आदि भेंट करते रहते हो या नहीं?

कुंतीनंदन! क्या तुम पहले अपनी इंद्रियों और मन को जीतकर ही प्रमाद में पड़े हुए अजितेंद्रिय शत्रुओं को जीतने की इच्छा करते हो? शत्रुओं पर तुम्हारे आक्रमण करने से पहले अच्छी तरह प्रयोग में लाए हुए तुम्हारे साम, दाम, दंड और भेद—ये चार गुण विधिपूर्वक उन शत्रुओं तक पहुँच जाते हैं न?

महाराज! तुम अपने राज्य की नींव को दृढ़ करके शत्रुओं पर धावा करते हो न? उन शत्रुओं को जीतने के लिए पूरा पराक्रम प्रकट करते हो न? और उन्हें जीतकर उनकी पूर्ण रूप से रक्षा तो करते रहते हो न? क्या धनरक्षक, द्रव्यसंग्राहक, चिकित्सक, गुप्तचर, पाचक, सेवक, लेखक और प्रहरी—इन आठ अंगों और हाथी, घोड़े, रथ एवं पैदल—इन चार प्रकार के बलों से युक्त तुम्हारी सेना सुयोग्य सेनापतियों द्वारा अच्छी तरह संचालित होकर शत्रुओं का संहार करने में समर्थ होती है? शत्रुओं को संतप्त करनेवाले महाराज! तुम शत्रुओं के राज्य में अनाज काटने और दुर्भिक्ष के समय की उपेक्षा न करके रणभूमि में शत्रुओं को मारते हो न? क्या अपने और शत्रु के राष्ट्रों में बहुत से अधिकारी स्थान-स्थान में घूम-फिरकर प्रजा को वश में करने एवं कर लेने आदि प्रयोजनों को सिद्ध करते हैं और परस्पर मिलकर राष्ट्र एवं अपने पक्ष के लोगों की रक्षा में लगे रहते हैं?

महाराज! तुम्हारे खाद्य पदार्थ, शरीर में धारण करने के वस्त्र आदि तथा सूँघने के उपयोग में आने वाले सुगंधित द्रव्यों की रक्षा विश्वस्त पुरुष ही करते हैं न? तुम्हारे कल्याण के लिए सदा प्रयत्नशील रहनेवाले स्वामिभक्त मनुष्यों द्वारा ही तुम्हारे धन-भंडार, अन्न-भंडार, वाहन, प्रधान द्वार, अस्त्र-शस्त्र तथा आय के साधनों की रक्षा एवं देखभाल की जाती है न? प्रजापालक नरेश! क्या तुम रसोइए आदि भीतरी सेवकों तथा सेनापति आदि बाह्य सेवकों द्वारा भी पहले अपनी ही रक्षा करते हो, फिर आत्मीय जनों द्वारा एवं परस्पर एक-दूसरे से उन सबकी रक्षा पर भी ध्यान देते हो? तुम्हारे सेवक पूर्वाह्न काल में तुमसे मद्यपान, द्यूत, क्रीड़ा और युवती-स्त्री आदि दुर्व्यसनों में तुम्हारा समय और धन को व्यर्थ नष्ट करने के लिए प्रस्ताव तो नहीं करते? क्या तुम्हारी आय के एक-चौथाई या आधे अथवा तीन-चौथाई भाग से तुम्हारा सारा खर्च चल

जाता है? तुम अपने आश्रित कुटुंब के लोगों, गुरुजनों, बड़े-बूढ़ों, व्यापारियों, शिल्पियों तथा दीन-दुखियों को धन-धान्य देकर उन पर सदा अनुग्रह करते रहते हो न? तुम्हारी आमदनी और खर्च को लिखने और जोड़ने के काम में लगाए हुए सभी लेखक और गणक प्रतिदिन पूर्वाह्न काल में तुम्हारे सामने अपना हिसाब पेश करते हैं न? किन्हीं कार्यों में नियुक्त किए हुए प्रौढ़, हितैषी एवं प्रिय कर्मचारियों को पहले उनके किसी अपराध को जाँच किए बिना तुम काम से अलग तो नहीं कर देते हो? भारत! तुम उत्तम, मध्यम और अधम श्रेणी के मनुष्यों को पहचानकर उन्हें उनके अनुरूप कार्यों में ही लगाते हो न? राजन! तुमने ऐसे लोगों को तो अपने कामों पर नहीं लगा रखा है, जो लोभी, चोर, शत्रु अथवा व्यावहारिक अनुभव से सर्वथा शून्य हों? चोरों, लोभियों, राजकुमारों या राजकुल की स्त्रियों द्वारा अथवा स्वयं तुमसे ही तुम्हारे राष्ट्र को पीड़ा तो नहीं पहुँच रही है? क्या तुम्हारे राज्य के किसान संतुष्ट हैं? क्या तुम्हारे राज्य के सभी भागों में जल से भरे हुए बड़े-बड़े तालाब बनवाए गए हैं? केवल वर्षा के पानी के भरोसे ही तो खेती नहीं होती है? तुम्हारे राज्य के किसान का अन्न या बीज तो नष्ट नहीं होता? क्या तुम प्रत्येक किसान पर अनुग्रह करके उसे एक रुपया सैकड़े ब्याज पर ऋण देते हो? तात! तुम्हारे राष्ट्र में अच्छे पुरुषों द्वारा वार्ता-कृषि, गोरक्षा तथा व्यापार का काम अच्छी तरह किया जाता है न? क्योंकि उपर्युक्त वार्तावृत्ति पर अवलंबित रहनेवाले लोग ही सुखपूर्वक उन्नति करते हैं।

राजन! क्या तुम्हारे जनपद के प्रत्येक गाँव में शूरवीर, बुद्धिमान और कार्य कुशल पाँच-पाँच पंच मिलकर सुचारू रूप से जनहित के कार्य करते हुए सबका कल्याण करते हैं? क्या नगरों की रक्षा के लिए गाँवों को भी नगर के ही समान बहुत से शूरवीरों द्वारा सुरक्षित कर दिया गया है? सीमावर्ती गाँवों को भी अन्य गाँवों की भाँति सभी सुविधाएँ दी गई हैं? तथा क्या वे सभी प्रांत, ग्राम और नगर तुम्हें धन समर्पित करते हैं? क्या तुम्हारे राज्य में कुछ रक्षक पुरुष सेना साथ लेकर चोर-डाकुओं का दमन करते हुए सुगम एवं दुर्गम नगरों में विचरते रहते हैं? तुम स्त्रियों को सांत्वना देकर संतुष्ट रखते

हो न? क्या वे तुम्हारे यहाँ पूर्ण रूप से सुरक्षित हैं? तुम उन पर पूरा विश्वास तो नहीं करते? और विश्वास करके उन्हें कोई गुप्त बात तो नहीं बता देते? राजन! तुम कोई अमंगल सूचक समाचार सुनकर और उसके विषय में बार-बार विचार करके भी प्रिय भोग-विलासों का आनंद लेते हुए अंत:पुर में ही सोते तो नहीं रह जाते? प्रजानाथ! क्या तुम रात्रि के जो प्रथम दो याम हैं, उन्हीं में सोकर अंतिम पहर में उठकर बैठ जाते और धर्म एवं अर्थ का चिंतन करते हो? पांडु नंदन! तुम प्रतिदिन समय पर उठकर स्नान आदि के पश्चात् वस्त्राभूषणों से अलंकृत हो देश-काल के ज्ञाता मंत्रियों के साथ बैठकर, मनुष्यों की इच्छा पूर्ण करते हो न? शत्रुदमन! क्या लाल वस्त्र धारण करके अलंकारों से अलंकृत हुए योद्धा अपने हाथों में तलवार लेकर तुम्हारी रक्षा के लिए सब ओर से सेवा में उपस्थित रहते हैं? महाराज! क्या तुम दंडनीय अपराधियों के प्रति यमराज और पूजनीय पुरुषों के प्रति धर्मराज का-सा बरताव करते हो? प्रिय एवं अप्रिय व्यक्तियों की भली-भाँति परीक्षा करके ही व्यवहार करते हो न? कुंतीकुमार! क्या तुम औषधि सेवन या पथ्य-भोजन आदि नियमों के पालन द्वारा अपने शारीरिक कष्ट को तथा वृद्ध पुरुषों की सेवा रूप सत्संग द्वारा मानसिक संताप को सदा दूर करते रहते हो? तुम्हारे वैद्य अष्टांग चिकित्सा में कुशल, हितैषी, प्रेमी एवं तुम्हारे शरीर को स्वस्थ रखने के प्रयत्न में सदा संलग्न रहनेवाले हैं न?

नरेश्वर! कहीं ऐसा तो नहीं होता कि तुम अपने यहाँ आए हुए अर्थी और प्रत्यर्थी की ओर लोभ, मोह अथवा अभिमानवश किसी प्रकार आँख उठाकर देखते तो नहीं? कहीं अपने आश्रित जनों की जीविकावृत्ति को तुम लोभ, मोह, आत्मविश्वास अथवा आसक्ति से बंद तो नहीं कर देते? तुम्हारे नगर तथा राष्ट्र के निवासी मनुष्य संगठित होकर तुम्हारे साथ विरोध तो नहीं करते? शत्रुओं ने उन्हें किसी तरह घूस देकर खरीद तो नहीं लिया है? कोई दुर्बल, शत्रु जो तुम्हारे द्वारा पहले बलपूर्वक पीड़ित किया गया, अब मंत्रणा शक्ति से अथवा मंत्रणा और सेना दोनों ही शक्तियों से किसी तरह बलवान होकर सिर तो नहीं उठा रहा है? क्या सभी मुख्य-मुख्य भूपाल तुमसे प्रेम रखते हैं? क्या

वे तुम्हारे द्वारा सम्मान पाकर तुम्हारे लिए अपने प्राणों की बलि दे सकते हैं? क्या तुम्हारे मन में सभी विद्याओं के प्रति गुण के अनुसार आदर का भाव है? क्या तुम ब्राह्मणों तथा साधु-संतों की सेवा-पूजा करते हो, जो तुम्हारे लिए शुभ एवं कल्याणकारिणी है? इन ब्राह्मणों को तुम सदा दक्षिणा तो देते रहते हो न? क्योंकि वह स्वर्ग और मोक्ष की प्राप्ति कराने वाली है। तीनों वेद ही जिसके मूल हैं और पूर्व पुरुषों ने जिसका आचरण किया है, उस धर्म का अनुष्ठान करने के लिए तुम अपने पूर्वजों की ही भाँति प्रयत्नशील तो रहते हो? धर्मानुकूल कर्म में ही तुम्हारी प्रवृत्ति तो रहती है? क्या तुम्हारे महल में तुम्हारी आँखों के सामने गुणवान ब्राह्मण स्वादिष्ट और गुणकारक अन्न भोजन करते हैं और भोजन के पश्चात् उन्हें दक्षिणा दी जाती है? अपने मन को वश में करके एकाग्रचित्त हो वाजपेय और पुंडरीक आदि सभी यज्ञ-यागों का तुम पूर्ण रूप से अनुष्ठान करने का प्रयत्न तो करते हो न? जाति-भाई, गुरुजन, वृद्ध पुरुष, देवता, तपस्वी, चैत्यवृक्ष आदि तथा कल्याणकारी ब्राह्मणों को नमस्कार तो करते हो न? निष्पाप नरेश! तुम किसी के मन में शोक या क्रोध तो नहीं पैदा करते? तुम्हारे पास कोई मनुष्य हाथ में मंगल सामग्री लेकर सदा उपस्थित रहता है न? पापरहित युधिष्ठिर! अब तक जैसा बतलाया गया है, उसके अनुसार ही तुम्हारी बुद्धि और वृत्ति है न? ऐसी धर्मानुकूल बुद्धि और वृत्ति आयु तथा यश को बढ़ाने वाली एवं धर्म, अर्थ तथा काम को पूर्ण करने वाली है। जो ऐसी बुद्धि के अनुसार बरताव करता है, उसका राष्ट्र कभी संकट में नहीं पड़ता। वह राजा सारी पृथ्वी को जीतकर बड़े सुख से दिनोंदिन उन्नति करता है।

कहीं ऐसा तो नहीं होता कि शास्त्रकुशल विद्वानों का संग न करनेवाले तुम्हारे मूर्ख मंत्रियों ने किसी विशुद्ध हृदयवाले श्रेष्ठ एवं पवित्र पुरुष पर चोरी का अपराध लगाकर उसका सारा धन हड़प लिया हो? और फिर अधिक धन के लोभ से वे उसे प्राणदंड देते हों? नरश्रेष्ठ! कोई ऐसा दुष्ट चोर, जो चोरी करते समय गृहरक्षकों द्वारा देख लिया गया और चोरी के माल सहित पकड़ लिया गया हो, धन के लोभ से छोड़ तो नहीं दिया जाता? भारत! तुम्हारे मंत्री चुगली करनेवाले लोगों के बहकावे में आकर विवेकशून्य हो किसी धनी या

दरिद्र के थोड़े समय में ही अचानक पैदा हुए अधिक धन को मिथ्यादृष्टि से तो नहीं देखते? या उनके बढ़े हुए धन को चोरी आदि से लाया हुआ तो नहीं मान लेते? युधिष्ठिर! तुम नास्तिकता, झूठ, क्रोध, प्रमाद, दीर्घसूत्रता, ज्ञानियों का संग न करना, आलस्य, पाँचों इंद्रियों के विषयों में आसक्ति, प्रजाजनों पर अकेले ही विचार करना, अर्थशास्त्र को न जाननेवाले मूर्खों के साथ विचार-विमर्श, निश्चित कार्यों को आरंभ करने में विलंब या टाल-मटोल, गुप्त मंत्रणा को सुरक्षित न रखना, मांगलिक उत्सव आदि न करना तथा एक साथ ही सभी शत्रुओं पर चढ़ाई कर देना—इन राज संबंधी चौदह दोषों का त्याग तो करते हो न? क्योंकि जिनके राज्य की जड़ जम गई है, ऐसे राजा भी इन दोषों के कारण नष्ट हो जाते हैं। क्या तुम्हारे वेद सफल हैं? क्या तुम्हारा धन सफल है? क्या तुम्हारी स्त्री सफल है? और क्या तुम्हारा शास्त्र-ज्ञान सफल है?

युधिष्ठिर ने पूछा—देवर्षे! वेद कैसे सफल होते हैं, धन की सफलता कैसे होती है? स्त्री की सफलता कैसे मानी गई है तथा शास्त्र ज्ञान कैसे सफल होता है?

नारदजी ने कहा—राजन! वेदों की सफलता अग्निहोत्र से होती है, दान और भोग से ही धन सफल होता है, स्त्री का फल है—रति और पुत्र की प्राप्ति तथा शास्त्र ज्ञान का फल है, शील और सदाचार।

वैशम्पायनजी कहते हैं—राजन! यह कहकर महातपस्वी नारद मुनि ने धर्मात्मा युधिष्ठिर से पुनः इस प्रकार प्रश्न किया।

नारदजी ने पूछा—राजन! कर वसूलने का काम करनेवाले तुम्हारे कर्मचारी लोग दूर से लाभ उठाने के लिए आए हुए व्यापारियों से ठीक-ठीक कर वसूल करते हैं न? महाराज! वे व्यापारी लोग आपके नगर और राष्ट्र में बिक्री के लिए उपयोगी सामान लाते हैं न? उन्हें तुम्हारे कर्मचारी छल से ठगते तो नहीं? तात! तुम सदा धर्म और अर्थ के ज्ञाता एवं अर्थशास्त्र के पूरे पंडित, बड़े-बूढ़े लोगों की धर्म और अर्थ से युक्त बातें सुनते रहते हो न? क्या तुम्हारे यहाँ खेती से उत्पन्न होने वाले अन्न तथा फल-फूल एवं गौओं से प्राप्त होने वाले दूध, घी आदि में से मधु और घृत आदि धर्म के

लिए ब्राह्मणों को जाते हैं? नरेश्वर! क्या तुम सदा नियम से सभी शिल्पियों को व्यवस्थापूर्वक एक साथ इतनी वस्तु-निर्माण की सामग्री दे देते हो, जो कम-से-कम चौमासे भर चल सके। महाराज! क्या तुम्हें किसी के किए हुए उपकार का पता चलता है?

क्या तुम उस उपकारी की प्रशंसा करते हो और साधु पुरुषों से भरी हुई सभा के बीच उस उपकारी के प्रति कृतज्ञता प्रकट करते हुए उसका आदर-सत्कार करते हो? भरतश्रेष्ठ! क्या तुम संक्षेप से सिद्धांत का प्रतिपादन करने वाले सभी सूत्र ग्रंथ—हस्तिसूत्र, अश्वसूत्र एवं रथसूत्र आदि का संग्रह करते रहते हो? भरत कुलभूषण! क्या तुम्हारे घर पर धनुर्वेद-सूत्र, यंत्र-सूत्र और नागरिक-सूत्र का अच्छी तरह अभ्यास किया जाता है? निष्पाप नरेश! तुम्हें सब प्रकार के अस्त्र, वेदोक्त दंड-विधान तथा शत्रुओं का नाश करने वाले सब प्रकार के विषप्रयोग ज्ञात हैं न? क्या तुम अग्नि, सर्प, रोग तथा राक्षसों के भय से अपने संपूर्ण राष्ट्र की रक्षा करते हो? धर्मज्ञ! क्या तुम अंधों, गूँगों, पंगुओं अंगहीनों और बंधु-बांधवों से रहित अनाथों तथा संन्यासियों का भी पिता की भाँति पालन करते हो? महाराज! क्या तुमने निद्रा, आलस्य, भय, क्रोध, कठोरता और दीर्घसूत्रता—इन छह दोषों को पीछे कर दिया है?

वैशम्पायनजी कहते हैं—जनमेजय! कुरुश्रेष्ठ महात्मा राजा युधिष्ठिर ने ब्रह्मा के पुत्रों में श्रेष्ठ नारदजी का यह वचन सुनकर उनके दोनों चरणों में प्रणाम एवं अभिवादन किया और अत्यंत संतुष्ट हो देवस्वरूप नारदजी से कहा। युधिष्ठिर बोले—देवर्षे! आपने जैसा उपदेश दिया है, वैसा ही करूँगा। आपके इस प्रवचन से मेरी प्रज्ञा और भी बढ़ गई है। ऐसा कहकर राजा युधिष्ठिर ने वैसा ही आचरण किया और इसी से समुद्रपर्यंत पृथ्वी का राज्य पा लिया। नारदजी ने कहा—जो राजा इस प्रकार चारों वर्णों की रक्षा में संलग्न रहता है, वह इस लोक में अत्यंत सुखपूर्वक विहार करके अंत में देवराज इंद्र के लोक में जाता है।

(महाभारत 'सभा पर्व' के 'लोकपाल सभाख्यान पर्व' के अंतर्गत अध्याय-5 में यह नारद-युधिष्ठिर संवाद उल्लिखित है।)

टिप्पणी :

राजाओं के छह गुण : वक्ता प्रगल्भा मेधावी स्मृतिवान नयवित्कविः (व्याख्यान शक्ति, प्रगल्भता, तर्ककुशलता, भूतकाल की स्मृति, भविष्य पर दृष्टि तथा नीति निपुणता, ये राजाओं के छह गुण होते हैं।)

सात उपाय : मंत्र, औषध, इंद्रजाल, साम, दाम, दंड और भेद।

नारद और असितदेवल का संवाद

जगत् और जीवन का रहस्य

नारद असितदेवल संवाद जगत् और जीवन के रहस्यों से संबंधित है। असितदेवल देवर्षि नारद के समक्ष जो प्रश्न रखते हैं, प्रत्येक व्यक्ति उनका सामना जीवन में कभी-न-कभी करता ही है। असितदेवल का संवाद एक मूलभूत प्रश्न है और देवर्षि नारद द्वारा उनको दिया गया उत्तर जीवन और जगत् के संदर्भ में भारतीय दर्शन का निचोड़ है। देवर्षि नारद और असितदेवल का संवाद निम्नवत् है—

भीष्मजी कहते हैं—युधिष्ठिर! इस विषय में देवर्षि नारद तथा ब्रह्मर्षि असितदेवल के संवाद रूप प्राचीन इतिहास का विद्वान् पुरुष का उदाहरण दिया करते हैं। एक समय की बात है, बुद्धिमानों में श्रेष्ठ बूढ़े असितदेवल को आसन पर बैठा हुआ जान नारदजी ने उनसे संपूर्ण प्राणियों की उत्पत्ति और प्रलय विषय में प्रश्न किया।

नारदजी ने कहा—ब्राह्मण! इस समस्त चराचर जगत् की सृष्टि किससे हुई तथा यह प्रलय के समय किसमें लीन हो जाता है, यह आप मुझे बताइए?

असितदेवल ने कहा—देवर्षे! सृष्टि के समय परमात्मा प्राणियों की वासनाओं से प्रेरित हो समय पर जिन तत्त्वों से संपूर्ण भूतों की सृष्टि करते हैं, उन्हें भूतचिंतक (भौतिक विज्ञानवादी) विद्वान् पंचमहाभूत कहते हैं। परमात्मा की प्रेरणा से काल इन पाँच तत्त्वों द्वारा समस्त प्राणियों की सृष्टि करता है। जो इनसे भिन्न किसी अन्य तत्त्व को प्राणियों के शरीरों का उपादान

कारण बताया है, वह निस्संदेह झूठी बात कहता है। नारद! पाँच भूत और छठा काल—इन छह तत्त्वों को तुम प्रवाह रूप से शाश्वत, अविचल और ध्रुव समझो। ये तेजोमय महत्तत्त्व की स्वाभाविक कलाएँ हैं। जल, आकाश, पृथ्वी, वायु और अग्नि—इन भूतों से भिन्न कोई तत्त्व कभी नहीं था, इसमें संशय नहीं है। किसी भी युक्ति या प्रमाण से इन छह के अतिरिक्त और कोई तत्त्व नहीं बताया जा सकता। इसलिए जो कोई दूसरी बात कहता है, वह निस्संदेह झूठ बोलता है। तुम सभी कार्यों में अनुगत हुए इन छह तत्त्वों को और जिसके ये कार्य हैं, उस कारण को भी जानते हो। पाँच महाभूत, काल तथा विशुद्ध भाव और अभाव अर्थात् नित्य आत्मतत्त्व और परिवर्तनशील महत्तत्त्व—ये आठ तत्त्व नित्य हैं। ये ही चराचर प्राणियों की उत्पत्ति और प्रलय के अधिष्ठान हैं। सब प्राणी उन्हीं में लीन होते हैं और उन्हीं से उनका प्राकट्य भी होता है। जीवों का शरीर नष्ट हो जाने पर पाँच भागों में विभक्त होकर अपने-अपने कारण में विलीन हो जाता है। प्राणियों का शरीर पृथ्वी का विकार है, श्रोत्रेंद्रिय आकाश से उत्पन्न हुई है, नेत्रेंद्रिय सूर्य से, प्राण वायु से और रक्त जल से उत्पन्न हुए हैं।

विद्वान् पुरुष ऐसा मानते हैं कि नेत्र, नासिका, कर्ण, त्वचा और पाँचवीं जिह्वा—ये पाँच ज्ञानेंद्रियाँ ही विषयों को ग्रहण करने वाली हैं। बाह्य पदार्थों को देखना, सुनना, सूँघना, छूना तथा रस लेना—ये क्रमशः नेत्र आदि पाँच इंद्रियों के कार्य हैं। उन्हें युक्ति से तुम इन इंद्रियों के गुण ही समझो। पाँचों इंद्रियाँ पाँचों विषयों में पाँच प्रकार से (दर्शन आदि क्रियाओं के रूप में) विद्यमान हैं। नेत्र आदि पाँच इंद्रियों द्वारा रूप, गंध, रस, स्पर्श और शब्द—ये पाँच गुण दर्शन आदि पाँच प्रकारों से उपलब्ध किए जाते हैं। रूप, गंध, रस, स्पर्श और शब्द—इंद्रियों के इन पाँचों गुणों को स्वयं इंद्रियाँ नहीं जानती हैं। उन इंद्रियों द्वारा क्षेत्रज (जीवात्मा) ही उनका अनुभव करता है। शरीर और इंद्रियों के संघात से चित्त श्रेष्ठ है, चित्त से मन श्रेष्ठ है, मन से बुद्धि श्रेष्ठ है और बुद्धि से भी क्षेत्रज्ञ श्रेष्ठ है। जीव पहले तो इंद्रियों द्वारा उनके अलग-अलग विषयों को प्रकाशित करता है, फिर मन से विचार करके बुद्धि द्वारा

उसका निश्चय करता है। बुद्धियुक्त जीव ही इंद्रियों द्वारा उपलब्ध विषयों का निश्चित रूप से अनुभव करता है। अध्यात्म तत्त्वों का चिंतन करनेवाले पुरुष पाँच इंद्रिय तथा चित्त, मन और आठवीं बुद्धि—इन आठों को ज्ञानेंद्रिय कहते हैं। हाथ, पैर, पायु और उपस्थ तथा पाँचवाँ मुख—ये सब-के-सब कर्मेंद्रिय कहे जाते हैं। तुम इनका भी विवरण सुनो। मुख इंद्रिय का उपयोग बोलने और भोजन करने के लिए बताया जाता है। पैर चलने की और हाथ काम करने की इंद्रियाँ हैं। पायु और उपस्थ—ये दो इंद्रियाँ क्रमशः मल और मूत्र का त्याग करने के लिए हैं। इन दोनों के त्याग रूप कर्म समान ही हैं। इनमें पायु-इंद्रिय मल का त्याग करती है और उपस्थ मैथुन के समय वीर्य का भी त्याग करता है। इसके सिवा छठी कर्मेंद्रिय बल अर्थात् प्राणसमूह है। इस प्रकार मैंने अपनी वाणी द्वारा तुम्हें समस्त इंद्रियाँ और उनके ज्ञान, कर्म एवं गुण सुना दिए।

जब अपने-अपने कर्मों से थककर इंद्रियाँ शांत हो जाती हैं, तब इंद्रियों का त्याग करके जीवात्मा सो जाती है। इंद्रियों के उपरत हो जाने पर भी यदि मन निवृत्त न होकर विषयों का ही सेवन करता है तो उसे स्वप्नदर्शन की अवस्था समझना चाहिए। जो सात्त्विक, राजस और तामसभाव प्रसिद्ध हैं, वे ही जब भोग प्रदान करने वाले कर्मों से संयुक्त होते हैं, तब उन सात्त्विक आदि भावों की मनुष्य प्रशंसा करते हैं। आनंद, सुख, कर्मों की सिद्धि किए जाने की सामर्थ्य और उत्तम गति—ये चार सात्त्विक भाव हैं। सात्त्विक पुरुष की स्मृति इन्हीं चार निमित्तों का आश्रय लेती है अर्थात् सात्त्विक पुरुष जाग्रत् काल की भाँति स्वप्न में भी आनंद आदि भावों का ही स्मरण करता है। इनमें भिन्न राजस और तामस—प्राणियों में से जिस किसी एक श्रेणी के जीवों में जो-जो भाव (वासनाएँ), विधि (कर्मगति) का आश्रय लेकर स्थित हैं, उन्हीं भावों को उनकी स्मृति ग्रहण करती है। अर्थात् जाग्रत् और स्वप्न दोनों ही अवस्थाओं में उन मनुष्यों को अपनी-अपनी रुचि के अनुसार राजस और तामस पदार्थों का सदा प्रत्यक्ष दर्शन होता है। पाँच कर्मेंद्रियाँ, पाँच ज्ञानेंद्रियाँ, चित्त, मन, बुद्धि, प्राण तथा सात्त्विक आदि तीन भाव—ये सत्रह गुण माने

गए हैं। इनका अधिष्ठाता देहाभिमानी जीवात्मा अठारहवाँ है, जो इस शरीर के भीतर निवास करता है। उसे सनातन माना गया है। अथवा शरीर सहित वे सभी गुण देहधारियों के आश्रित रहते हैं। जब जीव का वियोग हो जाता है, तब शरीर और उसमें रहने वाले वे तत्त्व भी नहीं रह जाते। अथवा इन सबका समुदाय ही पंचभौतिक शरीर है। एक महत्तत्त्व और जीवसहित पूर्वोक्त अठारह गुण—ये सभी इस समुदाय के अंतर्गत हैं। जठरानल के साथ-साथ उक्त तत्त्वों की गणना करने पर यह पंचभौतिक संघात बीस तत्त्वों का समूह है। महत्तत्त्व प्राणवायु के साथ इस शरीर को धारण करता है। यह वायु शरीर का भेदन करने में प्रभावशाली महत्तत्त्व का उपकरण मात्र है। जैसे इस जगत् में घट आदि कोई वस्तु उत्पन्न होती और फिर नष्ट हो जाती है, उसी प्रकार प्रारब्ध, पुण्य और पाप का क्षय होने पर शरीर पंचतत्त्व को प्राप्त हो जाता है तथा संचित पुण्य और पाप से प्रेरित हो जीव समयानुसार कर्मजनित दूसरे शरीर में प्रवेश करता है।

जिस प्रकार घर में रहनेवाला पुरुष एक घर के गिरने पर दूसरे में और दूसरे के गिरने पर तीसरे में चला जाता है, उसी प्रकार काल से प्रेरित हुआ जीव क्रमशः एक-एक शरीर को छोड़कर पूर्व संकल्प के द्वारा निर्मित दूसरे-दूसरे शरीर में जाता है। विद्वान् पुरुष यह निश्चित रूप से जानते हैं कि आत्मा शरीर से सर्वथा भिन्न, असंग और अविनाशी है, अतः शरीर का वियोग होने पर उन्हें तनिक भी संताप नहीं होता, परंतु अज्ञानी जन देह से अपना संबंध मानते हैं, इसलिए देह छूटने से उन्हें बड़ा दुःख होता है। यह जीव वास्तव में किसी का कोई नहीं है और न दूसरा ही उसका कुछ है। वास्तव में यह तो सदा अकेला ही है। परंतु शरीर में रहकर उसे अपना मानने के कारण ही यह सुख-दुःख का भागी होता है। जीव न कभी उत्पन्न होता है, न मरता है। जब कभी इसे तत्त्व ज्ञान होता है, तब यह शरीर अभिमान छोड़कर परमगति को प्राप्त कर लेता है। यह शरीर पुण्य-पापमय है। देहधारी जीव प्रारब्ध कर्मों के क्षय के साथ-साथ इस शरीर को क्षीण करता रहता है। इस प्रकार शरीर का नाश हो जाने पर वह मुक्त पुरुष ब्रह्मभाव को प्राप्त हो जाता है। पुण्य और

पापों के क्षय के लिए ही ज्ञानयोग को साधन बताया गया है। उनका क्षय हो जाने पर जब जीवात्मा को ब्रह्मभाव की प्राप्ति हो जाती है, तब विद्वान् लोग उसकी परम गति मानते हैं।

(महाभारत शांतिपर्व के अंतर्गत मोक्षधर्म पर्व के 274वें अध्याय में नारद और असितदेवल के संवाद का उल्लेख हुआ है।)

नारद-सृंजय संवाद

वीरगति और राजधर्म

राजधर्म लोककल्याण का सर्वाधिक सशक्त और प्रभावी उपकरण है। यथार्थ और आदर्श की समस्त जटिलताएँ अपने शिखर रूप में राजधर्म में निहित होती हैं। राजधर्म लौकिक आकर्षणों की रंगभूमि है तो दूसरी तरफ आध्यात्मिक साधना का आश्रम भी है। ऐश्वर्य अपने समस्त रूपों के साथ राजधर्म के निर्वहन की प्रक्रिया में ही उपलब्ध होता है, दूसरी तरफ वीरगति की प्रायिकता भी राजधर्म का निर्वहन करते समय सर्वाधिक होती है। राजधर्म का निर्वहन करते समय सर्वाधिक कठिन क्षण तब उपस्थित होता है, जब परिजनों को वीरगति की प्राप्ति होती है। नारद-सृंजय संवाद महातेजस्वी, तपस्वी और ऐश्वर्यशाली व्यक्तित्वों के जीवन की सार्थकता और मृत्यु की अनिवार्यता को समानांतर रूप से रेखांकित करता है और किसी भी स्थिति में धर्म-मार्ग पर अग्रसरित होने के लिए प्रेरित करते हैं। देवर्षि नारद-सृंजय संवाद बहुत विस्तृत है। इसका संक्षिप्त-संपादित रूप निम्नवत् है—

वैशम्पायनजी कहते हैं—जनमेजय! सबके समझाने-बुझाने पर भी जब धर्मपुत्र महाराज युधिष्ठिर मौन ही रह गए, तब पांडुपुत्र अर्जुन ने भगवान् श्रीकृष्ण से कहा। अर्जुन बोले—माधव! शत्रुओं को संताप देने वाले ये धर्मपुत्र युधिष्ठिर स्वयं भाई-बंधुओं के शोक से संतप्त हो शोक के समुद्र में डूब गए हैं, आप इन्हें धीरज बँधाइए। महाबाहु जनार्दन! हम सब लोग पुनः महान् संशय में पड़ गए हैं। आप इनके शोक का नाश कीजिए।

वैशम्पायनजी कहते हैं—राजन! महामना अर्जुन के ऐसा कहने पर अपनी महिमा से कभी च्युत न होने वाले कमलनयन भगवान् गोविंद राजा युधिष्ठिर की ओर घूमे—उनके सम्मुख हुए। धर्मराज युधिष्ठिर भगवान् श्रीकृष्ण की आज्ञा का कभी उल्लंघन नहीं कर सकते थे, क्योंकि श्रीकृष्ण बाल्यावस्था से ही उन्हें अर्जुन से भी अधिक प्रिय थे। महाबाहु गोविंद ने युधिष्ठिर की पत्थर के बने हुए खंभे जैसी चंदन चर्चित भुजा को हाथ में लेकर उनका मनोरंजन करते हुए इस प्रकार बोलना आरंभ किया। उस समय सुंदर दाँतों और मनोहर नेत्रों से युक्त उनका मुखारविंद सूर्योदय के समय पूर्णत: विकसित हुए कमल के समान शोभा पा रहा था। भगवान् श्रीकृष्ण बोले—पुरुष सिंह! तुम शोक न करो। शोक तो शरीर को सुखा देने वाला होता है। इस संग्राम में जो वीर मारे गए हैं, वे फिर सहज ही मिल सकें, यह संभव नहीं है। राजन! जैसे सपने में मिला हुआ धन जगने पर मिथ्या हो जाता है, उसी प्रकार जो क्षत्रिय महासमर में नष्ट हो गए हैं, उनका दर्शन अब दुर्लभ है। संग्राम में शोभा पाने वाले वे सभी शूरवीर शत्रु का सामना करते हुए पराजित हुए हैं। उनमें से कोई भी पीठ पर चोट खाकर या भागता हुआ नहीं मारा गया है। सभी वीर महायुद्ध में जूझते हुए अपने प्राणों का परित्याग करके अस्त्र-शस्त्रों से पवित्र हो स्वर्गलोक में गए हैं, अत: तुम्हें उनके लिए शोक नहीं करना चाहिए। क्षत्रिय-धर्म में तत्पर रहनेवाले, वेद-वेदांगों के पारंगत वे शूरवीर नरेश पुण्यमयी वीर-गति को प्राप्त हुए हैं। पहले के मरे हुए महानुभाव भूपतियों का चरित्र सुनकर तुम्हें अपने उन बंधुओं के लिए भी शोक नहीं करना चाहिए। इस विषय में एक प्राचीन इतिहास का उदाहरण दिया जाता है, जैसा कि इन देवर्षि नारदजी ने पुत्र शोक से पीड़ित हुए राजा सृंजय से कहा था।

देवर्षि नारद ने कहा—'सृंजय! मैं, तुम और ये समस्त प्रजावर्ग के लोग कोई भी सुख और दु:खों के बंधन से मुक्त नहीं हुए हैं। एक-न-एक दिन हम सब लोग मरेंगे भी। फिर इसके लिए शोक क्या करना है? 'नरेश्वर! मैं पूर्ववर्ती राजाओं के महान् सौभाग्य का वर्णन करता हूँ। सुनो और सावधान हो जाओ। इससे तुम्हारा दु:ख दूर हो जाएगा। मृत्यु को प्राप्त हुए महानुभाव

भूपतियों का नाम सुनकर ही तुम अपने मानसिक संताप को शांत कर लो और मुझसे विस्तारपूर्वक उन सबका परिचय सुनो। उन पूर्ववर्ती राजाओं का श्रवण करने योग्य मनोहर वृत्तांत बहुत ही उत्तम, क्रूर ग्रहों को शांत करने वाला और आयु को बढ़ाने वाला है। 'सृंजय! हमने सुना है कि अविक्षित् के पुत्र वे राजा मरुत्त भी मृत्यु को प्राप्त हो गए, जिन महात्मा नरेश के यज्ञ में इंद्र तथा वरुण सहित संपूर्ण देवता और प्रजापतिगण बृहस्पति को आगे करके पधारे थे। उन्होंने देवराज इंद्र से स्पर्धा रखने के कारण अपने यज्ञ वैभव द्वारा उन्हें पराजित कर दिया था। इंद्र का प्रिय चाहनेवाले बृहस्पतिजी ने जब उनका यज्ञ कराने से इनकार कर दिया, तब उनके छोटे भाई संवर्त ने मरुत्त का यज्ञ कराया था। नृपश्रेष्ठ! राजा मरुत्त जब इस पृथ्वी का शासन करते थे, उस समय यह बिना जोते-बोए ही अन्न पैदा करती थी और समस्त भूमंडल में देवालयों की माला-सी दृष्टिगोचर होती थी, जिससे इस पृथ्वी की बड़ी शोभा होती थी। सृंजय! धर्म, ज्ञान, वैराग्य तथा ऐश्वर्य—इन चारों बातों में राजा मरुत्त तुम से बढ़-चढ़कर थे और तुम्हारे पुत्र से भी अधिक पुण्यात्मा थे। जब वह भी मृत्यु को प्राप्त हो गए, तब औरों की क्या बात है? अतः तुम अपने पुत्र के लिए शोक न करो।

सृंजय! अतिथि सत्कार के प्रेमी राजा सुहोत्र भी जीवित नहीं रहे, ऐसा सुनने में आया है। उनके राज्य में इंद्र ने एक वर्ष तक सोने की वर्षा की थी। राजा सुहोत्र को पाकर पृथ्वी का वसुमती नाम सार्थक हो गया था। श्वेतपुत्र सृंजय! वे धर्म, ज्ञान, वैराग्य और ऐश्वर्य—इन चारों कल्याणकारी गुणों में तुमसे बढ़-चढ़कर थे और तुम्हारे पुत्र से भी अधिक पुण्यात्मा थे। जब वे भी मर किए, तब दूसरों की क्या बात है? अतः तुम अपने पुत्र के लिए शोक न करो। उसने न तो कोई यज्ञ किया था और न दक्षिणा ही बाँटी थी, अतः उसके लिए शोक न करो, शांत हो जाओ। सृंजय! अंगद देश के राजा बृहद्रथ की भी मृत्यु हुई थी, ऐसा हमने सुना है। सृंजय! जिन्होंने इस संपूर्ण पृथ्वी को चमड़े की भाँति लपेट लिया था (सर्वथा अपने अधीन कर लिया था) वे उशीनर-पुत्र राजा शिबि भी मृत्यु को प्राप्त हुए थे, यह हमने सुना है। वे अपने रथ की

गंभीर ध्वनि से पृथ्वी को प्रतिध्वनित करते हुए एकमात्र विजयशील रथ के द्वारा इस भूमंडल का एकछत्र शासन करते थे। सृंजय! प्रजापति ब्रह्मा ने इंद्र के तुल्य पराक्रमी उशीनर-पुत्र राजा शिबि के अतिरिक्त संपूर्ण राजाओं में भूत या भविष्य अग्निष्टोम, अत्यग्निष्टोम, उक्थ्य, षोडशी, वाजपेय, अतिरात्र और आप्तोर्याम को संपादित करते थे। काल के दूसरे किसी राजा को ऐसा नहीं माना, जो शिबि का कार्यभार वहन कर सकता हो। सृंजय! राजा शिबि पूर्वोक्त चारों कल्याणकारी बातों में तुमसे बहुत बढ़े-चढ़े थे। तुम्हारे पुत्र से भी अधिक पुण्यात्मा थे। जब वह भी मृत्यु को प्राप्त हो गए, तब दूसरे की क्या बात है? अतः तुम अपने पुत्र के लिए शोक मत करो। उसने न तो कोई यज्ञ किया था, न दक्षिणा ही दी थी। अतः उस पुत्र के लिए शोक नहीं करना चाहिए। सृंजय! दुष्यंत और शकुंतला के पुत्र महाधनी महामनस्वी भरत भी मृत्यु के अधीन हो गए। उन महातेजस्वी दुष्यंत कुमार भरत ने पूर्वकाल में देवताओं की प्रसन्नता के लिए यमुना के तट पर चौदह घोड़े बाँधकर उतने-उतने अश्वमेध यज्ञ किए थे। जैसे मनुष्य दोनों भुजाओं से आकाश को तैर नहीं सकते, उसी प्रकार संपूर्ण राजाओं में भरत का जो महान् कर्म है, उसका दूसरे राजा अनुकरण न कर सके। उन्होंने सहस्र से भी अधिक घोड़े बाँधे और यज्ञ-वेदियों का विस्तार करके अश्वमेध यज्ञ किए। उसमें भरत ने आचार्य कण्व को एक हजार सुवर्ण के बने हुए कमल भेंट किए। 'सृंजय! वे साम, दान, दंड और भेद—इन चार कल्याणमयी नीतियों अथवा धर्म, ज्ञान, वैराग्य और ऐश्वर्य—इन चार मंगलकारी गुणों में तुमसे बहुत बढ़े हुए थे। तुम्हारे पुत्र की अपेक्षा भी अधिक पुण्यात्मा थे। जब वह भी मृत्यु को प्राप्त हो गए, तब दूसरा कौन जीवित रह सकता है? अतः तुम्हें अपने मरे हुए पुत्र के लिए शोक नहीं करना चाहिए।

'सृंजय! सुनने में आया है कि दशरथ नंदन भगवान् श्रीरामजी यहाँ से परम धाम को चले गए थे, जो सदा अपनी प्रजा पर वैसी ही कृपा रखते थे, जैसे पिता अपने पुत्रों पर रखता है। उनके राज्य में कोई भी स्त्री अनाथ-विधवा नहीं हुई। श्रीरामचंद्रजी ने जब तक राज्य का शासन किया, तब तक वे अपनी प्रजा के लिए सदा ही पिता के समान कृपालु बने रहे। मेघ

समय पर वर्षा करके खेती को अच्छे ढंग से संपन्न करता था—उसे बढ़ने और फूलने-फलने का अवसर देता था। राम के राज्य-शासनकाल में सदा सुकाल ही रहता था। राम के राज्य का शासन करते समय कभी कोई प्राणी जल में नहीं डूबते थे, आग अनुचित रूप से कभी किसी को नहीं जलाती थी तथा किसी को रोग का भय नहीं होता था। श्रीरामचंद्रजी जब राज्य का शासन करते थे, उन दिनों हजार वर्ष तक जीनेवाली स्त्रियाँ और सहस्रों वर्ष तक जीवित रहनेवाले पुरुष थे। किसी को कोई रोग नहीं सताता था, सभी के सारे मनोरथ सिद्ध होते थे। श्रीराम के राज्य-शासनकाल में समस्त प्रजा सदा धर्म में तत्पर रहती थी। श्रीरामचंद्रजी जब राज्य करते थे, उस समय सभी मनुष्य संतुष्ट, पूर्ण काम, निर्भय, स्वाधीन और सत्यव्रती थे। श्रीराम के राज्य शासनकाल में सभी वृक्ष बिना किसी विघ्न-बाधा के सदा फले-फूले रहते थे और समस्त गाएँ एक-एक दोन दूध देती थीं। महातपस्वी श्रीराम ने चौदह वर्षों तक वन में निवास करके राज्य पाने के अनंतर दस ऐसे अश्वमेध यज्ञ किए, जो सर्वथा स्तुति के योग्य थे तथा जहाँ किसी भी याचक के लिए दरवाजा बंद नहीं होता था। श्रीरामचंद्रजी नवयुवक और श्याम वर्णवाले थे। उनकी आँखों में कुछ-कुछ लालिमा शोभा देती थी। वे यूथपति गजराज के समान शक्तिशाली थे। उनकी बड़ी-बड़ी भुजाएँ घुटनों तक लंबी थीं। उनका मुख सुंदर और कँधे सिंह के समान थे। श्रीराम ने अयोध्या के अधिपति होकर ग्यारह हजार वर्षों तक राज्य किया था। सृंजय! वे चारों कल्याणकारी गुणों में तुमसे बढ़े-चढ़े थे और तुम्हारे पुत्र से भी अधिक पुण्यात्मा थे। जब वे भी यहाँ रह न सके, तब दूसरों की क्या बात है? अतः तुम्हें अपने पुत्र के लिए शोक नहीं करना चाहिए।

सृंजय! राजा भगीरथ भी काल के गाल में चले गए, ऐसा हमने सुना है। जिनके विस्तृत यज्ञ में सोम पीकर मदोन्मत्त हुए सुरश्रेष्ठ भगवान् पाकशासन इंद्र ने अपने बाहुबल से कई सहस्र असुरों को पराजित किया। तट के निकट निवास करते समय गंगाजी राजा भगीरथ की गोद में आ बैठी थीं। इसलिए वे पूर्वकाल में भगीरथी और उर्वशी नाम से प्रसिद्ध हुईं। त्रिपथगामिनी गंगा ने पुत्री

भाव को प्राप्त होकर पर्याप्त दक्षिणा देनेवाले इक्ष्वाकुवंशी यजमान भगीरथ को अपना पिता माना। सृंजय! वे पूर्वोक्त चारों बातों में तुमसे बहुत बढ़े-चढ़े थे और तुम्हारे पुत्र से अधिक पुण्यात्मा थे, जब वे भी काल से न बच सके तो दूसरों के लिए क्या कहा जा सकता है? अतः तुम अपने पुत्र के लिए शोक न करो।

'सृंजय! महामना राजा दिलीप भी मृत्यु को प्राप्त हुए थे, यह सुनने में आया है। उनके महान् कर्मों का आज भी ब्राह्मण लोग वर्णन करते हैं। एकाग्रचित्त हुए उन नरेश ने अपने उस महायज्ञ में रत्न और धन से परिपूर्ण इस सारी पृथ्वी का ब्राह्मणों के लिए दान कर दिया। यजमान दिलीप के प्रत्येक यज्ञ में पुरोहितजी सोने के बने हुए एक हजार हाथी दक्षिणा रूप में पाकर उन्हें अपने घर ले जाते थे। उनके यज्ञ में सोने का बना हुआ कांतियुक्त बहुत बड़ा यूप शोभा पाता था। यज्ञ कर्म करते हुए इंद्र आदि देवता सदा उसी यूप का आश्रय लेकर रहते थे। राजा दिलीप के इस महान् कर्म का अनुसरण दूसरे राजा नहीं कर सके। उनके सुनहरे साज-बाज और सोने के आभूषणों से सजे हुए मतवाले हाथी रास्ते पर सोए रहते थे। सत्यवादी शतधंधा महामनस्वी राजा दिलीप का जिन लोगों ने दर्शन किया था, उन्होंने भी स्वर्गलोक को जीत लिया। महाराज दिलीप के भवन में वेदों के स्वाध्याय का गंभीर घोष, शूरवीरों के धनुष की टंकार तथा 'दान दो' की पुकार—ये तीन प्रकार के शब्द कभी बंद नहीं होते थे। सृंजय! वे राजा दिलीप चारों कल्याणकारी गुणों में तुमसे बढ़कर थे। तुम्हारे पुत्र से भी अधिक पुण्यात्मा थे। जब वे भी मृत्यु को प्राप्त हो गए तो दूसरों की क्या बात है? अतः तुम्हें अपने मरे हुए पुत्र के लिए शोक नहीं करना चाहिए।

'सृंजय! जिन्हें मरुत नामक देवताओं ने गर्भावस्था में पिता के पार्श्व भाग को फाड़कर निकाला था, वे युवनाश्वर के मांधाता भी मृत्यु के अधीन हो गए। राजा मांधाता बड़े धर्मात्मा और महामनस्वी थे। युद्ध में इंद्र के समान शौर्य प्रकट करते थे। यह सारी पृथ्वी एक ही दिन में उनके अधिकार में आ गई थी। 'मांधाता ने समरांगण में राजा अंगराज, मरुत्त, असित, गय तथा अंगराज

बृहद्रथ को भी पराजित कर दिया। 'जिस समय युवनाश्वर पुत्र मांधाता ने रणभूमि में राजा अंगराज के साथ युद्ध किया था, उस समय देवताओं ने ऐसा समझा कि 'उनके धुनष की टंकार से सारा आकाश ही फट पड़ा है।' जहाँ सूर्य उदय होते हैं, वहाँ से लेकर जहाँ अस्त होते हैं, वहाँ तक सारा देश युवनाश्वर-पुत्र मांधाता का ही राज्य कहलाता था। 'प्रजा नाथ! उन्होंने सौ अश्वमेध तथा सौ राजसूय यज्ञ करके दस योजन लंबे तथा एक योजन ऊँचे बहुत से सोने के रोहित नामक मत्स्य बनवाकर ब्राह्मणों को दान किए थे। ब्राह्मणों के ले जाने से जो बच गए, उन्हें दूसरे लोगों ने बाँट लिया। 'सृंजय! राजा मांधाता चारों कल्याणमय गुणों में तुमसे बढ़े-चढ़े थे और तुम्हारे पुत्र से भी अधिक पुण्यात्मा थे। जब वे भी मारे गए, तब तुम्हारे पुत्र की क्या बिसात है? अतः तुम उसके लिए शोक न करो।

'सृंजय! नहुष-पुत्र राजा ययाति भी जीवित न रह सके, यह हमने सुना है। उन्होंने समुद्रों सहित इस सारी पृथ्वी को शंपापात के माध्यम से विजित कर लिया था। नहुष-पुत्र ययाति ने व्यूह-रचना युक्त आसुर युद्ध के द्वारा दैत्यों और दानवों का संहार करके यह सारी पृथ्वी अपने पुत्रों को बाँट दी थी। उन्होंने किनारे के प्रदेशों पर अपने तीन पुत्र यदु, द्रुह्य तथा अनु को स्थापित करके मध्य भारत के राज्य पर पुरु को अभिषिक्त किया। फिर अपनी स्त्रियों के साथ वे वन में चले गए। 'सृंजय! वे तुम्हारी अपेक्षा चारों कल्याणमय गुणों में बढ़े हुए थे और तुम्हारे पुत्र से भी अधिक पुण्यात्मा थे। जब वे भी मर किए तो तुम्हारा पुत्र किस गिनती में है? अतः तुम उसके लिए शोक न करो।

सृंजय! संस्कृति के पुत्र राजा रंतिदेव भी काल के गाल में चले गए, यह हमारे सुनने में आया है। उन महातपस्वी नरेश ने इंद्र की अच्छी तरह आराधना करके उनसे यह वर माँगा कि 'हमारे पास अन्न बहुत हो' हम सदा अतिथियों की सेवा का अवसर प्राप्त करें, हमारी श्रद्धा दूर न हो और हम किसी से कुछ भी न माँगें। कठोर व्रत का पालन करनेवाले, यशस्वी महात्मा राजा रंतिदेव के पास गाँवों और जंगलों के पशु अपने-आप यज्ञ के लिए उपस्थित हो जाते थे। वहाँ भीगी चर्म राशि से जो जल बहता था, उससे एक विशाल नदी प्रकट हो

गई, जो चर्मणवती (चंबल) के नाम से विख्यात हुई। सृंजय! रंतिदेव तुम से पूर्वोक्त चारों गुणों में बढ़े-चढ़े थे और तुम्हारे पुत्र से बहुत अधिक पुण्यात्मा थे। जब वे भी मर किए तो तुम्हारे पुत्र की क्या बात है? अतः तुम उसके लिए शोक न करो।

सृंजय! इक्ष्वाकुवंशी पुरुष सिंह महामना सगर भी मृत्यु को प्राप्त हुए थे। उनका पराक्रम अलौकिक था। जैसे वर्षा के अंत (शरद्) में बादलों से रहित आकाश के भीतर तारे, नक्षत्र राज चंद्रमा का अनुसरण करते हैं, उसी प्रकार राजा सगर जब युद्ध आदि के लिए कहीं यात्रा करते थे, तब उनके साठ हजार पुत्र उन नरेश के पीछे-पीछे चलते थे। 'सृंजय! वे चारों कल्याणकारी गुणों में तुमसे बढ़े हुए थे। तुम्हारे पुत्र से बहुत अधिक पुण्यात्मा थे। जब वे भी मृत्यु को प्राप्त हो गए थे, तब तुम्हारे पुत्र की क्या बात है? अतः तुम उसके लिए शोक न करो। 'सृंजय! बेन के पुत्र महाराज पृथु को भी अपने शरीर का त्याग करना पड़ा था, ऐसा हमने सुना है। महर्षियों ने महान् वन में एकत्र होकर उनका राज्याभिषेक किया था। ऋषियों ने यह सोचकर कि वे सब लोगों में धर्म की मर्यादा के प्रथित (स्थापित) करेंगे, उनका नाम पृथु रखा था। वे क्षत अर्थात् दुःख से सबका त्राण करते थे, इसलिए 'क्षत्रिय' कहलाए। वेन नंदन पृथु को देखकर समस्त प्रजाओं ने एक साथ कहा कि 'हम इनमें अनुरक्त हैं' इस प्रकार प्रजा का रंजन करने के कारण ही उनका नाम 'राजा' हुआ। 'पृथु के शासन काल में पृथ्वी बिना जोते ही धान्य उत्पन्न करती थी, वृक्षों के पुट-पुट में मधु (रस) भरा था। मनुष्य निरोग थे। उनकी सारी कामनाएँ सर्वथा परिपूर्ण थीं और उन्हें कभी किसी चीज से भय नहीं होता था। वे चारों कल्याणकारी गुणों में तुमसे बढ़े-चढ़े थे और तुम्हारे पुत्र की अपेक्षा बहुत अधिक पुण्यात्मा भी थे। वे भी मृत्यु को प्राप्त हो गए हैं। अतः तुम अपने मरे हुए पुत्र के लिए शोक न करो।'

सृंजय! तुम चुपचाप क्या सोच रहे हो? राजन! मेरी इस बात को क्यों नहीं सुनते हो? जैसे मरणासन्न पुरुष के ऊपर अच्छी तरह प्रयोग में लाई हुई औषधि व्यर्थ जाती है, उसी प्रकार मेरा यह सारा प्रवचन निष्फल तो नहीं हो

गया? सृंजय ने कहा—नारद! पवित्र गंधवाली माला के समान विचित्र अर्थ से भरी हुई आपकी इस वाणी को मैं सुन रहा हूँ। पुण्यात्मा महामनस्वी और कीर्तिशाली राजर्षियों के चरित्र से युक्त आपका यह वचन संपूर्ण शोकों का विनाश करने वाला है। महर्षि नारद! आपने जो कुछ कहा है, आपका वह उपदेश व्यर्थ नहीं गया है। आपका दर्शन करके ही मैं शोकरहित हो गया हूँ। ब्रह्मवादी मुने! अपका दर्शन अमोघ है।

(महाभारत शांतिपर्व के 'राजधर्मानुशासन पर्व' के अंतर्गत अध्याय-29 के अनुसार श्रीकृष्ण द्वारा नारद-सृंजय संवाद के रूप में युधिष्ठिर के शोक निवारण के प्रयत्न का उल्लेख है।)

उपदेश

उपदेश संवाद का ही एक विशिष्ट प्रकार है। उपदेश में विशेषज्ञ-साधारण का संबंध प्रभावी रहता है। गुरु-शिष्य संवाद प्राय: उपदेश की श्रेणी में आते हैं। उपदेश में गुरु अथवा विशेषज्ञ किसी विशिष्ट ज्ञानधारा को शिष्य या परिचित में आरोपित करता है या विषय विशेष से संबंधित संदेह और संशयों को दूर करने की कोशिश करता है। संवाद की प्रकृति विस्तृत होती है, जबकि उपदेश प्राय: धार्मिक और आध्यात्मिक परिधि में आने वाले विषयों पर दिया जाता है।

लोकोपकार और मार्गदर्शन उपदेश का केंद्रीय तत्त्व है। इसके साथ परंपरा का सातत्य बनाए रखने में भी औपदेशिक परंपरा निर्णायक भूमिका निभाती है। उपदेश देते समय उपदेशक प्राय: दो बिंदुओं का ध्यान देते हैं। पहला, उपदेश श्रद्धावान को दिया जाता है और दूसरा, वे सरस और दृष्टांतयुक्त होते हैं। इसलिए दिया गया उपदेश अधिकतम ग्राह्य बन जाता है।

उपदेश में प्रश्नोत्तर शैली की प्रधानता रहती है। शिक्षा में प्रश्नोत्तर शैली विशेष महत्त्व रखती है। ब्राह्मण-ग्रंथ, आरण्यक, उपनिषद्, महाभारत आदि उत्तरकालीन साहित्य में यह शैली पर्याप्त पल्लवित हुई है। प्राचीनकाल में शिष्य गुरु से जो प्रश्न करते थे तथा गुरु उनका जो उत्तर देते थे, उन्हीं से कई

शास्त्र या शास्त्रों के विशेष प्रकरण बन गए हैं।[10]

उपनिषदों में एक उपनिषद् का नाम ही 'प्रश्नोपनिषद्' है, जिसमें छह शिष्यों ने आचार्य पिप्पलाद से प्रश्न किए हैं तथा उनसे समुचित उत्तर प्राप्त किए हैं। 'केनोपनिषद्' भी एक प्रश्न से प्रारंभ होता है। इसी प्रकार 'मुण्डकोपनिषद्' में शौनक विनीत भाव से महर्षि अंगिरा के उपसन्न हो प्रश्न करता है कि कौन सी ऐसी वस्तु है, जिस एक के जान लेने से सबकुछ विज्ञात हो जाता है? अन्य उपनिषदों में भी प्रश्नोत्तर पाए जाते हैं। महाभारत का रोचक ज्ञान प्रश्नोत्तरों में है। पतंजलि के 'महाभाष्य' में भी यही शैली है।[11]

देवर्षि नारद द्वारा उपदेशों के माध्यम से व्यक्तियों और व्यवस्थाओं में परिवर्तन के कई उदाहरण मिलते हैं। देवर्षि के उपदेश वर्तमान की घटनाओं को सकारात्मक दिशा देते हैं तो भविष्य के घटनाक्रम की केंद्रीय रंगभूमि बनाते थे। देवर्षि नारद के उपदेशों की सफलता यह स्पष्ट करती है कि किसी भी घटनाक्रम के बारे में उनका आकलन लोकोपकार से प्रेरित होता था और ज्ञान तथा सूचना के अधिकतम आयामों से परिचित होने के कारण वह सृजनात्मक ढंग से किसी भी घटनाक्रम को दिशा देने में असाधारण रूप से सफल साबित होते थे।

देवर्षि द्वारा प्रह्लाद, ध्रुव और सांब को दिए गए उपदेश विशेष रूप से लोकमानस में प्रतिष्ठित हैं। देवर्षि के उपदेशों के कारण ध्रुव और प्रह्लाद वर्तमान की चुनौतियों का सहज ढंग से सामना करते हैं। जीवन-लक्ष्य की प्राप्ति करते हैं और सामाजिक-राजनीतिक व्यवस्था को श्रेष्ठ बनाने में अपनी भूमिका का निर्वहन करते हैं। प्रह्लाद भक्ति का परम प्रतीक बन जाते हैं, ध्रुव को ध्रुवपद प्राप्त होता है तथा सांब चर्मरोग से मुक्त होकर आरोग्य की प्राप्ति करते हैं।

देवर्षि नारद का प्रह्लाद को उपदेश

श्रीमद्भागवत् महापुराण में देवर्षि नारद और युधिष्ठिर का एक संवाद है, जहाँ देवर्षि नारद उन्हें भक्तराज प्रह्लाद के विषय में एक अनोखी बात

बताते हैं। बात तब की है, जब हिरण्यकशिपु तपस्या करने वन में चला गया। उसकी पत्नी कयाधु उस समय गर्भवती थी। हिरण्यकशिपु के जाने के बाद उस अवसर का लाभ उठाकर देवों ने दैत्यों पर आक्रमण कर दिया।

जब दैत्य सेनापतियों को देवताओं की भारी तैयारी का पता चला तो उनका साहस जाता रहा। वे उनका सामना नहीं कर सके। मार खाकर स्त्री, पुत्र, मित्र, गुरुजन, महल, पशु और साज-सामान की कुछ चिंता न करके वे अपने प्राण बचाने के लिए बड़ी जल्दी में इधर-उधर भाग गए। अपनी जीत चाहनेवाले देवताओं ने राजमहल को नष्ट कर दिया और देवराज इंद्र ने हिरण्यकशिपु की पत्नी कयाधु को भी बंदी बना लिया।

कयाधु मारे भय के रो रही थी और इंद्र उसे बलात् लिये जा रहे थे। दैववश देवर्षि नारद उधर आ निकले और उन्होंने मार्ग में यह दृश्य देखा। उन्होंने कहा—'हे देवराज! यह निरपराध है। इसे ले जाना उचित नहीं। महाभाग! इस सती-साध्वी नारी का तिरस्कार मत करो। इसे छोड़ दो।' ये सुनकर इंद्र ने कहा—'देवर्षि! इसके पेट में देवद्रोही हिरण्यकशिपु का अत्यंत प्रभावशाली वीर्य है। प्रसवपर्यंत यह मेरे पास रहे, बालक हो जाने पर उसे मारकर मैं इसे छोड़ दूँगा।'

तब नारदजी ने कहा—'इसके गर्भ में भगवान् का साक्षात् परमप्रेमी भक्त और सेवक, अत्यंत बली और निष्पाप महात्मा है। तुममें उसको मारने की शक्ति नहीं है।'

देवर्षि नारद की यह बात सुनकर उसका सम्मान करते हुए इंद्र ने कयाधु को छोड़ दिया और फिर इसके गर्भ में भगवद्भक्त है, इस भाव से उन्होंने उनकी प्रदक्षिणा की तथा अपने लोक में चले गए।

इसके बाद देवर्षि नारद कयाधु को अपने आश्रम पर ले गए और उसे समझा-बुझाकर कहा कि—'बेटी! जब तक तुम्हारा पति तपस्या करके लौटे, तब तक तुम यहीं रहो।'

'जो आज्ञा' कहकर वह निर्भयता से देवर्षि नारद के आश्रम पर ही रहने लगी और तब तक रही, जब तक हिरण्यकशिपु घोर तपस्या से लौटकर नहीं

आया। गर्भवती कयाधु अपने गर्भस्थ शिशु की मंगल कामना से और इच्छित समय पर (हिरण्यकशिपु के लौटने के बाद) संतान उत्पन्न करने की कामना के कारण बड़े प्रेम तथा भक्ति के साथ नारदजी की सेवा-शुश्रूषा करती रही।

देवर्षि नारद ने कयाधु को भागवत धर्म का रहस्य और विशुद्ध ज्ञान दोनों का उपदेश किया। उपदेश करते समय उनकी दृष्टि उसके गर्भ में पल रहे शिशु पर भी थी। इसी कारण उन्होंने गर्भकाल में जो धर्मोपदेश कयाधु को दिया, उनके गर्भ में पल रहे प्रह्लाद ने भी उसे ग्रहण किया और कदाचित् इसी कारण वो बचपन से ही श्रीहरि विष्णु का इतना बड़ा भक्त बना। उनके उपदेशों को सुनना श्रीहरि की प्राप्ति की ओर एक और कदम बढ़ाना है। देवर्षि ने कयाधु को बताया—

जैसे ईश्वरमूर्ति काल की प्रेरणा से वृक्षों के फल लगते, ठहरते, बढ़ते, पकते, क्षीण होते और नष्ट हो जाते हैं, वैसे ही जन्म, अस्तित्व की अनुभूति, वृद्धि, परिणाम, क्षय और विनाश—ये छह भाव-विकार शरीर में ही देखे जाते हैं, किंतु आत्मा से इनका कोई संबंध नहीं होता है। आत्मा नित्य, अविनाशी, शुद्ध, एक, क्षेत्रज्ञ, आश्रय, निर्विकार, स्वयंप्रकाश, सबका कारण, व्यापक, असंग तथा आवरणरहित है। ये आत्मा के बारह उत्कृष्ट लक्षण हैं।

इनके द्वारा आत्मतत्त्व को जाननेवाले पुरुष को चाहिए कि शरीर आदि में अज्ञान के कारण जो 'मैं' और 'मेरे' का झूठा भाव हो रहा है, उसे छोड़ दे। जिस प्रकार सुवर्ण की खानों में पत्थर में मिले हुए सुवर्ण को उसके निकालने की विधि जानने वाला स्वर्णकार उन विधियों से उसे प्राप्त कर लेता है, वैसे ही अध्यात्मतत्त्व को जाननेवाला पुरुष आत्मप्राप्ति के उपायों द्वारा अपने शरीर रूप क्षेत्र में ही ब्रह्मपद का साक्षात्कार कर लेता है।

आचार्यों ने मूल प्रकृति, महत्तत्त्व, अहंकार और पंचतंमात्राएँ—इन आठ तत्त्वों को प्रकृति बतलाया है। उनके तीन गुण हैं—सत्त्व, रज और तम। उसके सोलह विकार भी हैं—10 इंद्रियाँ, एक मन और पंचमहाभूत। इन सबमें एक पुरुषतत्त्व अनुगत है। इस सबका समुदाय ही देह है। यह दो प्रकार का है—स्थावर और जंगम। इसी में अंत:करण, इंद्रिय आदि अनात्मवस्तुओं का 'यह

आत्मा नहीं है' इस प्रकार बोध करते हुए आत्मा को ढूँढ़ना चाहिए। आत्मा सबमें अनुगत है, परंतु है वह सबसे पृथक्। इस प्रकार शुद्ध बुद्धि से धीरे-धीरे संसार की उत्पत्ति, स्थिति और उसके प्रलय पर विचार करना चाहिए। उतावली नहीं करनी चाहिए।

जाग्रत्, स्वप्न और सुषुप्ति—ये तीनों बुद्धि की वृत्तियाँ हैं। इन अतीत, सबका साक्षी परमात्मा है। जैसे गंध से उसके आश्रय वायु का ज्ञान होता है, वैसे ही बुद्धि की इन कर्मजन्य एवं बदलने वाली तीनों अवस्थाओं के द्वारा इनमें साक्षी रूप से अनुगत आत्मा को जानें। गुणों और कर्मों के कारण होने वाला जन्म-मृत्यु का यह चक्र आत्मा को शरीर और प्रकृति से पृथक् न करने के कारण ही है। यह अज्ञानमूलक एवं मिथ्या है। फिर भी स्वप्न के समान जीव को इसकी प्रतीति हो रही है।

इसलिए सबसे पहले इन गुणों के अनुसार होने वाले कर्मों का बीज ही नष्ट कर देना चाहिए। इससे बुद्धि-वृत्तियों का प्रवाह निवृत्त हो जाता है। इसी को दूसरे शब्दों में योग या परमात्मा से मिलन कहते हैं। यों तो इन त्रिगुणात्मक कर्मों की जड़ उखाड़ फेंकने के लिए अथवा बुद्धि-वृत्तियों का प्रवाह बंद कर देने के लिए सहस्रों साधन हैं, परंतु जिस उपाय से और जैसे सर्वशक्तिमान भगवान् में स्वाभाविक निष्काम प्रेम हो जाए, वही उपाय सर्वश्रेष्ठ है। यह बात स्वयं भगवान् ने कही है। गुरु की प्रेमपूर्वक सेवा, अपने को जो कुछ मिले, वह सब प्रेम से भगवान् को समर्पित कर देना, भगवत् प्रेमी महात्माओं का सत्संग, भगवान् की आराधना, उनकी कथावार्त्ता में श्रद्धा, उनके गुण और लीलाओं का कीर्तन, उनके चरणकमलों का ध्यान और उनके मंदिर, मूर्ति आदि का दर्शन-पूजन आदि साधनों से भगवान् में स्वाभाविक प्रेम हो जाता है।

सर्वशक्तिमान भगवान् श्रीहरि समस्त प्राणियों में विराजमान हैं, ऐसी भावना से यथाशक्ति सभी प्राणियों की इच्छा पूर्ण करें और हृदय से उनका सम्मान करें। काम, क्रोध, लोभ, मोह, मद और मत्सर—इन छह शत्रुओं पर विजय प्राप्त करके जो लोग इस प्रकार भगवान् की साधन-भक्ति का

अनुष्ठान करते हैं, उन्हें उस भक्ति के द्वारा भगवान् श्रीहरि के चरणों में अनन्य प्रेम की प्राप्ति हो जाती है।

जब भगवान् के लीला शरीरों से किए हुए अद्भुत पराक्रम, उनके अनुपम गुण और चरित्रों को श्रवण करके अत्यंत आनंद के उद्रेक से मनुष्य का रोम-रोम खिल उठता है, आँसुओं के मारे कंठ गद्गद हो जाता है और वह संकोच छोड़कर जोर-जोर से गाने-चिल्लाने और नाचने लगता है। जिस समय वह गृहस्थ पागल की तरह कभी हँसता है, कभी करुण-क्रंदन करने लगता है, कभी ध्यान करता है तो कभी भगवद्भाव से लोगों की वंदना करने लगता है, जब वह भगवान् में ही तन्मय हो जाता है, बार-बार लंबी साँस खींचता है और संकोच छोड़कर हरे! जगत्पते!! नारायण!! कहकर पुकारने लगता है, तब भक्तियोग के महान् प्रभाव से उसके सारे बंधन कट जाते हैं और भगवद्भाव की ही भावना करते-करते उसका हृदय भी तदाकार-भगवन्मय हो जाता है। उस समय उसके जन्म-मृत्यु के बीजों का खजाना ही जल जाता है और वह पुरुष श्रीभगवान् को प्राप्त कर लेता है। इस अशुभ संसार के दलदल में फँसकर अशुभमय हो जाने वाले जीव के लिए भगवान् की यह प्राप्ति संसार के चक्र को मिटा देने वाली है। इसी वस्तु को कोई विद्वान् ब्रह्म और कोई निर्वाण-सुख के रूप में पहचानते हैं। इसलिए सभी को अपने-अपने हृदय में भगवान् का भजन करना चाहिए।

अपने हृदय में ही आकाश के समान नित्य विराजमान भगवान् का भजन करने में कौन सा विशेष परिश्रम है? वे समान रूप से समस्त प्राणियों के अत्यंत प्रेमी मित्र हैं, और तो क्या, अपने आत्मा ही हैं। उनको छोड़कर भोग सामग्री इकट्ठा करने के लिए भटकना कितनी बड़ी मूर्खता है!

धन, स्त्री, पशु, पुत्र, पुत्री, महल, पृथ्वी, हाथी, खजाना और भाँति-भाँति की विभूतियाँ, और तो क्या, संसार का समस्त धन तथा भोग सामग्रियाँ इस क्षणभंगुर मनुष्य को क्या सुख दे सकती हैं? वे स्वयं ही क्षणभंगुर हैं। जैसे इस लोक की संपत्ति प्रत्यक्ष ही नाशवान है, वैसे ही यज्ञों से प्राप्त होने वाले स्वर्गादि लोक भी नाशवान और आपेक्षिक एक-दूसरे से छोटे-बड़े और

नीचे-ऊँचे हैं। इसलिए वे भी निर्देश नहीं हैं। निर्देश हैं केवल परमात्मा। न किसी ने उनमें दोष देखा है और न सुना है। अतः परमात्मा की प्राप्ति के लिए अनन्य भक्ति से उन्हीं परमेश्वर का भजन करना चाहिए।

इसके सिवा अपने को बड़ा विद्वान् माननेवाला पुरुष इस लोक में जिस उद्देश्य से बार-बार बहुत से कर्म करता है, उस उद्देश्य की प्राप्ति तो दूर रही—उलटा उसे उसके विपरीत ही फल मिलता है। कर्म में प्रवृत्त होने के दो ही उद्देश्य होते हैं—सुख पाना और दुःख से छूटना। परंतु जो पहले कामना न होने के कारण सुख में निमग्न रहता था, उसे ही अब कामना के कारण यहाँ सदा-सर्वदा दुःख ही भोगना पड़ता है।

मनुष्य इस लोक में सकाम कर्मों के द्वारा जिस शरीर के लिए भोग प्राप्त करना चाहता है, वह शरीर ही पराया-सियार-कुत्तों का भोजन और नाशवान है। कभी वह मिल जाता है तो कभी बिछुड़ जाता है। जब शरीर की ही यह दशा है, तब इससे अलग रहनेवाले पुत्र, स्त्री, महल, धन, संपत्ति, राज्य, खजाने, हाथी-घोड़े, मंत्री, नौकर-चाकर, गुरुजन और दूसरे अपने कहलानेवालों की तो बात ही क्या है? ये तुच्छ विषय शरीर के साथ ही नष्ट हो जाते हैं। ये जान तो पड़ते हैं पुरुषार्थ के समान, परंतु हैं वास्तव में अनर्थरूप ही।

आत्मा स्वयं ही अनंत आनंद का महान् समुद्र है। उसके लिए इन वस्तुओं की क्या आवश्यकता है? जो जीव गर्भाधान से लेकर मृत्युपर्यंत सभी अवस्थाओं में अपने कर्मों के अधीन होकर क्लेश ही क्लेश भोगता है, उसका इस संसार में स्वार्थ ही क्या है? यह जीव सूक्ष्म शरीर को ही अपनी आत्मा मानकर उसके द्वारा अनेकों प्रकार के कर्म करता है और कर्मों के कारण ही फिर शरीर ग्रहण करता है। इस प्रकार कर्म से शरीर और शरीर से कर्म की परंपरा चल पड़ती है। और ऐसा होता है अविवेक के कारण।

इसलिए निष्कामभाव से निष्क्रिय आत्मस्वरूप भगवान् श्रीहरि का भजन करना चाहिए। अर्थ, धर्म और काम-सब उन्हीं के आश्रित हैं, बिना उनकी इच्छा के नहीं मिल सकते। भगवान् श्रीहरि समस्त प्राणियों के ईश्वर, आत्मा और परम प्रियतम हैं। वे अपने ही बनाए हुए पंचभूत और सूक्ष्मभूत आदि के

द्वारा निर्मित शरीरों में जीव के नाम से कहे जाते हैं। देवता, दैत्य, मनुष्य, यक्ष अथवा गंधर्व, कोई भी क्यों न हो, जो भगवान् के चरणकमलों का सेवन करता है, वह हमारे ही समान कल्याण का भाजन होता है।

भगवान् को प्रसन्न करने के लिए ब्राह्मण, देवता या ऋषि होना, सदाचार और विविध ज्ञानों से संपन्न होना तथा दान, तप, यज्ञ, शारीरिक और मानसिक शौच और बड़े-बड़े व्रतों का अनुष्ठान पर्याप्त नहीं है। भगवान् केवल निष्काम प्रेम-भक्ति से ही प्रसन्न होते हैं। और सब तो विडंबना मात्र हैं। इसलिए समस्त प्राणियों को अपने समान ही समझकर सर्वत्र विराजमान, सर्वात्मा, सर्वशक्तिमान भगवान् की भक्ति करनी चाहिए।

(यह प्रकरण श्रीमद्भागवत महापुराण के सप्तम स्कंध के सातवें अध्याय में उल्लिखित है।)

सांब को सूर्यनारायण की पूजा का उपदेश

भारत में सूर्य-पूजा की एक सशक्त परंपरा रही है। पंचायतन पूजा के पाँच देवों में भगवान् सूर्य भी सम्मिलित हैं। सूर्य प्रत्यक्षदेव हैं। भारतीय मनीषा सूर्यनारायण जगत् की आत्मा (सूर्य आत्मा जगतस्तस्थुषश्च) और सृष्टि का प्राण (आदित्यो वै प्राणः) कहती है। वह एकमात्र देव हैं, जिनकी उपासना योगासन के माध्यम से भी की जाती है। सूर्यदेव की पूजा वैदिक काल से होती रही है। संभवतः किसी कारणवश यह परंपरा और इसका प्रभाव क्षीण हुआ होगा। तब देवर्षि नारद ने सांब को सूर्यनारायण के पूजन के मर्म से पुनः परिचित कराया और समाज को ऐश्वर्य और आरोग्य का वरदान प्रदान किया। विदेशी आक्रमणों के कारण सूर्य-पूजा की परंपरा पुनः क्षीण हो गई है, ऐसे में देवर्षि नारद की सांब की दी गई प्रेरणा का पुनर्पाठ एक परंपरा को पुनर्जीवित करने जैसा है। देवर्षि नारद द्वारा सूर्य के विराट् रूप तथा उनके प्रभाव का वर्णन निम्नवत् किया गया है—

सुमंतुजी बोले—राजन्! भयंकर कुष्ठ रोग का शाप प्राप्त कर दुःखित हो सांब ने अपने पिता भगवान् श्रीकृष्ण से पूछा—तात! मेरा यह कष्ट कैसे दूर

होगा? कृपा कर इसका उपाय आप बताएँ?

भगवान् श्रीकृष्ण ने कहा—वत्स! तुम भगवान् सूर्य की आराधना करो, उससे तुम्हारा यह कुष्ठ रोग दूर हो जाएगा। तुम देवर्षि नारद द्वारा सूर्यनारायण के आराधना-विधान की शिक्षा प्राप्त करो। वे प्रसन्न होकर तुम्हें विस्तार से उनकी आराधना का विधान बतलाएँगे।

एक दिन नारदजी द्वारकापुरी में भगवान् श्रीकृष्ण का दर्शन करने के लिए आए। उसी समय सांब ने अत्यंत विनम्र भाव से जाकर उन्हें प्रणाम किया और हाथ जोड़कर प्रार्थना की। महामुने! मैं आपकी शरण में हूँ, आप मेरे ऊपर कृपा कर कोई ऐसा उपाय बताएँ, जिससे मेरा शरीर कुष्ठ रोग से मुक्त हो सके और मेरा कष्ट दूर हो जाए।

नारदजी ने कहा—सांब! सभी देव जिनकी स्तुति करते हैं, उन्हीं का तुम भी पूजन करो। उन्हीं की कृपा से तुम रोग से मुक्त हो जाओगे।

सांब ने पूछा—महाराज! देवगण किसका पूजन और स्तवन करते हैं? आप ही उसे भी बताएँ, जिससे मैं उनकी शरण में जा सकूँ। यह शापाग्नि मुझे दग्ध कर रही है। ऐसे कौन देवता हैं, जो कृपा करके मुझे इस विपत्ति से मुक्त करा सकेंगे?

नारदजी ने कहा—पुत्र! समस्त देवताओं के पूज्य, नमस्कार करने योग्य और निरंतर स्तुत्य भगवान् सूर्यनारायण ही हैं। तुम उनके प्रभाव को सुनो—

किसी समय समस्त लोकों में विचरण करता हुआ मैं सूर्यलोक में पहुँचा। वहाँ मैंने देखा कि देवता, गंधर्व, नाग, यक्ष, राक्षस और अप्सराएँ सूर्यनारायण की सेवा में लगे हुए हैं। गंधर्व गीत गा रहे हैं और अप्सराएँ नृत्य कर रही हैं। राक्षस, यक्ष तथा नाग शस्त्र धारण करके उनकी रक्षा के लिए खड़े हैं। ऋग्वेद, यजुर्वेद एवं सामवेद मूर्तिमान स्वरूप धारणकर स्वयं स्तुति कर रहे हैं और ऋषिगण भी वेदों की ऋचाओं से उनका स्तवन कर रहे हैं। मूर्तिरूप में प्रातः, मध्या और सायंकाल की तीनों सुंदर रूपवाली संध्याएँ हाथ में वज्र तथा बाण धारण किए हुए सूर्यनारायण के चारों ओर स्थित हैं। प्रातः—संध्या रक्तवर्ण की है, मध्या संध्या चंद्रमा के समान श्वेतवर्ण की एवं सायं-संध्या

मंगल के समान वर्णवाली है। आदित्य, वसु, रुद्र, मरुत तथा अश्विनी कुमार आदि सभी देवगण तीनों संध्याओं में उन भगवान् सूर्य का पूजन करते हैं। इंद्र सदैव वहाँ खड़े होकर भगवान् सूर्य की जय-जयकार करते रहते हैं। गरुड़ का ज्येष्ठ भ्राता अरुण उनका सारथी है। वह काल के अवयवों से निर्मित उनके रथ का संचालक है। हरे वर्ण के छंदरूप सात अश्व उनके रथ में जुते हुए हैं। राज्ञी तथा निक्षुभा नाम की दो पत्नियाँ उनके दोनों ओर बैठी हुई हैं। सभी देवता हाथ जोड़कर चारों ओर खड़े हैं। पिंगल, लेखक, दंडनायक आदि, गण तथा कल्माष नामक दो पक्षी द्वारपाल के रूप में उनकी सेवा में लगे हुए हैं। दिंडी उनके सामने तथा ब्रह्मा आदि सभी देवता उनकी स्तुति कर रहे हैं। भगवान् सूर्यनारायण का ऐसा प्रभाव देखकर मैंने सोचा कि यही देव हैं, जो समस्त देवताओं के पूज्य हैं। सांब! तुम उन्हीं की शरण में जाओ।

सांब ने पूछा—महाराज! मैं भली-भाँति यह जानना चाहता हूँ कि सूर्यनारायण सर्वगत कैसे हैं? उनकी कितनी रश्मियाँ हैं? कितनी मूर्तियाँ हैं? राज्ञी तथा निक्षुभा नाम की ये दोनों भार्याएँ कौन हैं? पिंगल, लेखक और दंडनायक वहाँ क्या कार्य करते हैं? कल्माष पक्षी कौन हैं? उनके आगे स्थित रहनेवाला दिंडी कौन है? और वे कौन-कौन देवता हैं, जो उनके चतुर्दिक् खड़े रहते हैं? आप इन सबका तत्त्वत: अच्छी तरह से वर्णन करें, जिससे मैं भी सूर्यनारायण के प्रभाव को जानकर उनकी शरण में जा सकूँ।

नारदजी ने कहा—सांब! अब मैं सूर्यनारायण के माहात्म्य का वर्णन कर रहा हूँ। तुम उसे प्रेमपूर्वक सुनो—

विवस्वान देव अव्यक्त कारण, नित्य, सत् एवं असत् स्वरूप हैं। जो तत्त्व चिंतक पुरुष हैं, वे उनको प्रधान और प्रकृति कहा करते हैं। वे गंध, वर्ण तथा रस से हीन एवं शब्द और स्पर्श से रहित हैं। वे जगत् की योनि हैं तथा सनातन परब्रह्म हैं। वे सभी प्राणियों के नियंता हैं। वे अनादि, अनंत, अज, सूक्ष्म, त्रिगुण, निराकार तथा अविज्ञेय हैं, उन्हें परमपुरुष कहा जाता है। उन्हीं महात्मा भगवान् सूर्य से यह सब जगत् परिव्याप्त है। उन परमेश्वर की प्रतिमा ज्ञान एवं वैराग्य लक्षणों वाली है। उनकी बुद्धि धर्म एवं ऐश्वर्य को प्रदान करने

वाली ब्राह्मी बुद्धि कही जाती है। उन अव्यक्त की जो भी इच्छा होती है, वही सब उत्पन्न होता है। वे ही सृष्टि के समय चतुर्मुख ब्रह्मा बन जाते हैं और प्रलय के समय कालरूप हो जाते हैं। पालन के समय वे ही पुरुष विष्णुरूप ग्रहण कर लेते हैं। स्वयंभू पुरुष की ये तीनों अवस्थाएँ उनके तीन गुणों के अनुसार हैं। वे आदिदेव होने के कारण आदित्य तथा अजात होने के कारण अज कहे किए हैं। देवताओं में महान् होने से वे महादेव कहे गए हैं। समस्त लोकों के ईश होने तथा अधीश होने के कारण वे ईश्वर कहे गए हैं। बृहत् होने से ब्रह्मा तथा भवत्व होने से भव कहे जाते हैं। वे समस्त प्रजाओं की रक्षा और पालन करते हैं, इसलिए प्रजापति कहे गए हैं। पुर में शयन करने से पुरुष, उत्पाद्य न होने और अपूर्व होने से स्वयंभू नाम से प्रसिद्ध हैं। हिरण्यांड में रहने के कारण ये हिरण्यगर्भ कहे जाते हैं। ये दिशाओं के स्वामी, ग्रहों के ईश, देवताओं के भी देवता होने से देवदेव तथा दिवाकर भी कहे जाते हैं। तत्त्वद्रष्टा ऋषियों ने अप् को नार कहा है, यह अप् इनका आश्रय है, इसीलिए 'आप' नारायण कहे गए हैं। 'अर' यह शीघ्रतावाचक शब्द है। 'आप' ही समुद्र रूप धारण करने पर फिर उसमें शीघ्रता नहीं रहती, इसी के कारण उसे 'नार' कहते हैं। प्रलयकाल में सभी स्थावर-जंगम नष्ट हो जाते हैं। जब संपूर्ण जगत् समुद्र के समान एकाकार हो जाता है, तब वे पुरुष नारायण रूप धारण करके उस समुद्र में शयन करते हैं। वे पुरुष वेदों में सहस्रों सिरों, सहस्रों भुजाओं, सहस्रों नेत्रों तथा सहस्रों चरणों वाले कहे गए हैं। वे ही देवताओं में प्रथम देवता तथा जगत् की रक्षा करनेवाले हैं।

नारदजी ने पुनः कहा—सांब! सहस्रयुग के समान अपनी रात्रि बिताकर प्रभात होते ही उन पुरुष ने जब सृष्टि रचने की इच्छा की, तब उन्होंने देखा कि संपूर्ण पृथ्वी जल में डूबी हुई है। तदनंतर उन्होंने वराह रूप धारण करके महासागर के जल में निमग्न पृथ्वी का उद्धार किया। उस समय उनका वेदमय शरीर कंपित हो उठा और रोमों में स्थित महर्षिगण उनकी स्तुति करने लगे। पुनः ब्रह्मा का रूप धारण करके वे सृष्टि की रचना करने लगे। उन्होंने सर्वप्रथम अपने ही समान अपने मन से मुझ सहित श्रेष्ठ दस मानस पुत्रों को

उत्पन्न किया। जिनके नाम हैं—भृगु, अंगिरा, अत्रि, पुलस्त्य, पुलह, क्रतु, मरीचि, दक्ष एवं वसिष्ठ—इन प्रजापतियों की सृष्टि करने के बाद प्रजाओं की हित-कामना से वे ही सूर्यनारायण देवी अदिति के पुत्र-रूप में स्वयं प्रादुर्भूत हुए। मरीचि के पुत्र कश्यप हुए। दक्ष की कन्या अदिति का विवाह महर्षि कश्यप के साथ हुआ। उसने भूर्भुवः स्वः से संयुक्त एक अंड उत्पन्न किया, जिससे द्वादशात्मा भगवान् सूर्य प्रकट हुए। इस सूर्यमंडल का व्यास नौ हजार योजन है। सत्ताईस हजार योजन उसकी परिधि है। जिस प्रकार कदंब का पुष्प चारों ओर केसरों से व्याप्त रहता है, उसी प्रकार सूर्यमंडल अपनी किरणों से परिव्याप्त रहता है। वह सहस्त्रों सिरवाला पुरुष, जिसको परमात्मा कहते हैं, इस तेजोमय मंडल के मध्य स्थित है। वह अपनी सहस्त्र किरणों द्वारा नदी-समुद्र, ह्रद, कूप आदि से जल को ग्रहण कर लेते हैं। सूर्य की प्रभा (तेज) रात्रि के समय अग्नि में प्रवेश कर जाती है, इसीलिए रात्रि में अग्नि दूर से ही दिखाई देने लगती है। सूर्योदय के समय वही प्रभा पुनः सूर्य में प्रविष्ट हो जाती है। प्रकाशत्व और उष्णत्व—ये दोनों गुण सूर्य में तथा अग्नि में भी हैं। इस प्रकार सूर्य और अग्नि एक-दूसरे को आप्यायित किया करते हैं।

सांब! हेति, किरण, गौ, रश्मि, गभस्ति अभीषु, घन, उत्र, वसु, मरीचि, नाड़ी, दीधिति, साध्य, मयूख, भानु, अंशु, सप्तार्चि, सुपर्ण, कर तथा पाद—ये बीस भगवान् सूर्य की किरणों के नाम कहे गए हैं, जो संख्या में एक हजार हैं। इनमें से चार सौ किरणें वृष्टि करती हैं, जिनका नाम चंदन है। इन किरणों का स्वरूप अमृतमय है। तीन सौ किरणें हिम को वहन करती हैं। उनका नाम चंद्र है और वर्ण पीत है। शेष तीन सौ शुक्ल नामवाली किरणें धूप की सृष्टि करती हैं, ये सभी किरणें औषधियों, स्वधा तथा अमृत के रूप में मनुष्यों, पितरों तथा देवताओं को सदा संतृप्त करती रहती हैं। ये द्वादशात्मा कालस्वरूप सूर्यदेव तीनों लोकों में अपने तेज से तपते रहते हैं। ये ही ब्रह्मा, विष्णु तथा शिव हैं। ऋक्, यजुः एवं साम, ये तीनों वेद भी ये ही हैं। प्रातःकाल में ऋग्वेद, मध्याह्न काल में यजुर्वेद तथा संध्याकाल में सामवेद इनकी स्तुति करते हैं। ब्रह्मा, विष्णु तथा शिव के द्वारा इनका पूजन नित्य होता रहता है। जिस प्रकार वायु

सर्वगत है, उसी प्रकार सूर्य की किरणें भी सर्वव्याप्त हैं। तीन सौ किरणों के द्वारा भूलोक प्रकाशित होता रहता है। इसके पश्चात् जो शेष किरणें हैं, वे तीन-तीन सौ की संख्या में शेष अन्य दोनों लोकों (भुवलोक और स्वलोक) को प्रकाशित करती हैं। एक सौ किरणों से पाताल प्रकाशित होता है। ये नक्षत्र, ग्रह तथा चंद्रमादि ग्रहों के अधिष्ठान हैं। चंद्रमा, ग्रह, नक्षत्र तथा तारागणों में सूर्यनारायण का ही प्रकाश है। इनकी एक सहस्र किरणों में ग्रह संज्ञक सात किरणें मुख्य हैं, जिन्हें सुषुम्णा, हरिकेश, विश्वकर्मा, सूर्य, रश्मि, विष्णु और सर्वबंधु कहा जाता है।

संपूर्ण जगत् के मूल भगवान् आदित्य ही हैं। इंद्र आदि देवता इन्हीं से उत्पन्न हुए हैं। देवताओं तथा जगत् का संपूर्ण तेज इन्हीं का है।

अग्नि में दी गई आहुति सूर्यनारायण को ही प्राप्त होती है। इसलिए आदित्य से ही वृष्टि उत्पन्न होती है। वृष्टि से अन्न उत्पन्न होता है तथा अन्न से प्रजा का पालन होता है। ध्यान करनेवाले लोगों के लिए ध्यानरूप और मोक्ष प्राप्त करने की इच्छा से आराधना करनेवाले लोगों के लिए ये मोक्षस्वरूप हैं। क्षण, मुहूर्त, दिन, पक्ष, मास, ऋतु, अयन, संवत्सर तथा युग की कल्पना सूर्यनारायण के बिना संभव नहीं है। काल-नियम के बिना अग्निहोत्रादि कर्म नहीं हो सकते। ऋतु-विभाग के बिना पुष्प, फल तथा मूल की उत्पत्ति संभव नहीं है। उनके न रहने से तो जगत् के संपूर्ण व्यवहार ही नष्ट हो जाते हैं। सूर्यनारायण के सामान्य द्वादश नाम इस प्रकार हैं—आदित्य, सविता, सूर्य, मिहिर, अर्क, प्रतापन, मार्तंड, भास्कर, भानु, चित्रभानु, दिवाकर और रवि। विष्णु, धाता, भग, पूषा, मित्र, इंद्र, वरुण, अर्यमा, विवस्वान, अंशुमान त्वष्टा तथा पर्जन्य—ये द्वादश आदित्य हैं। चैत्रादि बारह महीनों में ये द्वादश आदित्य उदित रहते हैं। चैत्र में विष्णु, वैशाख में अर्यमा, ज्येष्ठ में विवस्वान, आषाढ़ में अंशुमान, श्रावण में पर्जन्य, भाद्रपद में वरुण, आश्विन में इंद्र, कार्तिक में धाता, मार्गशीर्ष में मित्र, पौष में पूषा, माघ में भग और फाल्गुन में त्वष्टा नाम के आदित्य तपते हैं।

उत्तरायण में सूर्य-किरणें वृद्धि को प्राप्त करती प्रवृत्त हैं और दक्षिणायन

में वह किरण-वृद्धि घटने लगती है। इस प्रकार सूर्य-किरणें लोकोपकार में रहती हैं। जैसे स्फटिक में विभिन्न रंगों के प्रविष्ट होने से वह अनेक वर्ण का दिखाई देता है, जैसे एक ही मेघ आकाश में अनेक रूपों का हो जाता है तथा गुण-विशेष से जैसे आकाश से गिरा हुआ जल भूमि के रस-वैशिष्ट्य से अनेक स्वाद और गुण वाला हो जाता है, जिस प्रकार एक ही अग्नि ईंधन-भेद के कारण अनेक रूपों में विभक्त हो जाती है, जैसे वायु पदार्थों के संयोग से सुगंधित और दुर्गंधयुक्त हो जाती है, जैसे गृह्याग्नि के भी अनेक नाम हो जाते हैं, उसी प्रकार एक सूर्यनारायण ही ब्रह्मा, विष्णु तथा शिव आदि अनेक रूप धारण करते हैं, इसलिए इनकी ही भक्ति करनी चाहिए। इस प्रकार जो सूर्यनारायण को जानता है, वह रोग तथा पापों से शीघ्र ही मुक्त हो जाता है।

पापी पुरुष की सूर्यनारायण के प्रति भक्ति नहीं होती। इसलिए सांब! तुम सूर्यनारायण की आराधना करो, जिससे तुम इस भयंकर व्याधि से मुक्त होकर सभी कामनाओं को प्राप्त कर लोगे।

(संक्षिप्त भविष्य पुराण, ब्राह्मपर्व, अध्याय-75-78, गीताप्रेस, गोरखपुर, पृ. 111-114)

शुकदेव को देवर्षि नारद का उपदेश

यद्यपि परम तपस्वी एवं त्यागी मुनिप्रवर शुकदेवजी स्वयं परम ज्ञानी एवं बड़े तपस्वी थे और उनकी भागवत वृत्ति जगत् भर में प्रसिद्ध थी, तथापि उनकी ज्ञान-गरिमा को बढ़ाने वाली, भगवद्भक्ति को पल्लवित करने वाली, शांतिमय, अहिंसामय तथा सनातन धर्म के अनुसार गीता के महामंत्र का उपदेश देकर, पाञ्चभौतिक शरीर से मुक्त कर उनको दिव्य शरीरधारी बनाने वाले थे उनके गुरुवर—देवर्षि नारद। जिस समय शुकदेवजी अपने पूज्यपाद पिता कृष्ण द्वैपायन वेदव्यास को पुत्र-वात्सल्य रस में निमग्न कर तपोवन को चले गए, उस समय भगवद् इच्छास्वरूप देवर्षि नारदजी उनके निकट जा पहुँचे। देवर्षि नारद को सामने देख शुकदेवजी उनका सम्मान करने के लिए उठ खड़े हुए और यथाविधि पूजन किया। देवर्षि नारदजी जब आसन पर

आसीन हुए, तब प्रसन्न हो उन्होंने शुकदेवजी से कहा—वत्स! तुम्हारी क्या इच्छा है? मैं तुम्हें क्या उपदेश दूँ, जिससे तुम्हारी इच्छा के अनुसार तुम्हारा कल्याण हो? नारदजी के इन अनुग्रहपूर्ण वचनों को सुनकर शुकदेवजी ने अति विनीत भाव से कहा—भगवन्! इस मर्त्यलोक में मानव जीवन के लिए सर्वोपरि, सर्वश्रेष्ठ और परम हितकर उपदेश कौन सा है? जो सर्वश्रेष्ठ उपदेश हो, वही आप मुझे दीजिए।

इसके उत्तर में देवर्षि नारद ने कहा—तुमने इस समय जो प्रश्न किया है, यही प्रश्न प्राचीनकाल में ब्रह्मर्षि, देवर्षि, राजर्षि तथा अन्यान्य महापुरुषों की एक महती सभा में किया गया था। उस समय इस प्रश्न का उत्तर उस सभा के प्रधान व्याख्याता एवं परममान्य ब्रह्मर्षि सनत्कुमार ने जो दिया था और जिसको सभा में उपस्थित जनता ने बड़ी श्रद्धा एवं भक्ति के साथ सुना था, वही हम तुमसे कहते हैं। ब्रह्मर्षि सनत्कुमार ने कहा था—विद्या के समान संसार में कोई नेत्र नहीं है। सूर्य का प्रकाश भी इस विद्या-चक्षु के प्रकाश से कम है। सत्य पालन के समान कोई तप नहीं है। राग के समान संसार में दुःख का अन्य कोई कारण नहीं है। राग ही सबसे बढ़कर दुःख देने वाला है और त्याग के समान सुखदाता कोई नहीं है अर्थात् त्याग ही सबसे बढ़कर सुखप्रद है। वास हिंसा, असत्य, छल, कपट, चोरी, व्यभिचार आदि दुःखदायी पाप कर्मों से बचना, निरंतर पुण्यप्रद कर्मों में निरत रहना, अपने-अपने वर्ण और आश्रम के धर्मानुकूल सदाचार का पालन करना ही अति श्रेष्ठ कल्याण का मार्ग है। मानव शरीर को पाकर काम, क्रोध, लोभ आदि दुःखदायी विषयों में आसक्त होकर जो प्राणी धर्म के मार्ग से च्युत हो जाता है, उसकी बुद्धि मोहजाल में फँसकर नष्ट हो जाती है। अतः वह दुःख पाता है और उन दुःखों से अपना पिंड नहीं छुड़ा सकता, क्योंकि विषयों का संग ही तो दुःख का लक्षण है। जो पुरुष स्त्री, पुत्र, धनादि में आसक्त है, उसकी बुद्धि मोहजाल में फँसकर धर्म-पथ से डिग जाती है।

अपना कल्याण चाहनेवाले मनुष्य को उचित है कि वह हर तरह से सर्वप्रथम काम और क्रोध के महाप्रबल वेग को रोके, क्योंकि ये काम,

क्रोधादि कल्याण–मार्ग के सबसे बड़े लुटेरे अथवा डाकू हैं। इन दोनों को अथवा इनमें से एक काम ही को अपने वश में कर लेने से काम के साथी–संगी अन्याय क्रोध, लोभ आदि शत्रु अपने आप नष्ट हो जाते हैं। योगाभ्यास, वैराग्य और ईश्वर–प्रणिधान द्वारा काम, क्रोधादि मनोविकारों की वासनाओं को नष्ट कर डालना सर्वोत्तम उपाय है। तप का नाश करने वाला क्रोध है। अतः क्रोध से तप की रक्षा करें। अर्थात् क्रोध को जीतकर तप की रक्षा करें। मत्सरता लक्ष्मी का नाश करती है। अतएव, मत्सरता को त्यागकर लक्ष्मी की रक्षा करें। मान–अपमान को त्यागकर विद्या की रक्षा करें और प्रमाद को त्यागकर अपने शरीर की रक्षा करें। अर्थात् क्रोध, मत्सरता, दंभ और प्रमाद को त्यागने से तप, लक्ष्मी, विद्या और शरीर की रक्षा होती है।

मनुष्यमात्र को दुःख न देने की चेष्टा करना ही सर्वोत्तम धर्म है। अतएव, जो मनुष्यादि किसी भी प्राणी को सताते हैं, उनके समस्त धर्मानुष्ठान सर्वथा व्यर्थ हैं। क्षमा धर्म ही सबसे बड़ा बल है। आत्मा को जीत लेना ही सबसे बड़ा ज्ञान है। किंतु सत्य से बढ़कर अन्य कोई धर्म नहीं है, क्योंकि परमात्मा स्वयं सत्य स्वरूप हैं। सत्य वचन बोलना कल्याणकारी है, किंतु जिस वचन से प्राणियों का वास्तविक हित होता हो, वह वचन सत्य से भी बढ़कर है। अतएव, हमारी समझ में जो किसी प्राणी के लिए अत्यंत हितकर वचन है, वही सत्य है और जो वचन में प्रत्यक्ष सत्य प्रतीत होता हो, किंतु जो वास्तव में प्राणियों के लिए हितकर नहीं, वह सत्याभास अर्थात् असत्य वचन है। परमार्थी पुरुषों को उचित है कि वे समस्त कर्मों के आरंभ को त्याग दें, समस्त आशाओं को त्यागें और सांसारिक भोगों का उपार्जन एवं उनका संरक्षण करना भी त्याग दें। वस्तुतः जिसने सबकुछ त्याग दिया है, वही विद्वान् और वही पंडित है। उसके सामने सांसारिक भोगों में आसक्त एवं रागी पुरुष मूर्ख है। जो मनुष्य अपने वश में किए हुए आत्मस्वरूप, इंद्रियों के विषयों का सेवन करता है और सावधान, निर्विकार तथा शांतस्वरूप रहता हुआ विषयासक्त नहीं होता अर्थात् किसी सुंदरी स्त्री को देखकर जिसका मन चंचल नहीं होता और अन्यान्य विषयों के सामने आने पर भी जो अपने मन को अपने वश से

निकलने नहीं देता, वह पुरुष संसार के बंधनों से छूटकर बहुत ही थोड़े काल में परम कल्याण को प्राप्त करता है।

हे मुनिवर शुकदेव! इस मार्ग के अतिरिक्त परमार्थियों के लिए एक मार्ग और भी है। वह यह कि जो मनुष्य अन्य मनुष्यों से किसी प्रकार का संबंध नहीं रखता, वह भी अविलंब परम कल्याण प्राप्त करने का पात्र हो जाता है। कल्याण मार्ग के पथिक को उचित है कि वह किसी प्राणी को भी मनसा, वाचा, कर्मणा न सतावे। समस्त लोगों के साथ मित्रता रखे। पापी जनों के प्रति उदासीन भाव रखे। मानव शरीर पाकर किसी से वैर न करे। परमार्थी, आत्मज्ञानी और जितेंद्रिय पुरुष को धन का त्याग करना चाहिए। उसे तो पूर्णरूप से संतोषी बन आशा और चपलता को सर्वथा त्याग देना चाहिए। हे वत्स! यदि तुम सर्वोपरि कल्याण चाहते हो तो उपार्जन और संचय को त्यागकर जितेंद्रिय बनो और जन्म-जन्मांतरों में निर्भय कर देने वाले शोकनाशक ज्ञान-मार्ग पर आरूढ़ हो जाओ। जो मनुष्य अहंकार एवं ममता की सूक्ष्म वासनाओं सहित भोग-राग को त्याग देते हैं, वे फिर किसी का सोच नहीं करते। अतः कल्याण-मार्ग के पथिक को चाहिए कि वह भोगों को त्याग दे। हे सौम्य शुकदेव! तुम भोगों का त्याग करके ही सांसारिक दुःखों और तापों से छूट सकते हो। जिस प्रकार एकात्मदर्शी पुरुष के शोक और मोह निवृत्त हो जाते हैं, उसी प्रकार वैराग्य उत्पन्न होने पर भी शोक और मोह की निवृत्ति हो जाती है। यही उत्तम सुख है और यही कल्याण का मार्ग है।

परमार्थी मनुष्य को अथवा कल्याण मार्ग के बटोही को अपने शरीर और अपनी इंद्रियों को वश में कर लेना चाहिए। उसे मौन रहना चाहिए और मन को अपने काबू में कर लेना चाहिए। उसे नित्य तप करना चाहिए।

मन की चंचलता को दबाकर, जिस इंद्रिय को न जीत पाया हो, उसे जीतने की इच्छा और उद्योग करना चाहिए, किसी में किसी प्रकार की आसक्ति न रखनी चाहिए। ज्ञानी, महात्मा आदि प्रतिष्ठित व्यक्ति कहलाने में हर्ष मानकर आसक्त न होना चाहिए। एकमात्र परमात्म विचार में सदा तत्पर रहते हुए ब्राह्मण को अविलंब अत्युत्तम सुख मिलता है। सुख-दुःख, हानि-

लाभ आदि द्वंद्वों में रमण करनेवाले प्राणियों में जो मनुष्य मुनिरूप से हर्ष-शोक रहित होकर विचरण करता है, उसको तुम तृप्त हुआ जानो। ज्ञान तृप्त का लक्षण यही है कि पुरुष कभी शोक नहीं करता। शुभ पुण्यप्रद कर्म करने से और ऐसे कर्मों की अधिकता से देवयोनि प्राप्त होती है। जब पाप और पुण्य समान होते हैं, तब प्राणी को मानव शरीर मिलता है। अशुभ अथवा पाप कर्मों के बढ़ जाने से पशु आदि नारकीय योनियों में जन्म लेना पड़ता है। इस प्रकार अपने शुभाशुभ कर्मों के प्रभाव से मृत्यु, वृद्धावस्था और रोगादिजन्य सैकड़ों उपद्रवों से व्याकुल प्राणी, संसाररूपी कड़ाहे में डालकर उबाला जाता है। संसार की ऐसी भयंकर दशा को देखकर भी, हे शुक! तुम सचेत क्यों नहीं हो जाते? जब सहस्त्रों दु:ख-सुख चारों ओर से घेरते चले आते हैं, तब भी तुम इस सांसारिक मायारूपी भूल में क्यों पड़े हो?

हे शुकदेव! तुम अहित को हित, अनित्य सांसारिक विषयों को स्थायी और अनर्थकारी धनादि को अर्थसिद्ध मानते हो, किंतु सचेत नहीं होते। तुम ऐसी भूल में क्यों पड़े हो? जैसे रेशम का कीड़ा अपने ही किए कार्य से आप ही रेशम के गट्टे में बँधकर मर जाता है, वैसे ही मनुष्य अपने कर्मों से अपने को बंधन में डालता है, किंतु सचेत नहीं होता। सांसारिक भोगों के संग्रह करने और उसकी रक्षा करने में, एक-दो नहीं—अनेक दोष हैं। अतएव, इस अर्जन रक्षण-रूप परिग्रह से परमार्थी मनुष्य को अवश्य ही हाथ खींच लेना चाहिए, क्योंकि जैसे रेशम का कीड़ा अपने आप परिग्रह से मारा जाता है, वैसे मनुष्य भी परिग्रह से मारा जाता है। जैसे जलाशय के गहरे कीचड़ में अथवा दलदल में फँसकर जंगली बूढ़ा हाथी घबरा-घबराकर वहीं मर जाता है और उसके बाहर नहीं निकल सकता, वैसे ही मनुष्य भी रागरूपी दलदल से बाहर निकल ज्ञान-वैराग्य के शुद्ध मार्ग पर नहीं आ पाता। जैसे महाजाल में फँसी हुई और जल के बाहर खींची हुई मछलियाँ तड़प-तड़पकर मर जाती हैं, वैसे ही स्नेहरूप बंधन में बँधे हुए इष्टवियोग, अनिष्टसंयोग आदि के दु:खों से तड़फड़ाते और बिलखते हुए मनुष्यों को तुम देखो। उनकी दशा को देखकर हे शुक देव! तुम सांसारिक स्नेह एवं राग के जाल में मत फँसो।

स्त्री, पुत्र, कुटुंबी, निज शरीर और संचित किए हुए धनादि समस्त पदार्थ अपने नहीं, पराए हैं; क्योंकि वे सब अपने साथ नहीं जाते। अपने साथ जाने वाले तो अच्छे-बुरे कर्म हैं। स्त्री-पुत्रादि तो अपने तब कहे जा सकते थे, यदि वे अपने साथ जाते, किंतु जब स्त्री-पुत्रादि समस्त स्वजनों को छोड़कर एक दिन तुमको अकेले ही जाना है, तब तुम अनर्थकारी कामादि के बंधन में क्यों फँसते हो? अभीष्ट सुख के लिए तुम अपने परमार्थ को क्यों नहीं सँभालते? मरने पर जिस मार्ग से तुमको जाना पड़ेगा, उस मार्ग पर न तो एक भी विश्रामस्थल है और न कोई वस्तु खाने ही को मिलती है। उस मार्ग से जाने पर दिशाओं का भी बोध नहीं होता। उस मार्ग पर तो निविड़ अंधकार छाया रहता है। हे शुकदेव! ऐसे भयंकर मार्ग पर मरने के बाद तुम अकेले कैसे जाओगे? अपने इस प्रिय शरीर को छोड़, कूच करते समय तुम्हारे पीछे-पीछे स्त्री-पुत्रादि कोई भी स्वजन न जाएगा। तुम्हारे सच्चे साथी केवल तुम्हारे पाप और पुण्य तुम्हारे साथ जाएँगे। विद्या, कर्म, धर्म, शौच और विस्तृत ज्ञान को तो लोग प्राय: धनोपार्जन के काम में लगाते हैं। इनके द्वारा कल्याण प्राप्त करना नहीं जानते। यदि कोई मनुष्य विद्यादि अपने सत्कर्मों से अपना परमार्थ-साधन करता है तो कृतार्थ होकर वह संसार के सभी दु:खजनक बंधनों से मुक्त हो जाता है।

अधिक जन-समुदाय में बसने की जो रुचि है, वही बाँधने वाली रस्सी है। पुण्यात्मा लोग इस रस्सी को तोड़कर एकांत में तप करते हैं; किंतु पापी जन इसी रस्सी में दिनोंदिन दृढ़ता के साथ बँधते जाते हैं। कल्याण मार्ग के पथिक को उचित है कि वह ऐसी नदी को अपने पुरुषार्थ से तैरकर पार जाए, जिसके रूप तो तट हैं, मन उसके प्रवाह का वेग है, स्पर्श द्वीप है, रस-विषयरूपी तृण उसमें बह रहे हैं, गंधरूपी पंक और शब्दरूपी जल उसमें भरे हैं। स्वर्ग मार्ग में यह नदी पड़ती है और यह बड़ी वेगवती है। इसका कर्णधार क्षमा है। धर्म ही किनारे पर रोकने वाली रस्सी है और त्यागरूपी मार्ग पर चलने वाली सत्यरूपी नौका इस नदी के पार उतारती है। धर्म-अधर्म, सत्य-मिथ्या आदि द्वंद्वों का त्याग करके जिसने तुमको त्याग दिया है, उसे तुमको भी त्याग देना

चाहिए। अर्थात् स्वर्गादि उत्तम सुखों की प्राप्ति की कामना से किया गया धर्म-कर्म भी बंधन का हेतु है। अतएव, उसको त्यागना कहा गया है। सत्य मिथ्या त्यागने का अभिप्राय मौन-व्रत धारण करना है। विषयभोग-बंधनादि मनुष्यों को त्याग देते हैं अर्थात् मनुष्य जैसे-जैसे भोगों की इच्छा करता है, वैसे-ही-वैसे वे भोग उसकी इच्छानुसार उसे नहीं मिलते। अतः अपने को त्यागने वाले उन भोगों को मनुष्य स्वयं ही त्याग दे। संकल्प के त्याग से काम्य धर्म को छोड़ना चाहिए और तृष्णा को त्यागकर अधर्म को त्यागना चाहिए। बुद्धिपूर्वक भली-भाँति निश्चय कर सत्य-मिथ्या को त्यागकर तुम सच्चे मुनि बन जाओ और परम निश्चय द्वारा अपनी बुद्धि को स्थिर करो।

इस मानव शरीररूपी घर में हड्डियों की धन्ने, नसों के बंधन और रुधिर मांसरूपी पलस्तर हैं। चाम से मढ़े हुए इस घर में मल-मूत्र का महादुर्गंध ठसाठस भरा है। बुढ़ापा और शोक से युक्त रोगों के इस घर के प्रत्येक छेद से मल-मूत्र की दुर्गंध सदा निकला करती है और यह घर भूतों का बसेरा है। अतएव, ऐसे अनित्य एवं घृणित शरीर को त्यागने की तुम इच्छा करो। जो मनुष्य अपने पूर्वकर्मानुसार सदा दुःखी रहता है और दुःख निवृत्ति के लिए अनेक प्राणियों को मारा करता है अथवा सताया करता है, वह मानो इन कर्मों से और नए पापों को संचित करता है और इससे उसका दुःख उत्तरोत्तर बढ़ता जाता है; क्योंकि कुपथ्य के परिणामस्वरूप रोग से ग्रसित प्राणी कुपथ्य के द्वारा रोग से छुटकारा नहीं पा सकता। प्रत्युत उसका रोग और बढ़ जाता है। बुद्धि के मोहांधकार से आच्छादित हो जाने से मनुष्य दुःखों ही में सदा सुखों का अनुभव किया करता है। अपने उन्हीं कर्मों से मथानी की तरह सदा मथा जाता है। अतः इस संसार में दुःख-ही-दुःख हैं। यह विचार कर मुमुक्षुजन को सदैव उदासीन भाव से रहना चाहिए।

जो मनुष्य उदासीन भाव से नहीं रहता, वह कर्म-बंधनों से जकड़ा हुआ, अनेक दुःखों को भोगता हुआ नए-नए कर्मफलों के उदय होने से रथचक्र के समान संसार में भ्रमण किया करता है। इससे वह घबराता तो है, किंतु जाल में फँसी मछली अथवा पक्षी की तरह वह छूट नहीं सकता। अतएव, हे शुकदेव!

तुम उन बंधनों को काटकर और कर्मों से निवृत्त होकर संकल्प एवं मनोरथों को त्यागकर, समस्त इंद्रियजित् और सत्-असत् के ज्ञाता ज्ञानी हो जाओ। अब तक अनेक ऋषि-महर्षि धारणा, ध्यान, समाधि आदि के संयम से नवीन बंधनों से छूटकर सुखप्रद और सर्वबाधारहित सिद्धि अपने तपोबल से पा चुके हैं। अतएव, तुम भी इसी प्रकार तपोबल से सिद्धि प्राप्त करो।

सांख्य, योग, वेदांतादि कल्याणकारी शास्त्रों के पढ़ने और मनन करने से शोक नष्ट हो जाता है। अत: इन शास्त्रों को सुनने से अथवा अध्ययन करने से मनुष्य की बुद्धि उत्तम हो जाती है और उत्तम बुद्धि होने से वह सुखपूर्वक उन्नत मार्ग पर अग्रसर होता है। संसार में मूर्ख जनों को नित्य ही अनेक दु:खों और भय का सामना करना पड़ता है, विद्वान् पंडितों के सामने वे दु:ख और भय कभी नहीं आते। इसे हम ऐसे भी कह सकते हैं कि जिनको दु:ख, भय आदि नहीं दबाते, वे ही पंडित हैं, अन्य लोग मूर्ख हैं।

हे शुकदेव! यदि तुम्हारा मन अपने वश में है तो मेरा उपदेश तुम ध्यान से सुनो, क्योंकि ऐसे ज्ञानोपदेश ही से दु:ख दूर होते हैं और कल्याण का मार्ग दिखाई पड़ता है। निर्बुद्धि और अल्पमति मनुष्यों की पहचान यही है कि वे अपने ऊपर किसी अनिष्ट के आने या विपत्ति के पड़ने पर अथवा अपने स्त्री-पुत्रादि किसी प्रिय स्वजन का वियोग होने पर अपार दु:खसागर में डूब जाते हैं। जो पदार्थ नष्ट हो चुके, उनके गुणों या भलाइयों का स्मरण न करना चाहिए; क्योंकि उनका स्मरण करने से वे उनके स्नेह या प्रेम के बंधन से छुटकारा नहीं पा सकते। अतएव, सुख-भोग से उदासीन रहना ही कल्याणकारी है।

विरक्त ज्ञानी पुरुषों को उचित है कि वे उन पदार्थों में दोषदृष्टि से काम लें, जिनमें उनका अनुराग या वासना हो; क्योंकि यदि वह अनुराग या वासना अनिष्ट को बढ़ाने वाली मानी जाए, तो शीघ्र ही मन में उन पदार्थों की ओर से वैराग्य उत्पन्न हो जाता है। बीती हुई बातों के लिए शोक करने से धर्म, अर्थ अथवा यश—कुछ भी तो नहीं मिलता। प्रत्युत शोक करने से धर्मादि का नाश होता है। साथ ही वह शोक नष्ट न होकर उत्तरोत्तर बढ़ता है। प्राणियों को

अच्छे पदार्थ मिलते भी हैं और उनका वियोग भी होता है।

यह सबके लिए एक समान नियम है। इष्ट वस्तु का वियोग ही दुःख या शोक का कारण है। यदि कोई अपना प्रिय मनुष्य मर गया अथवा खो गया तो उसके लिए जो शोक करता है, वह मानो दुःख से दुःख को उत्पन्न करता है। इस प्रकार अनिष्ट-प्राप्ति में शोक करने से दो अनर्थ होते हैं अर्थात् दोहरा दुःख होता है; किंतु शोक न करने से दोनों दुःख मिट जाते हैं। संसार में इष्ट-अनिष्ट, सुख-दुःख के क्रम को धीरे-धीरे विचार के साथ जो देखते हैं, वे मनुष्य प्रिय-वियोग से न तो दुःखी होते हैं और न रोते हैं। समस्त संसार को भली-भाँति यथार्थ दृष्टि से देखनेवाले कभी नहीं रोते।

शारीरिक दुःख के नष्ट हो जाने पर यदि मानसिक दुःख उत्पन्न हो जाए और यदि उसे दूर करने का कोई उपाय न दिखाई पड़े तो उसके लिए न तो चिंता करनी चाहिए और न दुःखी ही होना चाहिए। दुःख को हटाने का सबसे अच्छा उपाय यही है कि उसके लिए चिंतित न हों, क्योंकि चिंता करने से दुःख नष्ट नहीं होता, प्रत्युत बढ़ता है। अतएव, उसकी ओर से उदासीनता ही श्रेयस्कारी है। बुद्धि के उत्तम-उत्तम विचारों से मानसिक दुःख को तथा औषधि का सेवन कर शारीरिक असुख को दूर करें—यही बुद्धिमानों का कर्तव्य है। दुःख के समय अज्ञानियों की तरह घबराना नहीं चाहिए। यौवन, सौंदर्य, दीर्घ जीवन, धन का संचय, आरोग्यता और प्रिय वस्तु का संयोग, ये सब अनित्य हैं—अर्थात् सदा टिकाऊ नहीं हैं। अतएव, बुद्धिमान विद्वान् यौवनादि में लिप्त एवं आसक्त न हों। देशव्यापी विपत्ति को व्यक्तिगत मानकर शोक नहीं करना चाहिए, किंतु शोकातुर न होकर उस विपत्ति की निवृत्ति के लिए उद्योग करना चाहिए। यदि उद्योग करने पर भी वह न हटे तो न तो दुःखी हों और न घबराएँ।

विद्वान् और विचारशील लोगों ने अच्छी तरह छानबीन करके और संसार के गतागत वृत्तांतों को पढ़ एवं सुनकर यह निर्णय कर दिया है कि मानव जीवन में सुख की अपेक्षा दुःख ही अधिक हैं। सो उनका यह निर्णय निस्संदेह ठीक है—इंद्रियों के विषय में प्रेम होने के कारण और मोहवश

अप्रिय मृत्यु प्राणियों को आकर घेर लेती है। जो मनुष्य सांसारिक सुख-दुःख की ओर ध्यान नहीं देता, वह जीवन मुक्त हो जाता है। ऐसे मनुष्य को विद्वान् लोग शोकसागर से पार हुआ मानते हैं। धनादि ऐश्वर्य का त्याग करने में मनुष्य को बड़ा दुःख होता है। धन की रक्षा करने में भी सुख नहीं मिलता और धन की प्राप्ति में भी बड़े-बड़े कष्ट भोगने पड़ते हैं। अतएव, ऐसे धन की यदि हानि हो तो उसके लिए शोक न करना चाहिए, क्योंकि जो वस्तु सब समय दुःखदायिनी है, उसका नाश होने पर तज्जन्य दुःख का नाश हुआ भी मानना चाहिए। धन प्राप्ति की भिन्न-भिन्न दशाओं और न्यूनाधिक विशेष अवस्थाओं में साधारण मनुष्य निज आर्थिक अवस्था से कभी संतुष्ट नहीं होते और अंत में स्वयं नष्ट हो जाते हैं। किंतु पंडित जन सदा अपनी आर्थिक परिस्थिति से संतुष्ट रहते हैं। समस्त संचयों का अंत में नाश होता है, समस्त उन्नतियाँ अंत में अवनति को प्राप्त होती हैं; सब प्रकार के संयोगों का अंतिम परिणाम वियोग होता है और सभी जीवन अंत में मृत्यु को प्राप्त हो जाते हैं। अतएव, संचय, उन्नति, संयोग और जीवन को तुम सुख का हेतु मत मानो।

ज्ञानी जनों ने ठीक ही जान लिया है कि तृष्णा का कभी अंत नहीं होता। अतएव, संतोष ही में बड़ा सुख है। इसीलिए विद्वज्जन संतोष को बड़ा धन मानते हैं। एक क्षण के लिए भी आयु का ह्रास होना बंद नहीं होता, क्योंकि यह शरीर अनित्य है। अतएव, ज्ञानियों को विचारना चाहिए कि नित्य वस्तु कौन सी है ? उस नित्य वस्तु को जान लेना ही सबसे बड़ा ज्ञान है। प्राणियों में मुख्य सत्ता का चिंतन करके जो लोग चेतनात्मा को जान लेते हैं, वे परमपद को देखते हुए संसार सागर से पार हो जाते हैं और उन्हें किसी प्रकार का शोक नहीं व्यापता अर्थात् वस्तुस्थिति का यथार्थ ज्ञान होते ही शोक और मोह नष्ट हो जाते हैं। तृप्त न होकर कामनाओं के वशवर्ती पुरुष को मृत्यु वैसे ही उठा ले जाती है, जैसे बाघ बकरी आदि हीन बलवाले पशुओं को उठा ले जाता है। यद्यपि मृत्युरूपी बाघ मुख खोले खड़ा है, तथापि दुःखों से बचने के लिए एवं उससे छुटकारा पाने के लिए ज्ञानदृष्टि से काम लेना चाहिए। शोक को त्यागकर परमार्थ का चिंतन करना चाहिए। परमार्थ का तत्त्वज्ञान होने

पर पहाड़ों-जैसे बड़े-बड़े दुःख भी नष्ट हो जाते हैं। शब्द, स्पर्श, रूप, रस और गंध—इंद्रियों के इन पाँच विषयों को, चाहे धनी हो या निर्धन—सब लोग समान रूप से उपभोग कर सकते हैं, किंतु इन विषयों के उपयोग के अतिरिक्त अन्य कोई लाभ नहीं है।

जिस वस्तु के नाश से बड़ा दुःख होता है, उसके प्राप्त होने के पूर्व सुख अथवा दुःख कुछ भी नहीं होता। अतएव, उसकी प्राप्ति के पूर्व की दशा को ध्यान में रखकर कभी मन को दुःखी न करना चाहिए। उपस्थ और उदर की रक्षा और उदर के भरण-पोषण के लिए धैर्य से काम लें। अर्थात् अनुचित कामवासना से और अभोज्य भोजन से बचें। आँखों द्वारा हाथ और पाँव की रक्षा करें, मन से आँखों और कानों की रक्षा करें और विद्या द्वारा मन एवं वाणी की रक्षा करें। अर्थात् मन एवं वाणी को विद्याभ्यास में लगाकर, इन दोनों को अनुचित कार्यों की ओर जाने से रोकें। भलाई-बुराई से मन हटाकर जो शांतिशील भाव से यात्रा कर संसार से पार होता है, वही सुखी रहता है और वही पंडित पुरुष उदासीन कहलाता है। जो मनुष्य अध्यात्म अर्थात् आंतरिक विचारों में मन को लगा, अनुकूल-प्रतिकूल विषयों में हर्ष और विषाद को कुछ भी नहीं गिनता, केवल परमात्मा की सहायता से ही संसार में विचरता है, उसी को तुम सुखी जानो।

जब सुख के समय विपत्ति रूप दुःख आ उपस्थित होता है, अर्थात् सुख के बदले दुःख आ जाता है, तब उस दुःख को कोई भी नीतिज्ञ बुद्धिमान नहीं हटा सकता। रोगादि दुःखों में फँसने के पूर्व ही वह प्रतिकूलात्मक दुःख निवृत्ति के लिए यत्न करता रहे। जो पुरुष सदा यत्न किया करता है, वह कभी दुःख नहीं पाता। मनुष्य को उचित है कि मोक्ष-प्राप्ति के लिए सदैव यत्नवान रहकर जरा, मृत्यु और रोगादि के चक्र से अपने प्रिय आत्मा की रक्षा करे। जैसे किसी बलवान धनुर्धर के छोड़े हुए बाण प्रतिपक्षी के शरीर में बिंधकर शरीर को पीड़ित करते हैं, वैसे ही मानसिक और शारीरिक व्यथाएँ प्राणियों को पीड़ित किया करती हैं। नित्य नई-नई कामनाओं से व्यथित, ग्लानियुक्त जीवन के अभिलाषी एवं विवश प्राणी के विनाश के लिए शरीर खींचा जाता

है अर्थात् जीव की अधोगति के निमित्त शरीर सताया जाता है। जैसे घास-फूस के साथ जो जल की धार आगे बहकर निकल जाती है, वह लौटकर पीछे नहीं आती; वैसे ही शरीरधारियों की आयु को लेकर दिन-रात रूपी काल के जो प्रवाह प्रतिक्षण बहे चले जाते हैं, वे फिर लौटकर नहीं आते।

शुक्लपक्ष के पीछे कृष्णपक्ष और कृष्णपक्ष के पश्चात् शुक्लपक्ष आया-जाया करते हैं और इनका आना-जाना उत्पन्न हुए मनुष्यों की आयु को क्षण-क्षण में कम करता हुआ एक क्षण के लिए भी नहीं रुकता। बारंबार सूर्योदय और सूर्यास्त होने से बने हुए दिन और रात आदि कालों का प्रवाह स्वयं अजर-अमर बन प्राणियों को सुख-दुःख देता है, उनको मारता है और उत्पन्न किया करता है। काल के प्रभाव से ऐसे-ऐसे कार्य प्रत्यक्ष होते देखे जाते हैं, जिनके होने की संभावना की कल्पना तक कभी नहीं की गई थी। जो प्राणी अथवा धनादि पदार्थ कल हमारी आँखों के सामने विद्यमान थे, वे आज नहीं रहे। मानो कल का दिन उन सबको अपने साथ लेता गया! यदि कर्म-फल-विधान ईश्वर अथवा दैव के अधीन न होता तो प्रत्येक मनुष्य जो चाहता, वही कर सकता था। संयमी, चतुर एवं बुद्धिमान जन भी विफल जीवन अर्थात् दुःखी देखे जाते हैं और महामूर्ख, निबुद्धि, सर्वगुणहीन तथा नीचाविनीच पुरुष सब प्रकार से भरे-पूरे और सुखी दिखाई पड़ते हैं। उनको कोई सज्जन और धर्मात्मा जन अच्छा नहीं समझते। इस प्रकार न मालूम कितने लोग, जो सदैव पशु आदि की हिंसा किया करते हैं (क्योंकि उनकी हिंसामयी प्रवृत्ति है) और जो रात-दिन दूसरे लोगों को धोखा दे ठगा करते हैं, वे पतित, पामर जन भी जन्म भर सुख-चैन से अपना जीवन बिता देते हैं। देखो, ऐसे भी लोग हैं, जो धनोपार्जन के लिए हाथ-पाँव नहीं हिलाते, किंतु चुपचाप बैठे रहते हैं, पर फिर भी उनके पास धन अपने-आप चला आता है और ऐसे भी अनेक लोग हैं, जो धनोपार्जन के लिए निरंतर परिश्रम किया करते हैं, किंतु उनको धन नहीं मिलता। कोई-कोई चाहते हैं कि हमारे मरने के बाद हमारी संतान हमारी उत्तराधिकारी हो और इसलिए वे श्रीमान पुरुष संतानोत्पत्ति के लिए बड़े-बड़े प्रयत्न किया करते हैं, किंतु उनका मनोरथ सफल नहीं होता। उनकी स्त्रियों

के गर्भस्थापन ही नहीं होता। किंतु न मालूम कितने व्यभिचारी व्यभिचार करते और चाहते हैं कि कहीं उनकी प्रेयसी गर्भवती न हो जाए! वे वैसे ही डरते हैं, जैसे साँप से मनुष्य। किंतु ऐसों के चिरायु पुत्र माता-पिता की इच्छा के विरुद्ध उत्पन्न होते हैं।

हे शुकदेव! कहीं ऐसा भी देखने में आता है कि सुसंतान प्राप्ति के लिए बड़े-बड़े व्रतोपवास और कठोर तप किया जाता है और जब उनके प्रभाव से गर्भ स्थापित हो जाता है और दस मास बाद संतान उत्पन्न होती है, तब वह महा-कुल-कलंकी कुपूत निकलती है। महाभयंकर रोगों से पीड़ित अनेक धनी बहुत सा धन व्यय कर बड़े-बड़े पीयूष पाणि और प्रसिद्ध चिकित्सकों से चिकित्सा कराते हैं, किंतु उनका रोग नहीं छूटता। कहीं-कहीं बड़े नामी-गिरामी चिकित्सक, जिनके पास महामूल्यवान् औषधियाँ हैं, स्वयं रोगग्रस्त हो जाते हैं और रोगों से वे वैसे ही संतप्त होते हैं, जैसे बहेलिये से मृग। वे अनेक औषधियों के योग से बनाए गए घृतों का सेवन करते हैं, कषायों को पीते हैं और च्यवनप्राशादि पौष्टिक औषधियों को खाते हैं; किंतु बुढ़ापा उनको वैसे ही नष्ट कर देता है, जैसे बलवान हाथी पहाड़ों के टुकड़े-टुकड़े कर उसे नष्ट कर डालता है। साथ ही साथ यह भी सोचने की बात है कि इस भूमंडल पर रहनेवाले तरह-तरह के पक्षियों और अन्य जीव-जंतुओं की चिकित्सा कौन करता है? वन में रहनेवाले पशु-पक्षी आदि अनेक जीव तथा दीन-दरिद्र मनुष्यों को कोई रोग प्रायः होता ही नहीं। परंतु बड़े-बड़े प्रतापी, किसी से न दबनेवाले शूरवीर बड़े-बड़े सिंहों को पकड़ने अथवा मार डालनेवाले राजाओं और महाराजों पर रोगादि आक्रमण कर उनको वैसे ही दबा लेते हैं, जैसे कोई सिंह किसी सियार को दबा लेता है। संसार की ऐसी विलक्षणताओं को देखकर मनुष्य को उचित है कि वह अपने मन को शांत रखे; क्योंकि अति बलवान काल का प्रवाह दुःखादि से घिरे हुए लोगों को ऊँची-नीची दशाओं में पटका करता है। जो प्राणी अपने प्रबल स्वभाव के बंधन में बँधे हुए हैं, उनकी वह काम-क्रोधादि के गर्त में गिराने वाले स्वभाव की वासना धन से, राज्य से अथवा घोर तप से भी दूर नहीं होती। यदि मनुष्यों की सभी कामनाएँ पूरी होने

लगें तो न तो कोई मनुष्य कभी मरे, न कोई बूढ़ा ही हो और न किसी प्रकार का वह अप्रिय अनिष्ट ही देखे। संसार में सभी प्राणी स्वभावतः उच्चातिउच्च दशा को प्राप्त करने की यथाशक्ति चेष्टा किया करते हैं; किंतु न तो कभी ऐसा हुआ और न कभी हो ही सकता है।

संसार में यह भी देखने में आता है कि जो धन के मद में चूर हैं अथवा जो राजा-रईस मदिरा के नशे में चूर रहते हैं, उनकी सेवा मादक वस्तुओं को सेवन न करनेवाले बड़े-बड़े पराक्रमी शूरवीर किंतु मूर्ख-प्रमाद छोड़ सहर्ष किया करते हैं। कितने ही लोगों के दुःख बिना प्रयत्न किए ही अपने-आप नष्ट हो जाते हैं। कुछ लोगों को ऐसे दुःख आकर घेर लेते हैं, जिनके कारणों का पता खोजने पर भी नहीं लगता। कहीं-कहीं तो ऐसी विषमता दिखाई पड़ती है कि पालकी में बैठकर चलने वाले तो दुःखी हैं और उनकी पालकी उठानेवाले सुखी हैं। कतिपय राजे और रईस ऐसे भी हैं, जिनकी रथादि सवारियों के आगे-पीछे अनेक नौकर-चाकर दौड़ा करते हैं, किसी के घर में सैकड़ों स्त्रियाँ हैं, जो बिना काम भोग के तड़पा करती हैं और अन्यत्र सैकड़ों पुरुष ऐसे हैं, जो स्त्रियों के लिए तरसा करते हैं। हर्ष-शोक, हानि-लाभ, सुख-दुःखादि में रमनेवाले प्राणी प्रायः इसी प्रकार दुखित दिखलाई पड़ते हैं। इस संसार में नाना प्रकार के दुःख हैं। अतएव, हे शुकदेव! मैंने जो अभी तुमसे कहा है, उस पर तुम विचार करो और तदनुसार ही संसार को देखो। ऐसा करने से तुम्हें फिर मोह न होगा।

तुम धर्म-अधर्म दोनों के फलों का त्याग करो और सत्य-असत्य के झंझट में न पड़ो। जैसे प्रकाश-अंधकार का अविच्छिन्न संबंध है, वैसे ही धर्म-अधर्म और सत्य-असत्य का संबंध समझ उन्हें त्यागो। हे शुकदेव! हे ऋषिप्रवर। यह परम गुहा रहस्य-विचार मैंने तुमसे कहा है, इसी ज्ञान के प्रभाव से देवता लोग मर्त्यलोक को छोड़ स्वर्ग पा सके हैं। यह कल्याण का परम सुंदर मार्ग है।

देवर्षि नारद के इस उपदेशानुसार शुकदेवजी चले और अंत में इस स्थूल पाञ्चभौतिक शरीर को त्याग, मुक्ति को प्राप्त हुए। इसमें संदेह नहीं कि

उपर्युक्त नारदीय अध्यात्म-विचार, बड़े ही महत्त्व का, शांतिप्रद, अहिंसात्मक और परम कल्याण के मार्ग के पथिकों के लिए सर्वोत्तम उपदेश है। जिस उपदेशामृत को पान कर शुकदेवजी जैसे बालज्ञानी, परमत्यागी और संसार प्रसिद्ध योगी मोक्ष पा चुके हैं और जीवनमुक्त हो चुके हैं, उसके विषय में कुछ लिखने की आवश्यकता नहीं है; किंतु इतना तो कहना ही पड़ता है कि नारदीय अध्यात्मज्ञान सब प्रकार के, सब श्रेणी के और सभी विचार के लोगों के लिए हितोपदेश है, हित की दृष्टि से एक चेतावनी है और केवल प्रसंगवश किसी कार्यविशेष के लिए नहीं, प्रत्युत कल्याण मार्ग के पथिकों के लिए सर्वोत्तम पथ-प्रदर्शक ज्ञान का वर्णन है।

(यह कथा द्वारका प्रसाद शर्मा एवं श्री इंद्रनारायण द्विवेदी की पुस्तक 'देवर्षि नारद' से उद्धृत है।)

ग्रंथ-प्रणयन

श्रीमद्वाल्मीकीय रामायण और श्रीमद्भागवत महापुराण की प्रेरणा

देवर्षि नारद का व्यक्तित्व उत्कृष्ट उत्प्रेरक है। स्वयं को किसी घटनाक्रम के केंद्र में न रखते हुए भी वह श्रेष्ठ व्यक्तियों को प्रेरित कर किसी घटनाक्रम में हस्तक्षेप करते हैं या नवीन घटनाक्रम को जन्म देते हैं। देवर्षि के व्यक्तित्व से यह स्पष्ट संकेत मिलता है, वह न केवल लोकसंग्रही और संगठक है, बल्कि उन्हें व्यक्तियों की क्षमताओं और प्रवृत्तियों की निर्भ्रांत पहचान है। इसी कारण वह सर्वाधिक सक्षमता के साथ व्यक्तियों को उत्प्रेरित कर पाते हैं। उनके द्वारा दी गई प्रेरणाएँ इतनी उत्कृष्टता के साथ अभिव्यक्त हुईं कि भारत की अक्षुण्ण सांस्कृतिक विरासत में परिवर्तित हो गईं।

प्राणियों में मनुष्य सर्वश्रेष्ठ है। उसके अंदर मन, प्राण, वाक् आदि की शक्ति अद्भुत है। किंतु साधारणत: वह अंत:निहित शक्ति के प्रति अज्ञानता की स्थिति में ही जीवन व्यतीत कर देता है। वह अपनी शक्ति को पहचाने, इसलिए उसे उद्बोधन की आवश्यकता होती है। मनुष्य की एक सही प्रेरणा

कई बार युगांतरकारी परिणाम पैदा करती है। देवर्षि नारद की प्रेरणाओं से भारतीय सभ्यता को दो ऐसे ग्रंथों की प्राप्ति हुई है, जो भारत के सांस्कृतिक मूल्यों को न केवल गढ़ते हैं, बल्कि सांस्कृतिक सातत्य को अविचल आधारभूमि भी उपलब्ध कराते हैं।

देवर्षि नारद महर्षि वाल्मीकि को सर्वश्रेष्ठ चरित्र का परिचय देते हैं। देवर्षि की विश्वसनीयता और ज्ञान की सीमा क्या रही होगी, इसका अनुमान इसी बात से लगाया जा सकता है कि महर्षि वाल्मीकि यह कहते हैं कि देवर्षि नारद आप ही विश्व के सर्वश्रेष्ठ चरित्र का परिचय देने में सक्षम हैं। उनके प्रति यह श्रद्धा इसीलिए निर्मित हुई है, क्योंकि देवर्षि की सत्य और लोककल्याण के प्रति निष्ठा असंदिग्ध है।

महर्षि वाल्मीकि मनुष्यता के श्रेष्ठतम गुणों को धारण करनेवाले व्यक्तित्व के बारे में देवर्षि से पूछते हैं और देवर्षि से निवेदन करते हैं कि सर्वश्रेष्ठ धर्मज्ञ, सत्यव्रत, वीर-धीर, लोकोपकारी व्यक्ति के बारे में बताएँ? देवर्षि नारद मर्यादा पुरुषोत्तम भगवान् श्रीराम के जीवन-चरित्र और जीवन-यात्रा का वर्णन करते हैं। महात्मा नारदजी ने पहले जैसा कहा था, उसी क्रम से भगवान् वाल्मीकि मुनि ने रघुवंश विभूषण श्रीराम के चरित्र विषयक रामायण काव्य का निर्माण किया। जैसे समुद्र सब रत्नों की निधि है, उसी प्रकार यह महाकाव्य गुण, अलंकार एवं ध्वनि आदि रत्नों का भंडार है। इतना ही नहीं, यह संपूर्ण श्रुतियों के सारभूत अर्थ का प्रतिपादक होने के कारण सबके कानों को प्रिय लगने वाला और सभी के चित्त को आकृष्ट करने वाला है। यह धर्म, अर्थ, काम, मोक्षरूपी गुणों से युक्त तथा इनका विस्तारपूर्वक प्रतिपादन एवं दान करने वाला है।[12]

इसी तरह देवर्षि महर्षि वेदव्यास को भी लेखन के माध्यम से संतुष्टि और मुक्ति प्राप्त करने का मार्ग बताते हैं। एक बार श्रीकृष्णद्वैपायन व्यास सरस्वती नदी के तट पर बैठकर यह विचार कर रहे थे कि समस्त व्रतों, अनुशासनों का पालन और महाभारत जैसी विशाल रचना के बाद भी मुझे अपूर्णता का बोध क्यों होता है? वह स्वयं से प्रश्न पूछते हैं कि यद्यपि मैं

ब्रह्मतेज से संपन्न हूँ, तथापि मेरा हृदय कुछ अपूर्ण सा जान पड़ता है? इसी समय देवर्षि नारद वहाँ पधारते हैं और उन्हें अपूर्णता का कारण बताते हैं।

वह वेदव्यास को बताते हैं कि महाभारत और पुराणों सहित विपुल लेखन के बाद भी यदि संतुष्टि और शांति की प्राप्ति नहीं हो रही है, तो इसका कारण यह है कि आपने अपने समय के सर्वश्रेष्ठ व्यक्तित्व भगवान् श्रीकृष्ण के चरित्र का लेखन कर भक्ति का रसपान नहीं किया है। भगवान् श्रीकृष्ण के चरित्र को लिपिबद्ध किए बगैर आपके जीवन में शांति और संतुष्टि की प्राप्ति नहीं होगी।

इस तरह देवर्षि नारद, महर्षि वाल्मीकि और महर्षि वेदव्यास को भगवद्चरित लेखन की प्रेरणा देते हैं और इससे भारतीय मनीषा को श्रीमद्वाल्मीकीय रामायण और श्रीमद्भागवत महापुराण की प्राप्ति होती है।

श्रीमद्वाल्मीकीय रामायण की प्रेरणा

अनादि, अकृत एवं अपौरुषेय वैदिक-साहित्य के पश्चात् सबसे प्रथम संस्कृत-साहित्य और वह संस्कृत-साहित्य, जिसमें भगवद्चरित्र वर्णन के साथ-ही-साथ प्राचीन इतिहास का भी वर्णन है, श्रीमद्वाल्मीकीय रामायण के अतिरिक्त अन्य संस्कृत-ग्रंथ कोई नहीं है। इसीलिए यह ग्रंथ आदिकाव्य और इसके रचयिता महर्षि वाल्मीकि आदिकवि की उपाधि से अलंकृत किए गए हैं। इस आदिकाव्य की पर्यालोचना करने से सिद्ध होता है कि तपस्वीप्रवर महर्षि वाल्मीकिजी ने अपने आदिकाव्य की रचना मूल रामायण के आधार पर की है। महर्षिप्रवर ने देवर्षि नारद के प्रति कृतज्ञता प्रकट करने के अभिप्राय से ही मानो अपने आदिकाव्य के आरंभ में प्रथम कांड के प्रथम सर्ग के रूप में मूल रामायण को स्थान दिया है। मूल रामायण का विषय श्लोकात्मक है।[13]

श्रीमद्वाल्मीकीय रामायण देवर्षि नारदजी द्वारा महर्षि वाल्मीकि को संक्षेप में श्रीरामचरित्र सुनाने से प्रारंभ होती है। तपस्वी वाल्मीकि द्वारा मुनिवर नारद से चार श्लोकों में सोलह प्रश्न पूछते हैं। उत्तर में देवर्षि नारद मर्यादा पुरुषोत्तम श्रीराम के श्रेष्ठ चरित्र का वर्णन करते हैं। इस पावन चरित्र को

सुनकर महर्षि वाल्मीकि रामायण लिखने का संकल्प लेते हैं। यह पूरा प्रसंग श्रीमद्वाल्मीकीय रामायण के बालकांड के प्रथम सर्ग से लेकर तृतीय सर्ग तक विस्तृत है। श्रीमद्वाल्मीकीय रामायण के प्रथम सर्ग में तपस्वी वाल्मीकि द्वारा देवर्षि नारद से पूछे गए प्रश्न का उल्लेख निम्नवत् है—

को न्वस्मिन् साम्प्रतं लोके गुणवान् कश्च वीर्यवान।
धर्मज्ञश्च कृतज्ञश्च सत्यवाक्यो दृढव्रतः॥
चारित्रेण च को युक्तः सर्वभूतेषु को हितः।
विद्वान् कः कः समर्थश्च कश्चैकप्रियदर्शनः॥
आत्मवान् को जितक्रोधो द्युतिमान कोऽनसूयकः।
कस्य बिभ्यति देवाश्च जातरोषस्य संयुगे॥
एतदिच्छाम्यहं श्रोतुं परं कौतूहलं हि मे।
महर्षे त्वं समर्थेऽसि ज्ञातुमेवंविधं नरम्॥

श्रीमद्वाल्मीकीय रामायण, बालकांड, प्रथमसर्ग, 2–5

(तपस्वी वाल्मीकि जी ने तपस्या और स्वाध्याय में लगे हुए विद्वान् श्रेष्ठ मुनिवर नारदजी से पूछा—मुने! इस समय इस संसार में गुणवान्, धर्मज्ञ, उपकार माननेवाला, सत्य वक्ता और दृढ़प्रतिज्ञ कौन हैं? सदाचार से युक्त, समस्त प्राणियों का हितसाधक, विद्वान्, सामर्थ्यशाली और एकमात्र प्रियदर्शन (सुंदर) पुरुष कौन है? मन पर अधिकार रखनेवाला, क्रोध को जीतनेवाला, कांतिमान और किसी की भी निंदा नहीं करनेवाला कौन है? तथा संग्राम में कुपित होने पर किससे देवता भी डरते हैं? महर्षे! मैं यह सुनना चाहता हूँ, इसके लिए मुझे बड़ी उत्सुकता है और आप ऐसे पुरुष को जानने में समर्थ हैं।)

श्रुत्वा चौतत्त्रिलोकज्ञो वाल्मीकेर्नारदो वचः।
श्रूयतामिति चामत्र्य प्रहृष्टो वाक्यमब्रवीत्॥
बहवो दुर्लभाश्चौव ये त्वया कीर्तिता गुणाः।
मुने वक्ष्याम्यहं बुद्ध्वा तैर्युक्तः श्रूयतां नरः॥
इक्ष्वाकुवंशप्रभवो रामो नाम जनैः श्रुतः।

नियतात्मा महावीर्ये द्युतिमान धृतिमान वशी॥
बुद्धिमान नीतिमान वाग्मी श्रीमान शत्रुनिबर्हण:।
विपुलांसो महाबाहुः कम्बुग्रीवो महाहनुः॥
महोरको महेष्वासो गूढजत्रुररिन्दमः।
आजानुबाहुः सुशिराः सुललाटः सुविक्रमः॥
समः समविभक्तांगः स्निग्धवर्णः प्रतापवान्।
पीनवक्षा विशालाक्षो लक्ष्मीवान् शुभलक्षणः॥
धर्मज्ञः सत्यसंधश्च प्रजानां च हिते रतः।
यशस्वी ज्ञानसंपन्नः शुचिर्वश्यः समाधिमान॥
प्रजापतिसमः श्रीमान धाता रिपुनिषूदनः।
रक्षिता जीवलोकस्य धर्मस्य परिरक्षिता॥
रक्षिता स्वस्य धर्मस्य स्वजनस्य च रक्षिता।
वेदवेदांगतत्त्वज्ञो धनुर्वेदे च निष्ठितः॥
सर्वशास्त्रार्थतत्त्वज्ञः स्मृतिमान प्रतिभानवान्।
सर्वलोकप्रियः साधुरदीनात्मा विचक्षणः॥
सर्वदाभिगतः सद्भिः समुद्र इव सिन्धुभिः।
आर्यः सर्वसमश्चौव सदैव प्रियदर्शनः॥
स च सर्वगुणोपेतः कौसल्यानन्दवर्धनः।
समुद्र इव गाम्भीर्ये धैर्येण हिमवानिव॥
विष्णुना सदृशो वीर्ये सोमवत्प्रियदर्शनः।
कालाग्निसदृशः क्रोधे क्षमया पृथिवीसमः॥
धनदेन समस्त्यागे सत्ये धर्म इवापरः।

श्रीमद्वाल्मीकीय रामायण, बालकांड, प्रथम सर्ग, 6–19

(महर्षि वाल्मीकि के इस वचन को सुनकर तीनों लोकों का ज्ञान रखनेवाले नारदजी ने उन्हें संबोधित करके कहा—'अच्छा सुनिए' और फिर प्रसन्नतापूर्वक बोले—मुने! आपने जिन बहुत से दुर्लभ गुणों का वर्णन किया है, उनसे युक्त पुरुष को मैं विचार करके कहता हूँ, आप सुनें। इक्ष्वाकु के वंश

में उत्पन्न हुए एक ऐसे पुरुष हैं, जो लोगों में राम-नाम से विख्यात हैं, वे ही मन को वश में रखनेवाले, महाबलवान, कांतिमान, धैर्यवान् और जितेंद्रिय हैं।

वे बुद्धिमान नीतिज्ञ, वक्ता, शोभायमान तथा शत्रुसंहारक हैं। उनके कंधे मोटे और भुजाएँ बड़ी-बड़ी हैं। ग्रीवा शंख के समान और ठोढ़ी मांसल (पुष्ट) है। उनकी छाती चौड़ी तथा धनुष बड़ा है, गले के नीचे की हड्डी (हँसली) मांस से छिपी हुई है। वे शत्रुओं का दमन करने वाले हैं। भुजाएँ घुटने तक लंबी हैं, मस्तक सुंदर है, ललाट भव्य और चाल मनोहर है। उनका शरीर अधिक ऊँचा या नाटा न होकर, मध्यम और सुडौल है, देह का रंग चिकना है। वे बड़े प्रतापी हैं। उनका वक्ष:स्थल भरा हुआ है, आँखें बड़ी-बड़ी हैं। वे शोभायमान और शुभ लक्षणों से संपन्न हैं। धर्म के ज्ञाता, सत्यप्रतिज्ञ तथा प्रजा के हित साधन में लगे रहनेवाले हैं। वे यशस्वी, ज्ञानी, पवित्र, जितेंद्रिय और मन को एकाग्र रखनेवाले हैं। स्वधर्म और स्वजनों के पालक, वेद-वेदांगों के तत्त्ववेत्ता तथा धनुर्वेद में प्रवीण हैं। प्रजापति के समान पालक, श्रीसंपन्न, वैरीविध्वंसक और जीवों तथा धर्म के रक्षक हैं। वे अखिल शास्त्रों के तत्त्वज्ञ, स्मरणशक्ति से युक्त और प्रतिभासंपन्न हैं। अच्छे विचार और उदार हृदयवाले वे श्रीरामचंद्रजी बातचीत करने में चतुर तथा समस्त लोकों के प्रिय हैं। जैसे नदियाँ समुद्र में मिलती हैं, उसी प्रकार सदा राम से साधु पुरुष मिलते रहते हैं। वे आर्य एवं सब में समान भाव रखनेवाले हैं, उनका दर्शन सदा ही प्रिय मालूम होता है। संपूर्ण गुणों से युक्त वे श्रीरामचंद्रजी अपनी माता कौसल्या के आनंद को बढ़ाने वाले हैं, गंभीरता में समुद्र और धैर्य में हिमालय के समान हैं। वे विष्णु भगवान् के समान बलवान हैं। उनका दर्शन चंद्रमा के समान मनोहर प्रतीत होता है। वे क्रोध में कालाग्नि के समान और क्षमा में पृथ्वी के सदृश हैं, त्याग में कुबेर और सत्य में द्वितीय धर्मराज के समान हैं।)

देवर्षि नारदजी द्वारा श्रीराम चरित्र का संक्षिप्त विवरण सुनने के बाद वाणी विशारद, धर्मात्मा ऋषि वाल्मीकि ने शिष्यों से सहित उनका पूजन किया। इसके बाद तमसा के तट पर एक व्याघ्र द्वारा काम मोहित क्रौंच पक्षी के वध से वाल्मीकि शोक-संतप्त हो गए और उनके मुख से विशिष्ट श्लोक

निकल गया। इसी समय ब्रह्माजी उनसे मिलने आते हैं और देवर्षि द्वारा श्रीराम चरित्र के संक्षिप्त विवरण के अनुसार श्रीराम के संपूर्ण चरित्र का वर्णन करने को कहते हैं—

रामस्य चरितं कृत्स्नं कुरु त्वमृषिसत्तम।
धर्मात्मनो भगवतो लोके रामस्य धीमतः॥
वृत्तं कथय धीरस्य यथा ते नारदाच्छ्रुतम्।
रहस्यं च प्रकाशं च यद् वृत्तं तस्य धीमतः॥
रामस्य सहसौमित्रे राक्षसानां च सर्वशः।
वैदेह्याश्चौव यद् वृत्तं प्रकाशं यदि वा रहः॥
तच्चाप्यविदितं सर्वं विदितं ते भविष्यति।
न ते वागनृता काव्ये काचिदत्र भविष्यति॥
कुरु रामकथां पुण्यां श्लोकबद्धां मनोरमाम्।
यावत् स्थास्यन्ति गिरयः सरितश्च महीतले॥
तावद् रामायणकथा लोकेषु प्रचरिष्यति।

श्रीमद्वाल्मीकीय रामायण, बालकांड, द्वितीय सर्ग, 32–37

(मुनिश्रेष्ठ! तुम श्रीराम के संपूर्ण चरित्र का वर्णन करो। परम बुद्धिमान भगवान् श्रीराम संसार में सबसे बड़े धर्मात्मा और धीर पुरुष हैं। तुमने नारदजी के मुँह से जैसा सुना है, उसी के अनुसार उनके चरित्र का चित्रण करो। बुद्धिमान श्रीराम का जो गुप्त या प्रकट वृत्तांत है तथा लक्ष्मण, सीता और राक्षसों के जो संपूर्ण गुप्त या प्रकट चरित्र हैं, वे सब अज्ञात होने पर भी तुम्हें ज्ञात हो जाएँगे।

इस काव्य में अंकित तुम्हारी कोई भी बात झूठी नहीं होगी, इसलिए तुम श्रीरामचंद्रजी की परम पवित्र एवं मनोरम कथा को श्लोकबद्ध करके लिखो। इस पृथ्वी पर जब तक नदियों और पर्वतों की सत्ता रहेगी, तब तक संसार में रामायण कथा का प्रचार होता रहेगा।)

यह प्रकरण स्पष्ट करता है कि देवर्षि नारद ने महर्षि नारद को न केवल श्रीमद्वाल्मीकीय रामायण लिखने की प्रेरणा दी थी, बल्कि उन्हें संक्षिप्त में

राम-चरित्र को सुनाया भी था। महर्षि वाल्मीकि को देवर्षि नारद द्वारा सुनाई गई रामायण को 'मूल रामायण' भी कहा जाता है।

इससे शुद्ध अंतःकरणवाले महर्षि वाल्मीकि के मन में यह विचार हुआ कि मैं ऐसे ही श्लोकों में (क्रौंचवध के उपरांत यकायक मुःख से निःसृत श्लोक के समान) संपूर्ण रामायण की रचना करूँ! यह सोचकर उदारदृष्टिवाले उन यशस्वी महर्षि ने भगवान् श्रीरामचंद्रजी के चरित्र को लेकर हजार श्लोकों युक्त महाकाव्य की रचना की, जो उनके यश को बढ़ाने वाली है। इसमें श्रीराम के उदार चरित्रों का प्रतिपादन करने वाले मनोहर पदों का प्रयोग किया गया है।[14]

इस प्रकार देवर्षि नारद के माध्यम से ही महर्षि वाल्मीकि में श्रीमद्वाल्मीकीय रामायण की रचना का संकल्प जाग्रत् हुआ और एक ऐसा ग्रंथ प्राप्त हुआ, जिसने भारतीय संस्कृति की आधारभूमि ही नहीं, बल्कि सांस्कृतिक आदर्शों का वृहद् आकाश भी उपलब्ध कराया।

श्रीमद्भागवद् महापुराण के प्रणयन की प्रेरणा

विचक्षणोऽस्यार्हति वेदितुं विभो—
रनन्तपारस्य निवृत्तितः सुखम्।
प्रवर्तमानस्य गुणैरनात्मन
स्ततो भवान्दर्शय चेष्टितं विभोः॥

(देवर्षि नारद कहते हैं—व्यासजी! भगवान् अनंत हैं। कोई विचारवान् ज्ञानी पुरुष ही संसार की ओर से निवृत्त होकर उनके स्वरूपभूत परमानंद का अनुभव कर सकता है। अतः जो लोग पारमार्थिक बुद्धि से रहित हैं और गुणों के द्वारा नचाए जा रहे हैं, उनके कल्याण के लिए ही आप भगवान् की लीलाओं का सर्वसाधारण के हित की दृष्टि से वर्णन कीजिए।)

श्रीमद्भागवत-महापुराण। 1। 5। 16॥

देवर्षि नारद की प्रेरणा से ही महर्षि वेदव्यास श्रीमद्भागवत महापुराण ग्रंथ का प्रणयन करते हैं। इस ग्रंथ के प्रणयन का उल्लेख श्रीमद्भागवत

महापुराण के प्रथम स्कंध के चतुर्थ एवं पंचम अध्याय में मिलता है। प्रसंग तब का है, जब वेदों का पृथक्करण और महाभारत की रचना के बाद भी महर्षि वेदव्यास अपूर्णता बोध से ग्रस्त हो जाते हैं। श्रीमद्भागवत् में इसके आगे का उल्लेख निम्नवत् मिलता है—

महर्षि वेदव्यास विचार करते हैं कि यद्यपि मैं ब्रह्मतेज से संपन्न एवं समर्थ हूँ, तथापि मेरा हृदय कुछ अपूर्ण काम-सा जान पड़ता है। अवश्य ही अब तक मैंने भगवान् को प्राप्त कराने वाले धर्मों का प्राय: निरूपण नहीं किया है। वे ही धर्म परमहंसों को प्रिय हैं और वे ही भगवान् को भी प्रिय हैं (हो-न-हो, मेरी अपूर्णता का यही कारण है)[15]

श्रीकृष्णद्वैपायन व्यास इस प्रकार अपने को अपूर्ण-सा मानकर जब खिन्न हो रहे थे, उसी समय पूर्वोक्त आश्रम पर देवर्षि नारदजी आ पहुँचे। उन्हें आया देख व्यासजी तुरंत खड़े हो गए। उन्होंने देवताओं के द्वारा सम्मानित देवर्षि नारद की विधिपूर्वक पूजा की।

सूतजी कहते हैं—तदंतर सुखपूर्वक बैठे हुए वीणापाणि परम यशस्वी देवर्षि नारद ने मुस्कराकर अपने पास ही बैठे ब्रह्मर्षि व्यासजी से कहा। नारदजी ने प्रश्न किया—महाभाग व्यासजी! आपके शरीर एवं मन—दोनों ही अपने कर्म एवं चिंतन से संतुष्ट हैं न? अवश्य ही आपकी जिज्ञासा तो भली-भाँति पूर्ण हो गई है, क्योंकि आपने जो यह महाभारत की रचना की है, वह बड़ी ही अद्भुत है। वह धर्म आदि सभी पुरुषार्थों से परिपूर्ण है। सनातन ब्रह्मतत्त्व को भी आपने खूब विचारा है और जान भी लिया है। फिर भी प्रभु! आप अकृतार्थ पुरुष के समान अपने विषय में शोक क्यों कर रहे हैं? व्यासजी ने कहा—आपने मेरे विषय में जो कुछ कहा है, वह सब ठीक ही है। वैसा होने पर भी मेरा हृदय संतुष्ट नहीं है। पता नहीं, इसका क्या कारण है? आपका ज्ञान अगाध है। आप साक्षात् ब्रह्माजी के मानसपुत्र हैं, इसलिए मैं आपसे ही इसका कारण पूछता हूँ।

नारदजी! आप समस्त गोपनीय रहस्यों को जानते हैं, क्योंकि आपने उन पुराणपुरुष की उपासना की है, जो प्रकृति-पुरुष दोनों के स्वामी हैं और

असंग रहते हुए ही अपने संकल्पमात्र से गुणों के द्वारा संसार की सृष्टि, स्थिति और प्रलय करते रहते हैं। आप सूर्य की भाँति तीनों लोकों में भ्रमण करते रहते हैं और योगबल से प्राण वायु के समान सबके भीतर रहकर अंत:करणों के साक्षी भी हैं। योगानुष्ठान और नियमों के द्वारा पर ब्रह्म और शब्दब्रह्म दोनों की पूर्ण प्राप्ति कर लेने पर भी मुझमें जो बड़ी कमी है, उसे आप कृपा करके बतलाइए।

नारदजी ने कहा—व्यासजी! आपने भगवान् के निर्मल यश का गान प्राय: नहीं किया। मेरी ऐसी मान्यता है कि जिससे भगवान् संतुष्ट नहीं होते, वह शास्त्र या ज्ञान अधूरा है। आपने धर्म आदि पुरुषार्थों का जैसा निरूपण किया है, भगवान् श्रीकृष्ण की महिमा का वैसा निरूपण नहीं किया। जिस वाणी से—चाहे वह रस-भाव-अलंकारादि से युक्त ही क्यों न हो—जगत् को पवित्र करनेवाले भगवान् श्रीकृष्ण के यश का कभी गान नहीं होता, वह तो कौओं के लिए उच्छिष्ट फेंकने के स्थान के समान अपवित्र मानी जाती है। मानसरोवर के कमनीय कमलवन में विचरनेवाले हंसों की भाँति ब्रह्मधाम में विहार करने वाले भगवद् चरणारविंदाश्रित परमहंस भक्त कभी उसमें रमण नहीं करते। इसके विपरीत, जिसमें सुंदर रचना भी नहीं है और जो दूषित शब्दों से युक्त भी है, परंतु जिसका प्रत्येक श्लोक भगवान् के सुयशसूचक नामों से युक्त है, वह वाणी लोगों के सारे पापों का नाश कर देती है; क्योंकि सत्पुरुष ऐसी ही वाणी का श्रवण, गान और कीर्तन किया करते हैं। वह निर्मल ज्ञान भी, जो मोक्ष की प्राप्ति का साक्षात् साधन है, यदि भगवान् की भक्ति से रहित हो तो उसकी उतनी शोभा नहीं होती। फिर जो साधन और सिद्धि दोनों ही दशाओं में सदा ही अमंगल रूप है, वह काम्यकर्म और जो भगवान् को अर्पण नहीं किया गया है, ऐसा अहैतुक (निष्काम) कर्म भी कैसे सुशोभित हो सकता है? महाभाग व्यासजी! आपकी दृष्टि अमोघ है। आपकी कीर्ति पवित्र है। आप सत्यपरायण और दृढ़वत हैं। इसलिए अब आप संपूर्ण जीवों को बंधन मुक्त करने के लिए समाधि के द्वारा अचिंत्य शक्ति भगवान् की लीलाओं का स्मरण कीजिए।

जो मनुष्य भगवान् की लीला के अतिरिक्त और कुछ कहने की इच्छा करता है, वह उस इच्छा से ही निर्मित अनेक नाम और रूपों के चक्कर में पड़ जाता है। उसकी बुद्धि भेदभाव से भर जाती है। जैसे हवा के झोकों से डगमगाती हुई नौका को कहीं भी ठहरने का ठौर नहीं मिलता, वैसे ही उसकी चंचल बुद्धि कहीं भी स्थिर नहीं हो पाती। संसारी लोग स्वभाव से ही विषयों में फँसे हुए हैं। धर्म के नाम पर आपने उन्हें निंदित (पशुहिंसायुक्त) सकाम कर्म करने की भी आज्ञा दे दी है। यह बहुत ही उलटी बात हुई; क्योंकि मूर्ख लोग आपके वचनों से पूर्वोक्त निंदित कर्म को ही धर्म मानकर दृश्य ही मुख्य धर्म है, ऐसा निश्चय करके उसका निषेध करने वाले वचनों को ठीक नहीं मानते। भगवान् अनंत हैं। कोई विचारवान् ज्ञानी पुरुष ही संसार की ओर से निवृत्त होकर उनके स्वरूपभूत परमानंद का अनुभव कर सकता है।

अत: जो लोग पारमार्थिक बुद्धि से रहित हैं और गुणों के द्वारा नचाए जा रहे हैं, उनके कल्याण के लिए ही आप भगवान् की लीलाओं का सर्वसाधारण के हित की दृष्टि से वर्णन कीजिए। जो मनुष्य अपने धर्म का परित्याग करके भगवान् के चरण कमलों का भजन सेवन करता है—भजन परिपक्व हो जाने पर तो बात ही क्या है—यदि इससे पूर्व ही उसका भजन छूट जाए तो क्या कहीं भी उसका कोई अमंगल हो सकता है? परंतु जो भगवान् का भजन नहीं करते और केवल स्वधर्म का पालन करते हैं, उन्हें कौन सा लाभ मिलता है? बुद्धिमान मनुष्य को चाहिए कि वह उसी वस्तु की प्राप्ति के लिए प्रयत्न करे, जो तिनके से लेकर ब्रह्मपर्यंत समस्त ऊँची-नीची योनियों में कर्मों के फलस्वरूप आने-जाने पर भी स्वयं प्राप्त नहीं होती। संसार के विषय-सुख तो जैसे बिना चेष्टा के दु:ख मिलते हैं, वैसे ही कर्म के फलरूप में अचिंत्य गति के फेर से सबको सर्वत्र स्वभाव से ही मिल जाते हैं।

व्यासजी! जो भगवान् श्रीकृष्ण के चरणारविंद का सेवक है, वह भजन न करने वाले कर्मी मनुष्यों के समान दैवात् कभी बुरा भाव हो जाने पर भी जन्म-मृत्यु के संसार में नहीं आता। वह भगवान् के चरणकमलों के आलिंगन का स्मरण करके फिर उसे छोड़ना नहीं चाहता; उसे रस का जय

जो लग चुका है। जिनसे जगत् की उत्पत्ति, स्थिति और प्रलय हैं, वे भगवान् ही इस विश्व के रूप में भी हैं। ऐसे होने पर भी वे इससे विलक्षण हैं। इस बात को आप स्वयं जानते हैं, तथापि मैंने आपको संकेत मात्र से स्पष्ट कर दिया है। व्यासजी! आपकी दृष्टि अमोघ है; आप इस बात को जानिए कि आप पुरुषोत्तम भगवान् के कलावतार हैं। आपने अजन्मा होकर भी जगत् के कल्याण के लिए जन्म ग्रहण किया है, इसलिए आप विशेष रूप से भगवान् की लीलाओं का कीर्तन कीजिए। विद्वानों ने इस बात का निरूपण किया है कि मनुष्य की तपस्या, वेदाध्ययन, यज्ञानुष्ठान, स्वाध्याय, ज्ञान और दान का एकमात्र प्रयोजन यही है कि पुण्यकीर्ति श्रीकृष्ण के गुणों और लीलाओं का वर्णन किया जाए।[16]

व्यासजी ने इस ग्रंथरत्न की रचना कर प्राणियों का अमित उपकार किया है। इसके लिए सनातनधर्मी उनके कृतज्ञ बने रहेंगे। यह ग्रंथ ही एक ऐसा है, जिसके लिए हम लोग अभिमान कर सकते हैं। इस ग्रंथ के लिए वेदव्यासजी की जितनी प्रशंसा की जाए, वह सब थोड़ी होगी; किंतु साथ ही हमें यह बात भी कहनी ही पड़ेगी कि श्रीमद्भागवत की रचना का सर्वाधिक श्रेय भागवतोत्तम देवर्षि नारदजी को प्राप्त है। उनके उपदेश और उनके द्वारा दिए किए मूल भागवत के आधार पर ही द्वादश स्कंधयुक्त भागवत का यह कल्पवृक्षरूपी श्रीमद्भागवत महापुराण निर्मित हुआ है।[17]

इस प्रकार, देवर्षि नारद महर्षि वेदव्यास को श्रीकृष्ण की लीलाओं के सरस वर्णन के लिए प्रेरित करते हैं। परिणामस्वरूप एक ऐसे ग्रंथ की रचना होती है, जो भारत में भक्ति-परंपरा के महनीय स्रोत के रूप में स्थापित हो जाती है। इसे पुराणों के तिलक और वैष्णवों के धन के रूप में प्रतिष्ठा और प्रसिद्धि मिलती है। संपूर्ण भारत में प्रचलित भक्ति की विविध परंपराएँ श्रीमद्भागवत-महापुराण से प्रेरित और प्रभावित हैं और यह ग्रंथ आज भी भारतीयों को संबल प्रदान कर धर्ममार्ग पर बढ़ने के लिए निरंतर प्रेरित करता रहता है।

यह बिंदु भी स्मरणीय है कि मूल भागवत के प्रणेता ब्रह्माजी को माना

जाता है। उन्होंने इसे तप द्वारा भगवान् विष्णु से प्राप्त किया था और इस मूल भागवत को देवर्षि नारद को सुनाकर लोक कल्याणार्थ इसके प्रचार का आदेश दिया था।

इसी भागवत का उपदेश नारदजी ने वेदव्यासजी को दिया और अवश्य ही ब्रह्माजी की आज्ञा के अनुसार विस्तार के साथ उपदेश दिया था। इसी के आधार पर व्यासजी ने श्रीमद्‌भागवत की रचना की और इसी के प्रभाव से इस कलिकाल में भी भागवतधर्म का इतना सुकर प्रचार और विस्तार दिखाई पड़ता है। अतएव, हमें कहना पड़ता है कि श्रीमद्‌भागवत महापुराण की रचना से लोकोपकार का जितना श्रेय भगवान् वेदव्यासजी को है, उतना ही, बल्कि उससे भी अधिक श्रेय भागवतज्ञानरूपी सात्वत-धर्म के प्रवर्तक देवर्षि नारदजी को प्राप्त है।[18]

कथा

सत्यनारायण कथा की प्रेरणा

'सत्यमेव जयते' भारत का सनातन ध्येय वाक्य रहा है। स्वतंत्रता के पश्चात् इसे 'राष्ट्रीय ध्येय वाक्य' के रूप में भी स्वीकृति मिली। भारत ने ईश्वर और सत्य को समकक्षता प्रदान की है। इन्हें अद्वैत अस्तित्व के रूप में स्वीकृति प्रदान की है। इसलिए महात्मा गांधी का कथन 'सत्य ही ईश्वर है' और उनकी 'सत्याग्रह' की तकनीक जब संपूर्ण संसार में कौतूहल और आश्चर्य पैदा कर रही थी, तब सामान्य भारतीय के लिए यह भारत की परंपरागत मान्यता की अभिव्यक्ति भर था।

भारत ने सत्य को मात्र दार्शनिक विमर्श या आध्यात्मिक अनुभूति तक सीमित नहीं रखा, बल्कि समाज की सामूहिक स्मृति में प्रतिष्ठित करने के लिए मनीषियों ने बहुत ही नवाचारी पद्धतियों का प्रयोग किया। सत्यनारायण की कथा सत्य को समाज में प्रतिष्ठित करने की बहुत ही प्रभावी और मनोवैज्ञानिक पद्धति है। संचारीय दृष्टि से सत्यनारायण कथा दो आयामों में

बिल्कुल अनूठी है। पहला, यह एक माहात्म्य कथा है। दूसरा, समाज में इसे मांगलिक अनुष्ठान के रूप से स्थापित किया गया है।

सत्यनारायण की कोई कथा नहीं कही गई है, बल्कि यह सत्य का माहात्म्य बताने वाली कथाओं का संग्रह है। ये माहात्म्य कथाएँ ही सत्यनारायण कथा बन जाती हैं। इस कथा के विभिन्न अध्यायों में सत्य से विपथित होने पर आने वाली आपदाओं और सत्य को जीवन में प्रतिष्ठित करने पर जीवन-यात्रा के सुखमय होने की कहानियों का विवरण है। यह कहानियाँ श्रोताओं में सत्य के प्रति आकर्षण पैदा करती हैं और अपने जीवन में सत्य को प्रतिष्ठित करने के लिए प्रेरित करती हैं।

सत्यनारायण कथा का श्रवण समाज में मांगलिक अनुष्ठान के रूप में किया जाता है। भारतीय सनातन परंपरा में किसी भी मांगलिक कार्य का प्रारंभ भगवान् गणपति के पूजन से एवं उस कार्य की पूर्णता भगवान् सत्यनारायण के कथा श्रवण से समझी जाती है।[19] एक मांगलिक अनुष्ठान के रूप में धार्मिक-सामाजिक स्वीकृति के कारण न केवल कथा श्रवण की प्रासंगिकता बढ़ जाती है, बल्कि श्रोता पूरी श्रद्धा से कथा के संदेश को ग्रहण भी करते हैं। मांगलिक अनुष्ठान के रूप में प्रतिष्ठा सत्यनारायण कथा को सर्वश्रेष्ठ श्रोता उपलब्ध कराती है।

सत्यनारायण कथा सत्य को सभ्यतागत-स्मृति में प्रतिष्ठित करने का धार्मिक और संचारीय अनुष्ठान है। सत्यनारायण कथा एक तरफ जहाँ प्रभावी संचार पद्धति के रूप में स्वयं को अभिव्यक्त करती है, वहीं दूसरी तरफ यह संचारीय-प्रक्रिया को स्वस्थ बनाए रखने में भी सहयोग करती है, क्योंकि सत्य संचारीय-प्रक्रिया का भी केंद्रीय अधिष्ठान है। सत्य की पहचान और सत्य की स्थापना के प्रयास से अन्य संचारीय मूल्य पैदा होते हैं। जब सत्य संपूर्ण समाज में एक मूल्य के रूप में स्वीकृत होता है तो संचारीय प्रक्रिया के केंद्रीय मूल्य के रूप में उसकी स्वीकार्यता असंदिग्ध रूप से बढ़ जाती है।

सत्यनारायण की कथा के प्रेरक और प्रसारक देवर्षि नारद हैं। सत्यनारायण व्रतकथा का पूरा संदर्भ यह है कि पुराकाल में शौनकादि ऋषि नैमिषारण्य

स्थित महर्षि सूत के आश्रम पर पहुँचे। ऋषिगण महर्षि सूत से प्रश्न करते हैं कि लौकिक कष्ट-मुक्ति, सांसारिक सुख-समृद्धि एवं पारलौकिक लक्ष्य की सिद्धि के लिए सरल उपाय क्या है? महर्षि सूत शौनकादि ऋषियों को बताते हैं कि ऐसा ही प्रश्न नारदजी ने भगवान् विष्णु से किया था। भगवान् विष्णु ने नारदजी को बताया था कि लौकिक क्लेश-मुक्ति, सांसारिक सुख-समृद्धि एवं पारलौकिक लक्ष्य-सिद्धि के लिए एक ही राजमार्ग है, वह है सत्यनारायण व्रत। सत्यनारायण का अर्थ है—सत्याचरण, सत्याग्रह, सत्यनिष्ठा।

यह कथा देवर्षि नारद की लोकोपकारी दृष्टि और भावना के कारण ही लोक में प्रतिष्ठित हुई थी। वर्तमान में भगवान् सत्यनारायण की कथा स्कंदपुराण के रेखाखंड में उल्लिखित है। भविष्यपुराण के 'प्रतिसर्ग पर्व' में भी यह भगवान् सत्यनारायण व्रतकथा का उल्लेख मिलता है। भविष्य पुराण के 'प्रतिसर्ग पर्व' में इस कथा के प्रादुर्भाव का उल्लेख निम्नवत् मिलता है—

सूतजी कहते हैं—ऋषियों! एक समय योगी देवर्षि नारदजी सबके कल्याण की कामना से विविध लोकों में भ्रमण करते हुए इस मृत्युलोक में आए। यहाँ उन्होंने देखा कि अपने-अपने किए गए कर्मों अनुसार संसार के प्राणी नाना प्रकार के क्लेशों एवं दुःखों से दुःखी हैं और विविध आधि एवं व्याधि से ग्रस्त हैं। यह देखकर उन्होंने सोचा कि कौन सा ऐसा उपाय है, जिससे इन प्राणियों के दुःख का नाश हो? ऐसा विचारकर वे विष्णु लोक में गए। वहाँ उन्होंने शंख, चक्र, गदा, पद्म और वनमाला से अलंकृत, प्रसन्नमुख, शांत, सनक-सनंदन तथा सनत्कुमारादि से संस्तुत भगवान् नारायण का दर्शन किया। उन देवाधिदेव का दर्शन कर नारदजी उनकी इस प्रकार स्तुति करने लगे—वाणी और मन से जिनका स्वरूप परे है और जो अनंतशक्ति-संपन्न हैं, आदि, मध्य और अंत से रहित हैं, ऐसे महान् आत्मा निर्गुणस्वरूप आप परमात्मा को मेरा नमस्कार है। सभी के आदिपुरुष, लोकोपकारपरायण, सर्वत्र व्याप्त, तपोमूर्ति आपको मेरा बार-बार नमस्कार है।

देवर्षि नारद की स्तुति सुनकर भगवान् विष्णु बोले—देवर्षे! आप किस कारण से यहाँ आए हैं? आपके मन में कौन सी चिंता है? महाभाग! आप

सभी बातें बताएँ। मैं उचित उपाय कहूँगा।

नारदजी ने कहा—प्रभो! लोकों में भ्रमण करता हुआ मैं मृत्युलोक में गया था, वहाँ मैंने देखा कि संसार के सभी प्राणी अनेक प्रकार के क्लेश-तापों से दुःखी हैं। अनेक रोगों से ग्रस्त हैं। उनकी वैसी दुर्दशा देखकर मेरे मन में बड़ा कष्ट हुआ और मैं सोचने लगा कि किस उपाय से इन दुःखी प्राणियों का उद्धार होगा? भगवन्! उनके कल्याण के लिए आप कोई श्रेष्ठ एवं सुगम उपाय बतलाने की कृपा करें। नारदजी के इन वचनों को सुनकर भगवान् नारायण ने 'साधु-साधु' शब्दों से उनका अभिनंदन किया और कहा—नारदजी! जिस विषय में आप कह रहे हैं, उसके लिए मैं आपको एक सनातन व्रत बतलाता हूँ।

भगवान् नारायण सत्ययुग और त्रेतायुग में—विष्णु स्वरूप में फल प्रदान करते हैं और द्वापर में अनेक रूप धारण कर फल देते हैं, परंतु कलियुग में सर्वव्यापक भगवान् सत्यनारायण प्रत्यक्ष फल देते हैं, क्योंकि धर्म के चार पाद हैं—सत्य, शौच, तप और दान। इनमें सत्य ही प्रधान धर्म है। सत्य पर ही लोक का व्यवहार टिका है और सत्य में ही ब्रह्म प्रतिष्ठित हैं, इसलिए सत्य स्वरूप भगवान् सत्यनारायण का व्रत परमश्रेष्ठ कहा गया है।

नारदजी ने पुनः पूछा—भगवन्! सत्यनारायण की पूजा का क्या फल है और इसकी क्या विधि है? देव कृपासागर! सभी बातें अनुग्रहपूर्वक मुझे बताएँ।

श्रीभगवान् बोले—नारद! सत्यनारायण की पूजा का फल एवं विधि चतुर्मुख ब्रह्मा भी बतलाने में समर्थ नहीं हैं, किंतु संक्षेप में मैं उसका फल तथा विधि बतला रहा हूँ, आप सुनें।

सत्यनारायण के व्रत एवं पूजन से निर्धन व्यक्ति धनाढ्य और पुत्रहीन व्यक्ति पुत्रवान् हो जाता है। राज्यच्युत व्यक्ति राज्य प्राप्त कर लेता है, दृष्टिहीन व्यक्ति दृष्टिसंपन्न हो जाता है, बंदी बंधनमुक्त हो जाता है और भयभीय व्यक्ति निर्भय हो जाता है। अधिक क्या? व्यक्ति जिस-जिस वस्तु की इच्छा करता है, उसे वह सब प्राप्त हो जाती हैं। इसलिए मुने! मनुष्य-जन्म में भक्तिपूर्वक सत्यनारायण की अवश्य आराधना करनी चाहिए। इससे

वह अपनी अभिलषित वस्तु को निस्संदेह शीघ्र ही प्राप्त कर लेता है। इस सत्यनारायण व्रत के करनेवाले व्रती को चाहिए कि वह प्रातः दंतधावनपूर्वक स्नान कर पवित्र हो जाए। हाथ में तुलसी-मंजरी को लेकर सत्य में प्रतिष्ठित भगवान् श्रीहरि का इस प्रकार ध्यान करे।

नारायणं सान्द्रघनावदातं
चतुर्भुजंपीतमहार्हवाससम्।
प्रसन्नवक्तं नवकञ्जलोचनं
सनंदनाद्यैरुपसेवितं भजे॥
करोमि ते व्रतं देव सायंकाले त्वदर्चनम्।
श्रुत्वा गाथां त्वदीयां हि प्रसादं ते भजाम्यहम्॥

(प्रतिसर्ग पर्व 2।24।26-27)

(सघन मेघ के समान अत्यंत निर्मल, चतुर्भुज, अतिश्रेष्ठ पीले वस्त्र को धारण करनेवाले, प्रसन्नमुख, नवीन कमल के समान नेत्रवाले, सनक-सनंदनादि से उपसेवित भगवान् नारायण का मैं सतत चिंतन करता हूँ। देव! मैं आपके सत्य स्वरूप को धारण कर सायंकाल में आपकी पूजा करूँगा। आपके रमणीय चरित्र को सुनकर आपके प्रसाद अर्थात् आपकी प्रसन्नता का मैं सेवन करूँगा।)

इस प्रकार मन में संकल्प कर सायंकाल में विधिपूर्वक भगवान् सत्यनारायण की पूजा करनी चाहिए। पूजा में पाँच कलश रखने चाहिए। कदली-स्तंभ और बंदनवार लगाने चाहिए। स्वर्णमंडित भगवान् शालिग्राम को पुरुषसूक्त द्वारा पञ्चामृत आदि से भली-भाँति स्नान कराकर चंदन आदि अनेक उपचारों से भक्तिपूर्वक उनकी अर्चना करनी चाहिए। अनंतर भगवान् को निम्न मंत्र का उच्चारण करते हुए प्रणाम करना चाहिए—

नमो भगवते नित्यं सत्यदेवाय धीमहि।
चतुःपदार्थदात्रे च नमस्तुभ्यं नमो नमः॥

(प्रतिसर्ग पर्व 2।24।30)

षडैश्वर्य रूप भगवान् सत्यदेव को नमस्कार है, मैं आपका सदा ध्यान

करता हूँ। आप धर्म, अर्थ, काम और मोक्ष—इस चतुर्विध पुरुषार्थ को प्रदान करनेवाले हैं। आपको बार-बार नमस्कार है।

इस मंत्र का यथाशक्ति जप कर 108 बार हवन करें। उसके दशांश से तर्पण तथा उसके दशांश से मार्जन कर भगवान् की कथा को सुनना चाहिए, जो छह अध्यायों में उपनिबद्ध है। भगवान् की इस कथा में सत्य-धर्म की ही मुख्यता है। कथा-श्रवण के अनंतर भगवान् के प्रसाद को चार भागों में विभक्त कर उसे भली-भाँति वितरण करे। प्रथम भाग आचार्य को दे, द्वितीय भाग अपने कुटुंब को, तृतीय भाग श्रोताओं को और चतुर्थ भाग अपने लिए रखे। तत्पश्चात् ब्राह्मणों को भोजन कराए एवं स्वयं भी मौन होकर भोजन करे। देवर्षे! इस विधि से सत्यनारायण की पूजा करनी चाहिए। श्रद्धा-भक्तिपूर्वक सत्यनारायण की पूजा करनेवाला व्रती सभी अभीष्ट कामनाओं को इसी जन्म में प्राप्त कर लेता है। इस जन्म में किए गए पुण्यफल को दूसरे जन्म में भोगा जाता है और दूसरे जन्म में किए गए कर्मों का फल मनुष्य को यहाँ भोगना पड़ता है। श्रद्धापूर्वक किया गया सत्यनारायण का व्रत सभी कामनाओं को पूर्ण करने वाला होता है।

नारदजी ने कहा—भगवन्! आज ही आपकी आज्ञा से भूमंडल में इस सत्यदेव व्रत को मैं प्रतिष्ठित करूँगा। यह कहकर नारदजी तो पृथ्वी पर व्रत का प्रचार करने चले किए और भगवान् नारायण देव अंतर्धान हो काशीपुरी में चले आए।

(संक्षिप्त भविष्य पुराण, प्रतिसर्ग पर्व, द्वितीय खंड, अध्याय-24)

संदर्भ—

1. वाद: प्रवदतामहम, श्रीमद्भगवद्गीत 10/32
2. वेदालंकार, डॉ. रामनाथ, वेदों की वर्णन शैलियाँ, श्रीघूडमल प्रहलाद कुमार आर्य धर्मार्थ ट्रस्ट, राजस्थान, 2004, पृ. 147
3. सिंह, डॉ. जयप्रकाश, सूचना से संवाद : पत्रकारिता का भारतीय परिप्रेक्ष्य, वैदिक पब्लिशर्स, नई दिल्ली, 2017, पृ. 1
4. अग्निहोत्री, प्रो. कुलदीप चंद, https://vskbharat.com/indian-communication-tradition-shows-way-to-communicate-in-the-

struggle-of-civilizations/ से पुनः प्राप्त

5. त्रिपाठी, प्रो. राधावल्लभ. संवादोषनिषद् : संस्कृत परंपरा के वैश्विक संवाद पर विमर्श, भारत अध्ययन केंद्र, बनारस हिंदू विश्वविद्यालय, 2017, पृ. 146
6. त्रिपाठी, प्रो. राधावल्लभ, संवादोषनिषद् : संस्कृत परंपरा के वैश्विक संवाद पर विमर्श, भारत अध्ययन केंद्र, बनारस हिंदू विश्वविद्यालय, 2017, पृ. 9
7. त्रिपाठी, प्रो. राधावल्लभ, वाद और संवाद की भारतीय परंपराएँ, कवि कुलगुरु कालिदास विश्वविद्यालय, रामटेक, 2022, पृ. 136
8. वही, पृ. 136
9. न ब्राह्मणस्य परनेय्यमत्थि धम्मेसु निच्छेय्य समुग्महीतं।
तस्मा विवादानि उपातिवत्तो न हि सेच्छतो पस्सति धम्ममंञ।

—महावियूहसुत्त–13

(ब्राह्मण सत्य के लिए किसी अन्य पर निर्भर नहीं रहता। वह स्वयं विचार करता है और अलग–अलग मतों में से किसी को भी नहीं ग्रहण करता। इसलिए वह विवादों से परे है और सत्य को छोड़कर किसी दूसरे धर्म को श्रेष्ठ नहीं मानता।)

10. वेदालंकार, डॉ. रामनाथ, वेदों की वर्णन शैलियाँ, श्री घूडमल प्रहलाद कुमार आर्य धर्मार्थ ट्रस्ट, राजस्थान, 2004, पृ. 211
11. वेदालंकार, डॉ. रामनाथ, वही, पृ. 211
12. श्रीमद्वाल्मीकीय रामायण, बालकांड, तृतीय सर्ग, 8–9
13. शर्मा, श्री द्वारका प्रसाद एवं द्विवेदी, श्री इंद्रनारायण, देवर्षि नारद, गीताप्रेस गोरखपुर, 2019, पृ. 38
14. श्रीमद्वाल्मीकीय रामायण, बालकांड, द्वितीय सर्ग, 42
15. श्रीमद्भागवत–महापुराण, प्रथम स्कंध, चतुर्थ अध्याय, 30–31
16. श्रीमद्भागवत–महापुराण, गीताप्रेस गारखपुर, प्रथम स्कंध, पंचमअध्याय, श्लोक 1–22 का हिंदी अनुवाद
17. शर्मा, श्री द्वारका प्रसाद एवं द्विवेदी, श्री इंद्रनारायण, देवर्षि नारद, गीताप्रेस गोरखपुर, 2019, पृ. 44
18. वही
19. संक्षिप्त, भविष्यपुराण, प्रतिसर्ग पर्व, अध्याय 24, गीताप्रेस गोरखपुर, पृ. 309

□

अध्याय-3

परिचय

ऋषि परंपरा में देवर्षि

वायु पुराण के अनुसार, गति, श्रुति, सत्य तथा तपस ऋषि धातु के अर्थ हैं, ये चारों विशेषताएँ जिस व्यक्ति में स्थापित हो जाएँ, वही ऋषि है।[1] सत्य की प्रत्यक्ष अनुभूति करनेवाले साधकों, तपस्वियों, ज्ञानियों, बुद्धिजीवियों को भारतीय मनीषा ने 'ऋषि' की संज्ञा दी। मंत्रद्रष्टा ही 'ऋषि' कहलाते हैं।[2] सत्य की अनुभूति करना ही नहीं, सत्य को स्थापित करना भी ऋषि-जीवन का अभिन्न अंग माना जाता है। इसीलिए 'अमरकोश' में सत्य भाषण ऋषियों की पहचान बताई गई है—ऋषयः सत्यवचस।[3] निरुक्तकार ऋषयो मन्त्रद्रष्टारः कहकर ही नहीं रुकता, उसने ऋषियों को धर्म का साक्षात्कार करने वाला भी बताया—साक्षात्कृत धर्माण ऋषयो बभूवुः।[4] अर्थात् ऋषि ऐसे व्यक्ति होते हैं, जो सत्य की अनुभूति करते हैं, उसको धारण करते हैं और दूसरों में करणीय-अकरणीय का विवेक भी पैदा करते हैं।

भारतीय परंपरा में ऋषि का स्थान कितना महत्त्वपूर्ण है, इसका अनुमान इसी तथ्य से लगाया जा सकता है कि कोई भी मंत्र ऋषि के उल्लेख के बिना अधूरा माना जाता है। किसी भी मंत्र विनियोग के पाँच अंग होते हैं—ऋषि, छंद, देवता, बीज और तत्त्व। विनियोग प्रक्रिया के लिए निर्धारित क्रम संकेत कर रहा है कि किसी भी मंत्र-जाप से पहले सर्वप्रथम ऋषि का स्मरण किया जाता है और ऋषि-परंपरा के साथ साधक संवाद स्थापित करता है। यह क्रम यह भी बताता है कि सत्यानुभूति और शक्ति अर्जन से संबंधित सभी परंपराओं के आदि स्रोत ऋषि ही हैं।

विशेषज्ञता और प्रवीणता के आधार पर शास्त्रों में ऋषियों की अनेक कोटियों का उल्लेख मिलता है। ब्रह्मर्षि, महर्षि, देवर्षि और राजर्षि आदि कुछ प्रमुख ऋषि श्रेणियाँ हैं। ऋषियों के वैशिष्ट्य की तरफ संकेत करने वाले ये शब्द अब भी सामूहिक स्मृति में बने हुए हैं। कुछ अन्य श्रेणियाँ भी थीं, जो विस्मृत हो चुकी हैं। 'रत्नकोश' में ऋषियों की सात श्रेणियों का उल्लेख मिलता है।

इनमें से प्रत्येक ऋषि-कोटि की अपनी परिभाषा और पहचान निश्चित है। उदाहरण के लिए, शास्त्रों में राजर्षि और देवर्षि का उल्लेख बहुत स्पष्टता के साथ किया गया है। वामन शिवराम आप्टे के अनुसार, राजर्षि राजकीय ऋषि होते थे।[5] राजर्षियों की परंपरा दो भागों में विभक्त हो जाती है। प्रथम श्रेणी उन लोगों की है, जो राज-काज छोड़कर तप और ज्ञान की साधना में तल्लीन हो जाते हैं। दूसरी परंपरा राजर्षि उस व्यक्ति को मानती है, जो राज-काज का संचालन आध्यात्मिक साधना की तरह करता है। राजर्षियों की यह दूसरी परंपरा अधिक श्रेष्ठ मानी जाती है। राजर्षियों में पुरुरवा, जनक और विश्वामित्र के नाम विशेष उल्लेखनीय हैं। राजर्षि परंपरा अपनी सृजनात्मकता और सघन संकल्प के लिए विशिष्ट पहचान रखती है।

इसी तरह देवर्षि के व्यक्तित्व के बारे में भी शास्त्रों में स्पष्ट संकेत मिलता है। वायुपुराण में देवर्षि के पद और लक्षण का वर्णन है—देवलोक में प्रतिष्ठा प्राप्त करने वाले ऋषिगण 'देवर्षि' नाम से जाने जाते हैं। भूत, वर्तमान एवं भविष्य—तीनों कालों के ज्ञाता, सत्यभाषी, स्वयं का साक्षात्कार करके स्वयं में संबद्ध, कठोर तपस्या से लोकविख्यात, गर्भावस्था में ही अज्ञान रूपी अंधकार के नष्ट हो जाने से जिनमें ज्ञान का प्रकाश हो चुका है, ऐसे मंत्रवेत्ता तथा अपने ऐश्वर्य (सिद्धियों) के बल से सब लोकों में सर्वत्र पहुँचने में सक्षम, मंत्रणा हेतु मनीषियों से घिरे हुए देवता, द्विज और नृप देवर्षि कहे जाते हैं। जनसाधारण देवर्षि के रूप में केवल नारदजी को ही जानते हैं। उनकी जैसी प्रसिद्धि किसी और को नहीं मिली।[6]

भारतीय वाङ्मय में देवर्षि नारद की उपस्थिति तो सर्वत्र दिखती ही है।

भारतीय मनीषा की ऐसी मान्यता है कि जिस प्रकार समस्त संसार ईश्वर से ओत-प्रोत है, उसी प्रकार समस्त पुराण, उपपुराण, इतिहास आदि ग्रंथ में देवर्षि नारद की उपस्थिति है। उनसे संबंधित उपदेश, संवाद, घटनाक्रम वृहत्तर भारतीय वाङ्मय का प्राणतत्त्व है। उनकी उपस्थिति वैदिक और औपनिषदिक साहित्य में भी देखने को मिलती है। अथर्ववेद में उनका उल्लेख मिलता है और उनकी विशेषज्ञता की स्तुति की गई है।[7] ऋग्वेद के आठवें मंडल के 13वें सूक्त के ऋषि नारद हैं। अथर्ववेद में उनको संबोधित करने वाले कथन भी हैं।[8] छांदोग्योपनिषद् में सनत्कुमार-नारद संवाद की विद्वतजनों में काफी प्रसिद्धि है।

वेद, उपनिषद् और पुराणों के अतिरिक्त स्मृति ग्रंथों में देवर्षि नारद की उपस्थिति दिखती है। 'नारदस्मृति' देवर्षि नारद द्वारा ही रचित मानी जाती है। देवर्षि नारद ने अनेक मूलभूत ज्योतिष ग्रंथों की भी रचना की है।

देवर्षि नारद : कल्पों तक विस्तारित परिचय

नारद ऋषियों की देवर्षि श्रेणी में आते हैं। श्रीमद्भगवद्गीता में भगवान् श्रीकृष्ण ने उन्हें 'देवर्षीणाम् च नारदः'[9] कहकर उन्हें अपनी विभूति बताया है। उनके जन्म और जीवन से संबंधित अनेक आख्यान मिलते हैं। ये सभी आख्यान उनके व्यक्तित्व और कर्तृत्व के अलग-अलग आयामों को उजागर करते हैं। वह सृष्टिकर्ता ब्रह्मा के मानस पुत्र माने जाते हैं। ब्रह्माजी ने सर्वप्रथम सनकादिक नाम से प्रसिद्ध चार ऋषियों की सृष्टि के प्रारंभ में रचना की, नारद का अवतरण इसके बाद माना जाता है। सनकादिक ऋषियों की सृष्टिकर्म और उसके विस्तार में कोई रुचि नहीं थी। इसलिए नारद से उनकी अपेक्षा थी कि वह वयस्क होने पर सृष्टिकर्म के विस्तार में सहयोग करेंगे। नारद ने भी उनकी आज्ञा में रुचि नहीं दिखाई तो ब्रह्माजी क्रोधित हुए और नारद को शाप दिया कि तुम्हारा ज्ञान नष्ट हो जाएगा, तुम गंधर्व होकर गायन-वादन करते हुए विचरण करोगे और आगे किसी जन्म में हीनकुल में जन्म लेना पड़ेगा। शाप के कारण पहले नारद उपबर्हण नामक गंधर्व के रूप में जन्मे और आयु पूर्ण होने पर शाप के अनुसार एक दासी के पुत्र रूप में जन्म लिया।

श्रीमद्भागवत महापुराण : देवर्षि की आत्मकथा

देवर्षि नारद के जीवन से संबंधित सबसे विस्तृत आख्यान श्रीमद्भागवत-महापुराण के प्रथम स्कंध के पाँचवें और छठवें आख्यान में मिलता है। इस आख्यान की महत्ता इसलिए भी अधिक है, क्योंकि देवर्षि नारद इसमें स्वयं अपने मुख से दो कल्पों तक विस्तारित जीवन का परिचय देते हैं। इस कथा में उनकी जीवन-यात्रा का विस्तार दो कल्पों तक फैला हुआ है। श्रीमद्भागवत में देवर्षि नारद ने अपनी आत्मकथा का विवरण इस प्रकार से दिया है—

"पिछले कल्प में अपने पूर्व जीवन में मैं वेदवादी ब्राह्मणों की एक दासी का लड़का था। कुछ योगी वर्षा ऋतु में एक स्थान पर चातुर्मास्य कर रहे थे। बचपन में ही मैं उनकी सेवा में नियुक्त कर दिया गया था। मैं यद्यपि बालक था, फिर भी किसी प्रकार की चंचलता नहीं करता था, जितेंद्रिय था, खेल-कूद से दूर रहता था और आज्ञानुसार उनकी सेवा करता था। मैं बोलता भी बहुत कम था। मेरे इस शील-स्वभाव को देखकर समदर्शी मुनियों ने मुझ सेवक पर अत्यंत अनुग्रह किया। उनकी अनुमति प्राप्त करके बरतनों में लगा हुआ प्रसाद मैं एक बार खा लिया करता था। इससे मेरे सारे पाप धुल गए। इस प्रकार उनकी सेवा करते-करते मेरा हृदय शुद्ध हो गया और वे लोग जैसा भजन-पूजन करते थे, उसी में मेरी भी रुचि हो गई। प्यारे व्यासजी! उस सत्संग में उन लीला गान परायण महात्माओं के अनुग्रह से मैं प्रतिदिन श्रीकृष्ण की मनोहर कथाएँ सुना करता था। श्रद्धापूर्वक एक-एक पद श्रवण करते-करते प्रियकीर्ति भगवान् में मेरी रुचि हो गई। महामुने! जब भगवान् में मेरी रुचि हो गई, तब उन मनोहर कीर्ति प्रभु में मेरी बुद्धि भी निश्चल हो गई। उस बुद्धि से मैं इस संपूर्ण सत् और असत्-रूप जगत् को अपने परब्रह्म स्वरूप आत्मा में माया से कल्पित देखने लगा। इस प्रकार शरद और वर्षा— इन दो ऋतुओं में तीनों समय उन महात्मा मुनियों ने श्रीहरि के निर्मल यश का संकीर्तन किया और मैं प्रेम से प्रत्येक बात सुनता रहा। अब चित्त के रजोगुण और तमोगुण का नाश करने वाली भक्ति का मेरे हृदय में प्रादुर्भाव हो गया।

मैं उनका बड़ा ही अनुरागी था, विनय भाव से उन लोगों की सेवा से मेरे पाप नष्ट हो चुके थे। मेरे हृदय में श्रद्धा थी, इंद्रियों में संयम था एवं शरीर, वाणी और मन से मैं उनका आज्ञाकारी था। उन दीनवत्स महात्माओं ने जाते समय कृपा करके मुझे उस गुह्यतम ज्ञान का उपदेश किया, जिसका उपदेश स्वयं भगवान् ने अपने श्रीमुख से किया है। उस उपदेश से ही जगत् के निर्माता भगवान् श्रीकृष्ण की माया के प्रभाव को मैं जान सका, जिसके जान लेने पर उनके परमपद की प्राप्ति हो जाती है।[10]

नारदजी के पूर्व चरित्र का शेष भाग सुनाते हुए श्रीसूतजी कहते हैं— शौनक जी! देवर्षि नारद के जन्म और साधना की बात सुनकर सत्यवतीनंदन भगवान् श्रीव्यासजी ने उनसे फिर यह प्रश्न किया। श्रीव्यासजी ने पूछा— नारदजी! जब आपको ज्ञानोपदेश करनेवाले महात्मागण चले गए, तब आपने क्या किया? उस समय तो आपकी अवस्था बहुत छोटी थी। आपकी शेष आयु किस प्रकार व्यतीत हुई और मृत्यु के समय आपने किस विधि से अपने शरीर का परित्याग किया? देवर्षे! काल तो सभी वस्तुओं को नष्ट कर देता है, उसने आपकी पूर्व कल्प की स्मृति का कैसे नाश नहीं किया?

श्रीनारदजी ने कहा—मुझे ज्ञानोपदेश करनेवाले महात्मागण जब चले गए, तब मैंने इस प्रकार जीवन व्यतीत किया—यद्यपि उस समय मेरी अवस्था बहुत छोटी थी। मैं अपनी माँ का इकलौता पुत्र था। मुझे भी उसके सिवा और कोई सहारा नहीं था। उसने अपने को मेरे स्नेहपाश से जकड़ रखा था। वह मेरे योगक्षेम की चिंता तो बहुत करती थीं, परंतु पराधीन होने के कारण कुछ कर नहीं पाती थीं। जैसे कठपुतली नचानेवाले की इच्छा के अनुसार ही नाचती है, वैसे ही यह सारा संसार ईश्वर के अधीन है। मैं भी अपनी माँ के स्नेहबंधन में बँधकर उस ब्राह्मण बस्ती में ही रहा। मेरी अवस्था केवल पाँच वर्ष की थी। मुझे दिशा, देश और काल के संबंध में कुछ भी ज्ञान नहीं था। एक दिन की बात है, मेरी माँ गौ दुहने के लिए रात के समय घर से बाहर निकली। रास्ते में सर्पदंश से उनकी मृत्यु हो गई। साँप का क्या दोष, काल की ऐसी ही प्रेरणा थी। मैंने समझा, भक्तों का मंगल चाहनेवाले

भगवान् का यह भी एक अनुग्रह ही है। इसके बाद मैं उत्तर दिशा की ओर चल पड़ा। उस ओर मार्ग में मुझे अनेकों धन-धान्य से संपन्न देश, नगर, गाँव, चलती-फिरती बस्तियाँ, खानें, नदी और पर्वतों के तटवर्ती पड़ाव, वाटिकाएँ, वन-उपवन और रंग-बिरंगी धातुओं से युक्त विचित्र पर्वत दिखाई पड़े। कहीं-कहीं जंगली वृक्ष थे, जिनकी बड़ी-बड़ी शाखाएँ हाथियों ने तोड़ डाली थीं। शीतल जल से भरे हुए जलाशय थे, जिनमें देवताओं के काम में आने वाले कमल थे, उन पर पक्षी तरह-तरह की बोली बोल रहे थे और भौंरे मँडरा रहे थे। यह सब देखता हुआ मैं आगे बढ़ा। मैं अकेला ही था। इतना लंबा मार्ग तय करने पर मैंने एक घोर गहन जंगल देखा। उसमें नरकट, बाँस, कुश, कीचक आदि खड़े थे। उसकी लंबाई-चौड़ाई भी बहुत थी और वह साँप, उल्लू, सियार आदि भयंकर जीवों का घर हो रहा था। देखने में बड़ा भयावना लगता था। चलते-चलते मेरा शरीर और इंद्रियाँ शिथिल हो गईं। मुझे बड़े जोर की प्यास लगी, भूखा तो था ही। वहाँ एक नदी मिली। उसके कुंड में मैंने स्नान, जलपान और आचमन किया। इससे मेरी थकावट मिट गई। उस निर्जन वन में एक पीपल के नीचे आसन लगाकर मैं बैठ गया। उन महात्माओं से जैसा मैंने सुना था, हृदय में रहनेवाले परमात्मा के उसी स्वरूप का मैं मन-ही-मन ध्यान करने लगा।[11]

भक्तिभाव से वशीकृत चित्त द्वारा भगवान् के चरण-कमलों का ध्यान करते ही भगवत्-प्राप्ति की उत्कट लालसा से मेरे नेत्रों में आँसू छलछला आए और हृदय में धीरे-धीरे भगवान् प्रकट हो गए। व्यासजी! उस समय प्रेमभाव के अत्यंत उद्रेक से मेरा रोम-रोम पुलकित हो उठा। हृदय अत्यंत शांत और शीतल हो गया। उस आनंद की बाढ़ में मैं ऐसा डूब गया कि मुझे अपना और ध्येय वस्तु का तनिक भी आभास नहीं रहा। भगवान् का वह अनिर्वचीय रूप समस्त शोकों का नाश करने वाला और मन के लिए अत्यंत लुभावना था। सहसा उसे न देख मैं बहुत ही विकल हो गया और अनमना-सा होकर आसन से उठ खड़ा हुआ। मैंने उस स्वरूप का दर्शन फिर करना चाहा, किंतु मन को हृदय में समाहित करके बार-बार दर्शन की चेष्टा करने

पर भी मैं उसे नहीं देख सका। मैं अतृप्त के समान आतुर हो उठा। इस प्रकार निर्जन वन में मुझे प्रयत्न करते देख स्वयं भगवान् ने, जो वाणी के विषय नहीं हैं, बड़ी गंभीर और मधुर वाणी से मेरे शोक को शांत करते हुए कहा—'खेद है कि इस जन्म में तुम मेरा दर्शन नहीं कर सकोगे। जिनकी वासनाएँ पूर्णतया शांत नहीं हो गई हैं, उन अधकचरे योगियों को मेरा दर्शन अत्यंत दुर्लभ है। निष्पाप बालक! तुम्हारे हृदय में मुझे प्राप्त करने की लालसा जाग्रत् करने के लिए ही मैंने एक बार तुम्हें अपने रूप की झलक दिखाई है। मुझे प्राप्त करने की आकांक्षा से युक्त साधक धीरे-धीरे हृदय की संपूर्ण वासनाओं का भली-भाँति त्याग कर देता है। अल्पकालीन संत सेवा से ही तुम्हारी चित्तवृत्ति मुझमें स्थिर हो गई है। अब तुम इस प्राकृत मलिन शरीर को छोड़कर मेरे पार्षद हो जाओगे। मुझे प्राप्त करने का तुम्हारा यह दृढ़ निश्चय कभी किसी प्रकार नहीं टूटेगा। समस्त सृष्टि का प्रलय हो जाने पर भी मेरी कृपा से तुम्हें मेरी स्मृति बनी रहेगी।' आकाश के समान अव्यक्त सर्वशक्तिमान महान् परमात्मा इतना कहकर चुप ही रहे। उनकी इस कृपा का अनुभव करके मैंने उन श्रेष्ठों से भी श्रेष्ठतर भगवान् को सिर झुकाकर प्रणाम किया। तभी से मैं लज्जा-संकोच छोड़कर भगवान् के अत्यंत रहस्यमय और मंगलमय मधुर नामों और लीलाओं का कीर्तन और स्मरण करने लगा। स्पृहा और मद-मत्सर मेरे हृदय से पहले ही निवृत्त हो चुके थे, अब मैं आनंद से काल की प्रतीक्षा करता हुआ पृथ्वी पर विचरने लगा। व्यासजी! इस प्रकार भगवान् की कृपा से मेरा हृदय शुद्ध हो गया, आसक्ति मिट गई और मैं श्रीकृष्ण परायण हो गया। कुछ समय बाद, जैसे एकाएक बिजली कौंध जाती है, वैसे ही समय पर मेरी मृत्यु आ गई। मुझे शुद्ध भगवत्पार्षद शरीर प्राप्त होने का अवसर आने पर, प्रारब्ध कर्म समाप्त हो जाने के कारण मेरा भौतिक शरीर नष्ट हो गया। कल्प के अंत में जिस समय भगवान् नारायण एकार्णव (प्रलयकालीन समुद्र) के जल में शयन करते हैं, उस समय उनके हृदय में शयन करने की इच्छा से इस सारी सृष्टि को समेटकर ब्रह्माजी जब प्रवेश करने लगे, तब उनके श्वास के साथ मैं भी उनके हृदय में प्रवेश कर गया।

कल्पान्त इदमादाय शयानेऽम्भस्युदन्वतः।
शिशयिषोरनुप्राणं विविशेऽन्तरहं विभोः॥
सहस्रयुगपर्यन्ते उत्थायेदं सिसृक्षतः।
मरीचिमिश्रा ऋषयः प्राणेभ्योऽहं जज्ञिरे॥
अन्त बर्हिश्च लोकांस्त्रीन पर्येम्यस्वकन्दितव्रतः।
अनुग्रहान्महाविष्णोरविघातगतिः क्वचित॥

श्रीमद्भागवत महापुराण, 1.6. 30-32

(एक सहस्र चतुर्युगी बीत जाने पर जब ब्रह्माजी जगे और उन्होंने सृष्टि करने की इच्छा की, तब उनकी इंद्रियों से मरीचि आदि ऋषियों के साथ मैं भी प्रकट हो गया। तभी से मैं भगवान् की कृपा से बैकुंठादि में और तीनों लोकों में बाहर और भीतर बिना रोक-टोक विचरण किया करता हूँ)

देवर्षि नारद इसके आगे अपने जीवन-लक्ष्य का संकेत करते हुए कहते हैं—मेरे जीवन का व्रत भगवद्भजन अखंड रूप से चलता रहता है। भगवान् की दी हुई इस विभूषित वीणा पर तान छेड़कर मैं उनकी लीलाओं का गान करता हुआ सारे संसार में विचरता हूँ। जब मैं उनकी लीलाओं का गान करने लगता हूँ, तब वे प्रभु, जिनके चरणकमल समस्त तीर्थों के उद्गम स्थान हैं और जिनका यशोगान मुझे बहुत ही प्रिय लगता है। जिन लोगों का चित्त निरंतर विषय भोगों की कामना से आतुर हो रहा है, उनके लिए भगवान् की लीलाओं का कीर्तन संसार सागर से पार जाने का जहाज है, यह मेरा अपना अनुभव है। काम और लोभ की चोट से बार-बार घायल हुआ हृदय श्रीकृष्ण की सेवा से जैसी प्रत्यक्ष शांति का अनुभव करता है, यम-नियम आदि योग मार्गों से वैसी शांति नहीं मिल सकती। व्यासजी! आप निष्पाप हैं। आपने मुझसे जो कुछ पूछा था, वह सब अपने जन्म और साधना का रहस्य तथा आपकी आत्मतुष्टि का उपाय मैंने बतला दिया।[12]

देवर्षि नारद द्वारा व्यासजी को अपने पूर्व और वर्तमान जीवन के आख्यान सुनाए जाने के बाद श्रीसूतजी कहते हैं—शौनकादि ऋषियो! देवर्षि

नारद ने व्यासजी से इस प्रकार कहकर जाने की अनुमति ली और वीणा बजाते हुए स्वच्छंद विचरण करने के लिए वे चल पड़े।

अहो देवर्षिर्धन्योऽयं यत्कीर्तिं शारंगधन्वनः।
गायन्माद्यन्निदं तन्त्र्या रमयत्यातुरं जगत्॥

श्रीमद्भागवत महापुराण, 1.6.39

(अहा! ये देवर्षि नारद धन्य हैं, क्योंकि वे सारंगपाणि भगवान् की कीर्ति को अपनी वीणा पर गा-गाकर स्वयं तो आनंदमग्न होते ही हैं, साथ-साथ इस त्रितापतप्त जगत् को भी आनंदित करते रहते हैं।)

सृष्टि-प्रलय के बाद जब नव सृष्टि हुई, उस समय अपनी शाश्वत स्मरणशक्ति से विभूषित नारद नाम के साथ अथाह ज्ञान और भक्तिभाव लिये ब्रह्माजी के मानस पुत्र रूप में मरीचि आदि ऋषियों-मुनियों के साथ नारदजी का भी जन्म हुआ। उस समय सनकादि ऋषियों की मात्र बैकुण्ठ धाम में नहीं, बल्कि विभिन्न लोकों में अबाध गति थी, उसी प्रकार देवर्षि की पदवी के साथ नारदजी भी सभी लोकों में अबाध गति की क्षमता से युक्त रहे। इतना ही नहीं, उन्हें अनेक प्रकार की विद्याओं के साथ अथाह ज्ञान भी प्राप्त हुआ।

नव-कल्प में भृगु, मरीच, अत्रि, अंगिरा, पुलह, क्रतु, नारद, प्रचेता, वशिष्ठ और पुलत्स्य, ये दस ऐश्वर्यशाली ऋषि ब्रह्मा के मानसपुत्र माने जाते हैं और स्वयं उत्पन्न हुए हैं।

मनसः पूर्वसृष्टा वै जाता यत् तेन मानसाः।
मरीचिरभवत् पूर्वं ततोत्रिर्भगवानृषिः।
अंगिराश्चाभवत् पश्चात् पुलस्त्यस्तदनन्तरम्॥
ततःपुलहनामा वै ततः क्रतुरजायत्।
प्रचेताश्च ततः पुत्रो वशिष्ठाचाभवत् पुनः॥
पुत्रो भृगुरभूत तद्वन्नारदोप्यचिराद्भूत।
दशेमान मानसान् ब्रह्मा मुनीन् पुत्रानजीजनत्॥[13]

देवर्षि की गति अबाध एवं अप्रतिहत है। वह सभी के अंतःकरण को पढ़ लेने में सक्षम हैं। यह दोनों देवर्षि की दो सबसे बड़ी विशेषताएँ हैं।

श्रीमद्‌भागवत के प्रथम स्कंध के पाँचवें अध्याय में महर्षि व्यास इन दोनों गुणों की तरफ संकेत करते हुए देवर्षि के व्यक्तित्व की प्रशंसा करते हैं और अपनी कमी को दूर करने के लिए सलाह माँगते हैं—

त्वं पर्यटन्नर्क इव त्रिलोकी मन्तश्चरो वायुरिवात्मसाक्षी।
परावरे ब्रह्मणि धर्मतो व्रतैः स्नातस्य में न्यूनमलं विचक्ष्व॥

श्रीमद्‌भागवत 1.5.7

आप सूर्य की भाँति तीनों लोकों में भ्रमण करते रहते हैं और योग बल से प्राणवायु के समान सबके भीतर रहकर अंतःकरणों के साक्षी भी हैं। योगानुष्ठान और नियमों के द्वारा परब्रह्म और शब्दब्रह्म दोनों की पूर्ण प्राप्ति कर लेने पर भी मुझमें जो बड़ी कमी है, उसे आप कृपा करके बतलाइए।

अपनी इन दोनों विशेषताओं का उपयोग देवर्षि सत्य, धर्म और न्याय की स्थापना के ध्येय के लिए तत्परता के साथ करते हैं। वह धर्म और सत्य स्थापना के प्रति एकनिष्ठ होकर निरंतर निर्णायक स्थान और समय पर उपस्थित होते हैं और संवाद, उपदेश देकर, ज्ञान देकर घटना प्रवाह को सकारात्मक दिशा में अग्रसर कर देते हैं। इस कार्य में उनसे प्रमाद भी हुए, कई बार शाप का भागी बनना पड़ा, लेकिन सूचना, संचार, संवाद के जरिए लोककल्याण करने की अपनी निष्ठा में वह सदैव ही तत्पर रहे। वीणा की धुन पर नारायण-नारायण के जाप करते देवर्षि निरंतर धर्म और भक्ति की अलख जगाते रहते हैं। इस रूप में वह लोक-जागरण के प्रतीक बन जाते हैं।

देवर्षि नारद की सत्य, धर्म और न्याय की सक्रियता अतुलनीय है। अपनी निरंतर सक्रियता के कारण ही उनकी उपस्थिति भारतीय वाङ्मय में सर्वत्र दिखलाई पड़ती है। वैदिक साहित्य, औपनिषदिक साहित्य से लेकर पुराणों और रामायण-महाभारत जैसे धर्मग्रंथों में देवर्षि नारद की स्वाभाविक उपस्थिति दिखलाई पड़ती है। ऋग्वेद के अष्टम् मंडल के तेरहवें सूत्र के द्रष्टा ऋषि देवर्षि नारद हैं।

उनके व्यक्तित्व और गुणों का उल्लेख अनेक ग्रंथों में मिलता है, लेकिन

सर्वाधिक विशद वर्णन महाभारत के 'सभापर्व' में देखने को मिलता है। उनका व्यक्तित्व कितना बहुआयामी है और उनके ज्ञान में कितनी विविधता है, इसकी झलक महाभारत 'सभापर्व' के पंचम अध्याय[14] में तब दिखती है, जब देवर्षि नारदजी का युधिष्ठिर की सभा में आगमन होता है। इस समय वैशम्पायन ऋषि जनमेजय को देवर्षि नारद के व्यक्तित्व में निहित श्रेष्ठ गुणों का विस्तृत परिचय देते हैं। वैशम्पायनजी कहते हैं—

जनमेजय! एक दिन उस सभा में महात्मा पांडव अन्यान्य महापुरुषों तथा गंधर्वों आदि के साथ बैठे हुए थे। उसी समय वेद और उपनिषदों के ज्ञाता, ऋषि, देवताओं द्वारा पूजित, इतिहास-पुराण के मर्मज्ञ, पूर्व कल्प की बातों के विशेषज्ञ, न्याय के विद्वान्, धर्म के तत्त्व को जाननेवाले, शिक्षा, कल्प, व्याकरण, निरुक्त, छंद और ज्योतिष—इन छहों अंगों के पंडितों में शिरोमणि, ऐक्य, संयोग, नानात्व और समवाय के ज्ञान में विशारद, प्रगल्भ वक्ता, मेधावी, स्मरणशक्ति संपन्न, नीतिज्ञ, त्रिकालदर्शी, अपर ब्रह्म और परब्रह्म को विभागपूर्वक जाननेवाले, प्रमाणों द्वारा एक निश्रित सिद्धांत पर पहुँचे हुए, पंचावयवयुक्त[15], वाक्य के गुण-दोष को जाननेवाले, बृहस्पति-जैसे वक्ता के साथ भी उत्तर-प्रत्युत्तर करने में समर्थ, धर्म, अर्थ, काम और मोक्ष—चारों पुरुषार्थों के संबंध में यथार्थ निश्चय रखनेवाले तथा इन संपूर्ण चौदहों भुवनों को ऊपर, नीचे और तिरछे सब ओर से प्रत्यक्ष देखनेवाले, महाबुद्धिमान, सांख्य और योग के विभागपूर्वक ज्ञाता, देवताओं और असुरों में भी निर्वेद उत्पन्न करने के इच्छुक, संधि और विग्रह के तत्त्व को समझनेवाले, अपने और शत्रु पक्ष के बलाबल का अनुमान से निश्चय करके शत्रु पक्ष के मंत्रियों आदि को फोड़ने के लिए धन आदि बाँटने के उपयुक्त अवसर का ज्ञान रखनेवाले, संधि, विग्रह, यान, आसन, द्वैधीभाव और संश्रय राजनीति के इन छहों अंगों[16] के उपयोग के जानकार, समस्त शास्त्रों के निपुण विद्वान्, युद्ध और संगीत की कला में कुशल, सर्वत्र क्रोधरहित, इन उपर्युक्त गुणों के सिवा और भी असंख्य सद्‌गुणों से संपन्न, मननशील, परम कांतिमान महातेजस्वी देवर्षि नारद लोक-लोकांतरों में घूमते-फिरते

पारिजात, बुद्धिमान पर्वत तथा सौम्य, सुमुख आदि अन्य अनेक ऋषियों के साथ सभा में स्थित पांडवों से प्रेमपूर्वक मिलने के लिए मन के समान वेग से वहाँ आए और उन ब्रह्मर्षि ने जयसूचक आशीर्वादों द्वारा धर्मराज युधिष्ठिर का अत्यंत सम्मान किया।

नारदीय ग्रंथ

नारद एक गंभीर लेखक प्राचीन भारतीय धर्मशास्त्रों के शीर्षस्थ विद्वान् हैं।[17] उन्होंने स्वयं अनेक ग्रंथों की रचना की और अन्य प्रतिभाशाली व्यक्तित्वों को उचित विषयों पर लेखन हेतु प्रेरित किया। नारद भक्ति सूत्र, नारद स्मृति और नारद पुराण आदि ग्रंथ देवर्षि नारद से संबंधित हैं। नारदकृत प्रमुख ग्रंथों का विवरण निम्नलिखित है—

नारद-स्मृति : ऐसा प्रतीत होता है कि प्राचीन भारत में उत्कृष्ट न्यायविद् होने के पर्याय हैं।[18] डॉ. पी.वी. काणे ने नारद, बृहस्पति और कात्यायन को हिंदू विधिक प्रक्रिया की त्रिमूर्ति कहा है। नारदीय न्यायिक प्रतिभा का प्रमाण न्यायशास्त्र का उनका प्रमुख ग्रंथ 'नारद स्मृति' है।

नारद-पुराण : नारद-पुराण का पौराणिक साहित्य में महत्त्वपूर्ण स्थान है। सनकादि मुनिश्वरों ने महात्मा नारदजी के इस पुराण का वर्णन किया था। इस पुराण का आधार देवर्षि नारद द्वारा सनकादि से पूछे गए प्रश्न हैं, इसलिए इसका नाम 'नारद पुराण' पड़ा। यह नारद पुराण सब प्रकार के कल्याण प्राप्ति का हेतु है। धर्म, अर्थ, काम एवं मोक्ष का कारण है। इसके द्वारा महान् फलों की प्राप्ति होती है, यह अपूर्व पुण्य फल प्रदान करने वाला है।

नारद भक्तिसूत्र : 'नारद भक्तिसूत्र' देवर्षि नारद द्वारा रचित 84 सूत्रों का एक ग्रंथ है। यह भक्ति ग्रंथों में सर्वाधिक संक्षिप्त ग्रंथ है, लेकिन सूत्रशैली में लिखे होने के कारण इस ग्रंथ के प्रभाव की व्यापकता बहुत विस्तृत है। 'नारद भक्तिसूत्र' में बहुत सहज तरीके से भक्ति की प्रकृति और प्रभाव को बताया गया है।

नारद-संहिता : यह ज्योतिष शास्त्र से संबंधित ग्रंथ है। इस ग्रंथ का

प्रणयन देवर्षि नारद ने किया है। ज्योतिष शास्त्र के प्रवर्तक अठारह आचार्यों में देवर्षि नारद का नाम बहुत आदर के साथ लिया जाता है और उतने ही आदर के साथ उनके द्वारा प्रणीत ज्योतिष ग्रंथ 'नारद संहिता' का नाम भी लिया जाता है। 'नारदीय संहिता' में कुल सैंतीस अध्याय हैं।

नारद पांचरात्र : 'नारद पांचरात्र' वैष्णव धर्म एवं श्रीकृष्ण और राधा के माहात्म्य का ग्रंथ है। यह वैष्णव साहित्य के प्राचीनतम और प्रतिष्ठित ग्रंथों में से एक है।

संगीत-मकरंद : 'संगीत मकरंद' के रचयिता भी देवर्षि नारद माने जाते हैं। इसमें रागों का उन्होंने बहुत मौलिक तरह से विभाजन किया है। इस ग्रंथ में नाद का भी मौलिक और सर्वथा नवीन तरीके से विभाजन किया गया है। वाद्ययंत्र वीणा का भी इसमें विस्तृत उल्लेख मिलता है।

इसके अतिरिक्त, उनके नाम से नारदीय, वृहन्नारदीय तथा लघुवृहन्नारदीय पुराण, उपपुराण, कार्तिक माहात्म्य के अतिरिक्त दत्तात्रेयस्तोत्र, पार्थिवलिङ्गमाहात्म्य, मृगव्याधकथा, यादवगिरिमाहात्म्य, श्रीकृष्णमाहात्म्य, शङ्करगणपतिस्तोत्र आदि रचनाएँ भी पाई जाती हैं। किंतु उनकी सबसे बड़ी और सुंदर रचना 'नारदपाञ्चरात्रशास्त्र' है। यों तो नारदजी के नाम से विविध पुराणों में अनेक उपाख्यान पाए जाते हैं, किंतु समूचा 'शिवपुराण' नारद और ब्रह्माजी के प्रश्नोत्तर रूप में रचा गया है।[19]

सारांश यह कि देवर्षि नारदजी के नाम से चाहे कुछ ही ग्रंथों का परिचय मिलता हो; किंतु उनके उपदेशों, उनके सिद्धांतों तथा उनके रचित ग्रंथों के आधार पर बने हुए इतने अधिक ग्रंथ हैं कि उनका ठीक-ठीक पता लगाना और वर्णन करना, इस समय मानवीय शक्ति के परे की बात है। अतएव, इस संबंध में इतना कह देना ही पर्याप्त होगा कि देवर्षि नारदजी जैसे स्वयं सर्वव्यापी और सर्वांतर्यामी हैं, वैसे ही उनके उपदेश और सिद्धांत भी समस्त संस्कृत साहित्य में अंतर्भूत सर्वव्यापी हैं और जहाँ देखिए, वहीं देवर्षि नारद के ज्ञान का प्रकाश दिखलाई देता है।[20]

नारदीय-तीर्थस्थल

लोकमानस में देवर्षि नारद के प्रति अगाध श्रद्धा रही है। इसका जीवंत प्रमाण उनसे संबंधित तीर्थस्थल हैं। देवर्षि नारद से संबंधित तीर्थस्थलों की व्याप्ति संपूर्ण भारत में है। देवर्षि से संबंधित अधिकांश तीर्थस्थल उनकी तपस्या और साधना से जुड़े हुए हैं। ये सभी तीर्थस्थल देवर्षि की तपस्या से पवित्र और जीवंत हुए और आज आस्था-केंद्र के रूप में लोकमानस में समादृत हैं। देवर्षि नारद से संबंधित कुछ प्रमुख तीर्थस्थल निम्नवत् हैं—

नारद कुंड, गोवर्धन, मथुरा : गोवर्धन क्षेत्र स्थित नारद कुंड देवर्षि नारद से संबंधित एक प्रमुख तीर्थस्थल है। कहते हैं कि गोपी-भाव की प्राप्ति के लिए देवर्षि नारद ने यहाँ पर तपस्या की थी। दीर्घकाल तक तपस्या के उपरांत उन्हें वह मनोदशा और भावदशा प्राप्त हुई थी, जिसे 'गोपी-भाव' कहते हैं। नारद कुंड ब्रजभूमि की चौरासी कोस परिक्रमा मार्ग का प्रमुख धार्मिक स्थल है। गोवर्धन से राधाकुंड मार्ग पर करीब दो किलोमीटर की दूरी पर यह स्थित है। कतिपय शास्त्रों में इस स्थान को नारद वन के नाम से संबोधित किया गया है। ऐसी मान्यता है कि इस कुंड में स्नान से व्यक्ति की मनोकामनाएँ पूर्ण होती हैं और उसे भक्तिभाव की प्राप्ति होती है।

नारद गंगा, बद्रीनाथ : उत्तराखंड में यमुनोत्री धाम के निकट यह पवित्र तीर्थस्थल है। यमुनोत्री राजमार्ग पर हनुमानचट्टी व जानकीचट्टी के बीच नारदचट्टी के नजदीक यमुना नदी के पार बनास गाँव से नारद गंगा आती है। इस पर प्राकृतिक झरने के साथ ही कई तप्त कुंड भी हैं। कहा जाता है कि नारद मुनि जब चार धाम यात्रा पर निकले थे तो उनके तप एवं साधना से यहाँ पर जल की दो धाराएँ निकलीं, एक शीतल जल की और दूसरी गर्म जल की धारा। तब से इस नदी का नाम 'नारदगंगा' पड़ा। यहाँ पर प्राकृतिक झरने के साथ-साथ कई गर्म कुंड और नारायण मंदिर भी हैं। बनास गाँव को वृंदावन का दूसरा स्वरूप माना जाता है। यहाँ प्रत्येक वर्ष नारद जयंती बड़े ही हर्षोल्लास के साथ मनाई जाती है।

नारद मुनि मंदिर, कुल्लू : देवभूमि हिमाचल प्रदेश देवों और ऋषियों-

मुनियों की सदैव से साधनास्थली रहा है। इसी कारण यहाँ पर देवों और ऋषियों से संबंधित तीर्थ और मंदिर बहुतायत में पाए जाते हैं। कुल्लू जनपद के नीणू गाँव के देवता देवर्षि नारद हैं और उनका यहाँ पर एक मंदिर है। देवता नारद मुनि कुल्लू के प्रसिद्ध दशहरा में रघुनाथजी का दर्शन करते हैं। ऐसी मान्यता है कि नीणू गाँव के देवता नारद प्राकृतिक आपदाओं का पूर्वानुमान अपने गुर को बताकर आपदाओं से लोगों की रक्षा करते हैं।

श्री शिव नारद मुनि मंदिर, चिगाटेरी

यह मंदिर वर्तमान कर्नाटक के विजयनगर जिले में स्थित है। हरपनहल्ली तालुका के चिगाटेरी गाँव स्थित नारद मंदिर आसपास के कई जनपद के लोगों के लिए आस्था का प्रमुख केंद्र है।

संदर्भ—

1. *ऋषीत्येव गतौ धातुः श्रुतौ सत्ये तपस्यथ*
   एतत सेन्नियतस्तस्मिन ब्रह्मणः स ऋषिः स्मृतः।
2. ऋषयो मन्+त्रद्रष्टारः, निरुक्त 7.3
3. अमरकोश, 2.7.43
4. निरुक्त, 9.20
5. आप्टे, वामन शिवराम, ए कन्साइज संस्कृत—इंग्लिश डिक्शनरी, पृ. 853
6. सिंह, ओमप्रकाश, श्रेष्ठ संचार के देवर्षि, आस्था, दिव्य हिमाचल, 13 मई, 2017
7. नमस्ते अस्तु नारदानुष्ठु विदुषे वशा। —अथर्ववेद 12.4.44
   (हे नारद! आपको नमस्कार हो। आप जैसे विद्वान् को अवश्य गौ की प्राप्ति होनी चाहिए)
8. यो ब्राह्मणस्य सद्धनमभि नारद मन्यते। —अथर्ववेद 5.11.19
9. श्रीमद्भगवद्गीता 10.26
10. श्रीमद्भागवत, प्रथम स्कंध, पंचम अध्याय, श्लोक 23–33 का हिंदी अनुवाद
11. श्रीमद्भागवत, प्रथम स्कंध, षष्ठ अध्याय, श्लोक 1–16 का हिंदी अनुवाद
12. श्रीमद्भागवत, प्रथम स्कंध, षष्ठ अध्याय, श्लोक 17–39 का हिंदी अनुवाद
13. मत्स्य पुराण, तृतीयाध्याय, श्लोक संख्या 5–8
14. महाभारत, सभापर्व, पंचम अध्याय, श्लोक 1–12
15. यज्ञ में यजमान के कर्म-निर्धारण की योग्यता।
16. भारतीय राजनीतिक चिंतन में नीति के 6 अंगों को 'षाड्गुण्य की नीति' के नाम से जाना जाता है।

17. स्वाई, डॉ. ब्रजकिशोर, नारदस्मृति, चौखंबा संस्कृत संस्थान, वाराणसी, पृ. 8
18. वही
19. शर्मा, श्री द्वारका प्रसाद एवं द्विवेदी, श्री इंद्रनारायण, देवर्षि नारद, गीताप्रेस, गोरखपुर, 2019, पृ. 153
20. वही, पृ. 37

□

संदर्भ-सूची

- ‘आलोक’, डॉ. ठाकुरदत्त शर्मा, हिंदी पत्रकारिता एवं जनसंचार, वाणी प्रकाशन, नई दिल्ली, 2009
- ऋग्वेद
- कश्यप, डॉ. श्याम, कुमार, मुकेश, टेलीविजन की कहानी, राजकमल प्रकाशन, नई दिल्ली, 2008
- कपूर, कृष्ण, प्रणय की यथार्थता : शब्दों की सुंदरता, टर्बो फ्लैश प्रकाशन, बिहार, द्वितीय संस्करण
- कुंदरा, बलवीर, संचार से जनसंचार और जनसंपर्क तक, के.के. प्रकाशन, नई दिल्ली, 2022
- के.डी. पालीवाल, मैक्समूलर द्वारा वेदों का विकृतिकरण, क्या, क्यों और कैसे ?, सुरुचि प्रकाशन, नई दिल्ली, 2014
- के.सी. श्रीवास्तव, प्राचीन भारत का इतिहास तथा संस्कृति, प्रकाशन युनाइटेड बुक डिपो, इलाहाबाद, 2005
- केन उपनिषद्, गीताप्रेस, गोरखपुर
- कल्याण पत्रिका, गीताप्रेस, गोरखपुर
- धर्मपाल, धर्मपाल समग्र लेखन, 18वीं शताब्दी में भारत में विज्ञान एवं तंत्रज्ञान-खंड 2, पुनरुत्थान ट्रस्ट, अहमदाबाद, 2007
- धर्मपाल, धर्मपाल समग्र लेखन, भारत की परंपरा-खंड 9, पुनरुत्थान ट्रस्ट, अहमदाबाद, 2007

- धर्मपाल, धर्मपाल समग्र लेखन, भारतीय चित्त, मानस एवं काल-खंड 1, पुनरुत्थान ट्रस्ट, अहमदाबाद, 2010
- धर्मपाल, धर्मपाल समग्र लेखन, भारतीय परंपरा में असहयोग-खंड 3, पुनरुत्थान ट्रस्ट, अहमदाबाद, 2007
- महाभारत, वनपर्व एवं उद्योगपर्व
- महेशचंद्र शर्मा, दीनदयाल उपध्याय कर्तृत्व एवं विचार, वसुधा पब्लिकेशंस, नई दिल्ली-01, 1994
- मीणा, डॉ. रामलखन, मीडिया विमर्श : आधुनिक संदर्भ, कल्पना प्रकाशन, दिल्ली, 2022
- मोहन, सुमित, मीडिया लेखन, वाणी प्रकाशन, नई दिल्ली, 2007
- मिश्र, डॉ. अर्जुन (1996), 'दर्शन की मूल धारा,' मध्य प्रदेश हिंदी ग्रंथ अकादमी, भोपाल
- मिश्रा, डॉ. महेंद्र कुमार, हिंदी पत्रकारिता, के.के. पब्लिकेशंस, नई दिल्ली, 2021
- यादव, अनिल कुमार, मानव संचार का परिदृश्य, कल्पना प्रकाशन, दिल्ली, 2022
- सिंह, प्रो. ओमप्रकाश, संचार के मूल सिद्धांत, लोकभारती प्रकाशन, प्रयागराज, 2018
- सिंह, बाल्मीकि प्रसाद, संस्कृतिः राज्य, परंपराएँ और उनसे परे, राजकमल प्रकाशन, नई दिल्ली, 1999
- सिंह, कर्ण, हिंदू दर्शन : एक समकालीन दृष्टि, भारतीय ज्ञानपीठ, नई दिल्ली, 2001
- सिंह, भूपेन, संचार : अवधारणा, प्रक्रिया और सिद्धांत, उत्तराखंड मुक्त विश्वविद्यालय, हलद्वानी, 2019
- दिनकर, रामधारी सिंह, संस्कृति के चार अध्याय, लोकभारती प्रकाशन, इलाहाबाद, 2005
- विदुर नीति, गीताप्रेस, गोरखपुर

- विवेकानंद, स्वामी (1950), 'हिंदू धर्म', श्रीरामकृष्ण आश्रम, धंतोली, नागपुर, तृतीय संस्करण
- विवेकानंद, स्वामी (1951), 'वर्तमान भारत', श्रीरामकृष्ण आश्रम, धंतोली, नागपुर, चतुर्थ संस्करण
- विवेकानंद, स्वामी (1953), 'जाति संस्कृति और समाज', श्रीरामकृष्ण आश्रम, धंतोली, नागपुर
- विवेकानंद, स्वामी (1961), 'राज योग', श्रीरामकृष्ण आश्रम, धंतोली, नागपुर, तृतीय संस्करण
- विजयदत्त श्रीधर, भारतीय पत्रकारिता कोष, वाणी प्रकाशन दरियागंज, नई दिल्ली, 2008
- विजयदत्त श्रीधर, पहला संपादकीय, सामयिक प्रकाशन, नई दिल्ली-02, 2011
- तिवारी, डॉ. अर्जुन, मीडिया समग्र, वाणी प्रकाशन, नई दिल्ली, 2019
- भीष्म पितामह, गीताप्रेस, गोरखपुर
- भारत भूषण डल्लू, भारतीय पत्रकारिता के आधार, ओमेगा प्रकाशन दरियागंज, नई दिल्ली, 2005
- भागवद्चर्चा, गीताप्रेस, गोरखपुर
- पालीवाल, डॉ. के.डी., जिहादियों को जन्नत-केवल कियामत बाद, हिंदू राइटर्स फोरम, नई दिल्ली, 2008
- श्रीमद्वाल्मीकि रामायण, गीताप्रेस, गोरखपुर
- श्रीमद्भगवद्गीता
- श्रीविष्णुपुराण, गीताप्रेस, गोरखपुर
- श्रीरामचरितमानस, गीताप्रेस, गोरखपुर
- राधाकृष्णन (1970), 'भारतीय दर्शन' भाग-2 राजपाल एंड संस, दिल्ली

- रामधारी सिंह दिनकर, संस्कृति के चार अध्याय, लोकभारती प्रकाशन, पटना, 2019
- रामसुखदास स्वामी, श्रीमद्भगवद्गीता, गीताप्रेस, गोरखपुर, पंचानबेवाँ पुनर्मुद्रण
- रानडे, एकनाथ, हे हिंदू राष्ट्र! उत्तिष्ठत जागृत!!, सुरुचि प्रकाशन, नई दिल्ली
- शुक्ल, प्रो. रजनीश कुमार, शेखर मयंक, आचार्य अभिनव गुप्त : सांस्कृतिक, साहित्यिक व दार्शनिक विमर्श, जम्मू कश्मीर अध्ययन केंद्र प्रकाशन, नई दिल्ली, 2018
- संक्षिप्त शिवपुराण, गीताप्रेस, गोरखपुर
- संक्षिप्त पद्मपुराण, गीताप्रेस गोरखपुर
- संजीव, भानावत, सांस्कृतिक चेतना और जैन पत्रकारिता, वाणी प्रकाशन नई दिल्ली, प्रथम संस्करण, 2004
- साधना कल्पतरु, गीताप्रेस, गोरखपुर
- सुकमाल जैन, भारतीय समाचार-पत्रों का संगठन और प्रबंध, म.प्र. हिंदी ग्रंथ अकादमी भोपाल, संस्करण 1972
- सती द्रौपदी, गीताप्रेस, गोरखपुर
- सतीशचंद्र मित्तल, भारत का स्वतंत्रता संघर्ष, अखिल भारतीय इतिहास संकलन योजना, नई दिल्ली, 2012
- सतीशचंद्र मित्तल, भारत में राष्ट्रीयता का स्वरूप, अखिल भारतीय इतिहास संकलन योजना, नई दिल्ली 2013
- सतीशचंद्र मित्तल, सांस्कृतिक राष्ट्रवाद के चार अध्याय, अखिल भारतीय इतिहास संकलन योजना, दिल्ली, 2017
- सत्संग की कुछ सार बातें, गीताप्रेस, गोरखपुर
- संत अंक, गीताप्रेस, गोरखपुर
- सूर्यनारायण रणसुभे, पत्रकारिता के युग निर्माता भीमराव आंबेडकर, प्रभात प्रकाशन, नई दिल्ली-110002, संस्करण 2010

- डॉ. एस. राधाकृष्णन, भारतीय दर्शन (भाग-1), राजपाल प्रकाशन, दिल्ली, 2016
- डॉ. एस. राधाकृष्णन, हिंदू-दर्शन, प्रभात प्रकाशन, नई दिल्ली, 2017
- डॉ. एस. राधाकृष्णन, भारतीय संस्कृतिः कुछ विचार, राजपाल प्रकाशन, दिल्ली, 2015
- डॉ. एस. राधाकृष्णन, भारतीय दर्शन (भाग-2), राजपाल प्रकाशन, दिल्ली, 2020
- उपनिषद् अंक, गीताप्रेस, गोरखपुर
- उपाध्याय, बलदेव (1986), 'भारतीय दर्शन', शारदा मंदिर, वाराणसी
- दीनदयाल उपाध्याय, राष्ट्र चिंतन, लोकहित प्रकाशन, लखनऊ, 2009
- दीनदयाल उपाध्याय, राष्ट्र जीवन की दशा, लोकहित प्रकाशन, लखनऊ, 1996
- दामोदरन, के. (1982), 'भारतीय चिंतन परंपरा', पीपुल्स पब्लिशिंग हाऊस, तीसरा संस्करण
- दुबे, प्रो. श्यामाचरण, संचार और विकास, प्रकाशन विभाग, सूचना एवं प्रसारण मंत्रालय, भारत सरकार, नई दिल्ली, 1986
- दुबे, डॉ. शुकदेव, 'भारतीय संस्कृति के संवाहक', स्मृति प्रकाशन, इलाहबाद
- देसाई, ए.आर., भारतीय राष्ट्रवाद की सामाजिक पृष्ठभूमि, मैकमिलन पब्लिशर्स इंडिया, दिल्ली, 1976
- वर्मा, वी.पी., आधुनिक भारतीय राजनीतिक चिंतन, लक्ष्मीनारायण अग्रवाल, प्रकाशक, आगरा, द्वितीय संस्करण, 1975
- वर्मा, अर्चना, निराला के सृजन-सीमांत, राधाकृष्ण प्रकाशन, नई दिल्ली, 2005

- तुलसीदास, आचार्य, धर्म : एक कसौटी : एक रेखा, आदर्श साहित्य संघ प्रकाशन, चुरू, राजस्थान, 1969
- तत्त्व विचार, गीताप्रेस, गोरखपुर
- जी.सी. भार्गव, भारत में प्रेस: एक सिंहावलोकन, नेशनल बुक ट्रस्ट, नई दिल्ली–70, 2010
- जोशी, दिनकर, पटेल, योगेश, भारतीय संस्कृति के सर्जक, सतारा प्रकाशन, नई दिल्ली, 2005
- जगदीश प्रसाद चतुर्वेदी, पत्रकारिता के परिप्रेक्ष्य, साहित्य संगम, इलाहाबाद, प्रथम संस्करण, 1987
- नारद भक्तिसूत्र
- नारद पुराण
- नारद स्मृति
- नागर, पुरुषोतम आधुनिक भारतीय सामाजिक एवं राजनैतिक चिंतन, राजस्थान हिंदी ग्रंथ अकादमी, जयपुर, 1994
- आर्या, मानवती, भारत–भक्त विदेशी महिलाएँ, नेशनल बुक ट्रस्ट, नई दिल्ली, 2007
- आर्य, पी.के., इलेक्ट्रॉनिक मीडिया, प्रतिभा प्रतिष्ठान प्रकाशन, नई दिल्ली, 2009
- आनंद, डॉ. श्याम, मास कम्युनिकेशन एंड जर्नलिज्म, उपकार प्रकाशन, आगरा, 2015
- अग्रवाल, शिखा (2003), 'स्वामी विवेकानंद और सांस्कृतिक राष्ट्रवाद', आविष्कार पब्लिशर्स, डिस्ट्रीब्यूटर्स, जयपुर, प्रथम संस्करण
- गंगाधर पानतावणे, महान् पत्रकार बाबासाहेब डॉ. आंबेडकर, सम्यक प्रकाशन, नई दिल्ली–63, 2015
- गांधी वाङ्मय, खंड–4, मार्च–अप्रैल, 1905, प्रकाशन विभाग, सूचना और प्रसारण मंत्रालय, भारत सरकार, दिल्ली–06

- गौ सेवा अंक, गीताप्रेस, गोरखपुर
- गौतम, डॉ. सुरेश, गौतम, डॉ. वीणा, प्रसाद साहित्य कोश-खंड एक, के.के. प्रकाशन, नई दिल्ली, 2021
- गुप्ता, लक्ष्मी नारायण (1992), 'महान् पाश्चात्य एवं भारतीय शिक्षा शास्त्री', कैलाश प्रकाशन मंदिर, इलाहबाद

English Books

- Altshull, J.H. Agents of Power: The Power and Public Policy, New York, Longman, 1995
- B. Galtung, Johan and Richard C. Vincent, Global Glasnost: Toward a New World Information and Communication Order? (Cresskill, N.J.: Hampton Press, 1992)
- Bhrgava P.L., India in the Vedic Age, S. Chand and Company Limited, New Delhi
- Burt, David N., The American Keiretsu: A Strategic Weapon for Global Competitiveness (Homewood, III: Business One Irwin, 1993)
- Chadda, Kusum Lata, Gandhi: The Master Communicator, New Delhi, Kanishka Publication, 2010
- Eastern and Western Disciples Life of Swami Vivekananda Advaita Ashrama, Calcutta, 1979
- Featherstone, Mike, ed., Global Culture: Nationalism, Globalization and Modernity (London, Sage, 1990)
- Gupta, Satya Dev, The Political Economy of Globalization (Boston, Zed Books, 1997)
- Jeff Haynes: Religion, Globalization and Political Culture in the Third World (New York, St. Martin's Press, 1999)
- Jeffrey James: Globalization, Information

Technology and Development (New York, St. Martin's Press, 1999)

- Jeremy Brecher and Tim Costello: Global Village or Global Pillage: Economic Reconstruction From the Bottom Up (Boston, South End Press, 1994)
- Khare, Harish, Political Reporting (collected in The Indian Media, edited by Asha Rani), Rupa and Company, 2006
- Mukherjee, S.L. The Philosophy of man Making; A study in Social and Political ldeas of Swami Vivekananda, New Central Book Agency, Calcutta, 1971
- Nikhilananda Swami, Swami Vivekananda-A Biography Advaita Ashrama, Calcutta, 1964.
- Paliakov Leon, The Aryan Myth—A Hislory of Racist Nattonalist Leaders In Europe, Basic Books, New York, 1974
- Proshanta K. Nandi and Shahid M. Shahidullah: Globalization and the Evolving World Society (Boston, Brill, 1998)
- Radha Krishnan S. Hindu View of Life.
- Samir Amin: Capitalism in the Age of Globalization: The Management of Contemporary Society (London, Zed Books, 1997)
- Varma, V.P. Modern Indian Poiitical Thought, Lakshmi Narain Agarwal Educational Publishers, Agra, 1964
- Vilanilam, John V., Mass Communication in India: A Sociological Perspective, Sage Publication India Pvt. Ltd., 2005